그 배는 정오에
바다로 떠난다

그 배는 정오에 바다로 떠난다

초 판 1쇄 2023년 11월 09일

지은이 이우송
펴낸이 류종렬

펴낸곳 미다스북스
본부장 임종익
편집장 이다경
책임진행 김가영, 신은서, 박유진, 윤가희, 윤서영, 이예나

등록 2001년 3월 21일 제2001-000040호
주소 서울시 마포구 양화로 133 서교타워 711호
전화 02) 322-7802~3
팩스 02) 6007-1845
블로그 http://blog.naver.com/midasbooks
전자주소 midasbooks@hanmail.net
페이스북 https://www.facebook.com/midasbooks425
인스타그램 https://www.instagram/midasbooks

ISBN 979-11-6910-376-3 03810

값 16,800원

방황과 탐험이 주는 자유 회복의 유쾌한 기적

그 배는 정오에 바다로 떠난다

이우송 지음

미다스북스

머리말

파우스트는 "순간이여 멈춰라. 정말 아름답구나. 내가 이렇게 말하면 자네는 날 마음대로 할 수 있네. 그러면 나는 기꺼이 파멸의 길을 걷겠네."[1)]라고 말하며 악마 메피스토 펠레스와 자신의 영혼을 거래하는 계약을 체결하였다. 그 계약에 따라 욕망, 갈망, 방황, 도전, 자유를 경험한 후 파우스트는 "그 순간을 향해 이렇게 말해도 좋으리라. 순간아 멈추어라. 너는 정말 아름답구나. (중략) 이같이 더 높은 행복을 예감하면서 지금 최고의 순간을 맛보고 있노라."[2)]라는 말을 남기고 장엄한 죽음을 맞이한다.

요한 볼프강 폰 괴테의 소설 『파우스트』의 주인공 파우스트. 그에게 있어서 개인적 차원의 욕망이나 자유를 넘어 세상과 인류에 대한 사랑, 이상의 실현을 경험한 '그 순간'이란 기꺼이 악마 메피스토 펠레스에게 영혼을 넘기겠다고 결심할 정도로 너무나 아름답고 너무나 기쁜 찰나였다. 파우스트의 이 얘기는 짧지만 강렬하고 깊고 진한 '그 순간'을 즐기고 음미하였다면, 그 이후에는 지옥이든 나락이든 어디든 떨어져도 좋다는 절대적 자유 의지를 표현한 말로 유명하다.

파우스트의 그 말에 대하여는 여러 철학적 해석이 가능할 것이다. 그렇지만, 자유로운 자아로서의 사명을 깨닫고 끊임없이 도전하고, 경험하고, 방황하고, 노력하는 일이 무엇보다 중요하다는 의미를 담고 있음은 분명하다. 그런 점에서 소설 속 주인공 '파우스트'는 이 책에서 말하고자 하는 '방황하고 탐험하는 자들'(이하 '방황하고 탐험하는 자들'이라는 전체 명칭의 용어와 이것의 줄임말인 '방탐자'라는 약칭 용어, 그리고 '방황하고 탐험하는 자들'을 폭넓게 지칭하는 '자유로운 영혼', '양심적 자유주의자', '도전하고 모험하는 자들', '고뇌하는 지식인'이라는 용어를 그때그때 필요에 따라 혼용할 예정임)의 정체성과도 일맥상통한다.

남들이 보기에는 다소 황당하고 무모하고 어리석은 일일지라도 '방황하고 탐험하는 자들'은 본인이 하고 싶고, 해야 한다고 느끼는 일을 위해서라면 현재 가지고 있는 유형의 소유물이나, 무형의 소중한 가치를 기꺼이 포기하면서 앞뒤 재지 않고 뛰어든다. 순간의 '절대 기쁨'을 위해서라면 본인의 생명마저도 포기하겠다는 소설 속 파우스트와 방탐자들은 분명히 닮은 점이 많다.

이렇게 자신이 생각하는 소중한 가치를 위해 또 다른 소중한 무엇을 기꺼이 포기하는 결단과 용기를 가진 사람은 결코 흔하지 않다. 따라서 그런 자질을 보유하고 있는 '방황하며 고뇌하는 자들'은 '파우스트'처럼 특별한 존재로 기억될 가능성이 크다. 그러나 세상에 존재하는 사람들의 모습은 천차만별이다. '자유로운 영혼들'의 언어, 행동, 성격 등이 일반적 사람들의 다양한 개성과 결합할 때 외부적으로 표현 또는 표출되는 형태는 셀 수 없을 만큼 많다. 개성의 표출 정도, 표출 방식에 따라 방탐자 중 일부는 매우 멋진 사람으로 비춰질 수 있다. 하지만 다른 일부는 타인에게 불편만을 주는 존재로 기억될 수도 있다.

사람을 평가하는 것과 관련하여 나에게도 이 공식을 대입하면, 좋게 표현할 경우 자기 주관이 뚜렷한 '양심적 자유주의자' 정도라고 평가할 수 있겠다. 그렇지만 나쁘게 표현할 경우 영락없이 앞뒤 꽉 막힌 고집쟁이 방탐자로 비춰질 가능성이 크다는 점을 인정해야 할지도 모르겠다. 지금은 정서적으로 조금은 안정된 데다, 최근의 사건을 중심으로 기억이 집중되는 특성상 과거와 현재의 자신을 정확히 매칭하여 인지하지 못하는 한계는 있을 수밖에 없었다. 그럼에도 몇십 년의 인생을 '방황하고 탐험하는 자'로 살았던 지난 세월의 흔적을 확인하는 일은 전혀 어렵지 않았다.

다만, 그런 되새김의 일들이 심리적으로나 정서적으로 결코 편안한 작업은 아니었다. 80년대 학생 운동권의 부채의식 영향으로 어둡고 우울하게 살아야만 했던 지난날의 암울했던 육체와 정신 속에는 고뇌하고 좌절하는 방탕자의 모습이 고스란히 간직되어 있었다. 뒤늦게나마 그런 부채의식에서 벗어나고자 노력했던 최근 자세는 항상 자유롭고 즐거운 인생을 희구했던 '도전하고 모험하는 자'의 잠재되었던 또 다른 모습이기도 하였다. 인생이란 방황과 탐험을 반복하는 역사 자체임을 다시 한 번 실감하였다. 아울러, 세상을 바꾸고 진화시키기 위한 운명으로 태어난 '도전하고 모험하는 자들'로서 방탕자 유전자의 본래 의미를 자각해야만 인생에 있어서 새로운 진화가 시작된다는 점도 느꼈다.

새로운 시작을 위해 우선 필요한 것은 부끄러움으로 점철된 지난날을 반추하는 작업을 결행하려는 마음이었다. 언젠가는 한번 치러야 했던 의식을 이제는 담담히 치를 수 있다는 자신감으로 하나씩 하나씩 지난날을 꺼내보기도 하고, 들춰보기도 하고, 뒤집어보기도 하였다. 주변 사람들의 입장을 전혀 고려하지 않고 그저 당연한 것 또는 마땅한 것으로 여기며 행했던 방황과 탐험의 여정들이 떠올랐다. 나의 방황과 탐험으로 인해 가족들이나 주변 사람들이 받았을 불편함이나 스트레스에 대하여 조금이나마 가늠하는 계기가 되었다.

이 글은 당초 자유주의자이면서도 도덕적 · 윤리적 부채의식으로 인하여 온전한 자유를 만끽하지 못하고 살아가는 사람들, 심성이 따뜻하고 마음이 여려 양심의 가책 속에서 방황과 고뇌와 탐험을 지속할 수밖에 없는 사람들이 그 악순환의 고리에서 당당히 탈출하도록 용기와 희망의 메시지를 전하고자 하는 목적으로 시작하였다. 나 역시도 지독했던 80년대라는 시대적 부채의식에서 빠져 나와 새로운 자유주의자로 진화하고자 하는 욕망이 강했다. 그 때문에 이 세상의 고민을 떠안고 사는 '고뇌하는 지식인들'의 심정을 누구보다도 잘 알고 있었다.

'양심적 자유주의자' 중에는 가족이나 친지에 대하여, 자기가 속한 조직에 대하여, 이 사회에 대하여, 역사에 대하여 또는 지구환경에 대하여 각종 부채의식의 트라우마에 시달리는 사람들이 많다. 그들은 여전히 고뇌하고 자책하며 살아간다. 다른 사람들보다 더 도덕적이고, 더 윤리적이고, 더 양심적이고, 더 따뜻하고, 더 부끄러움을 느낀다는 이유로 그들은 자유와 부채의식 사이의 갈등과 충돌 속에서 여전히 고뇌하고 방황하고 있다.

그런 사람들이 더 존중을 받고 인정을 받아야 이 사회가 공정하고 정의롭다고 말할 수 있겠으나, 현실은 정반대다. 더 부패하고, 더 얼굴이 두껍고, 더 타락한 사람들이 더 많은 자유를 가지고, 더 많은 권력을 행사하는 것이 현실이다. 이에 '양심적 자유주의자들'도 그런 부채의식을 깨고 나와 자유를 사랑하는 자신의 본 모습을 발견할 수 있도록, 자신의 생각과 꿈을 펼치며 나답게 살아갈 수 있도록 작은 이정표를 제시하고 싶은 마음에서 이 글을 쓰기로 마음먹었다.

일찍이 철학자 니체는 인간의 위대함이나 인간의 자유를 가장 온전하게 느낄 수 있는 시간을 '위대한 정오'로 비유했다(니체는 그의 저서 『차라투스트라는 이렇게 말했다』에서 "위대한 정오란 사람이 짐승에서 위버멘쉬(Übermensch)에 이르는 길 한가운데 와 있고, 저녁을 향한 그의 길을 최고의 희망으로서 찬미하는 때를 가리킨다. 저녁을 향한 길이 곧 새로운 아침을 향한 길이기 때문이다."라고 말했다. 이 '위대한 정오'에 대하여 일반적으로 해가 가장 높이 뜰 때 그림자가 가장 짧은데, 그 시각에 완전한 태양빛이 내려와 가리고 있던 그림자도 사라지고 허상도 사라짐에 따라 위버멘쉬(Übermensch)에 가장 가까워지는 인간의 위대함, 인간의 자유를 온전하게 느낄 수 있다고 해석한다). '정오'의 종소리가 울리면 대양으로 출항하는 그 배에 방탐자들과 함께 올라 목청껏 자유의 함성을 지르며 스스로를 축복할 수 있는 날이 오기를 바랐다. 그리고, 살아 있음 그 자체에 대하여 행복을 느끼게 해주는 '정오'의 따스함과 망망대해에서 만나는 거센 파도에도 거칠 것 없는 그 배의 편안함을 '자유로운 영혼들'과 공유하고 싶었다.

그렇게 원대한 포부와 목적으로 글쓰기의 여정을 시작하였다. 하지만 글을 쓰는 과정에서 그보다는 지난 방황과 탐험의 여정으로 인하여 불편을 겪은 주변 사람들에 대한 반성과 함께 과거를 성찰하는 계기로서의 의미가 더 크다는 점을 발견하였다. 그렇다. 온전한 의미의 성찰을 완성하기 위해서는 일정한 형식적 도구가 반드시 필요하다. 그 도구 중 '글'이라는 수단을 활용하여 생각을 정리하다 보면 당초 예기치 못한 것에 대하여도 성찰할 수 있는 보너스를 얻기도 한다.

세상에 존재하는 모든 '방황하고 탐험하는 자들'이라면 이렇게 성찰의 시간을 반드시 가지길 바란다. 특히, 부채의식에 자유를 저당 잡혀 사는 '양심적 자유주의자들'은 그런 성찰의 기회를 통해 더 당당하고 더 성숙한 자유주의자가 될 수 있을 것으로 믿는다. 이 세상에 즐거움과 웃음을 던져주는 존재들인 '자유로운 영혼들'이 성찰의 시간을 통하여 저 '위대한 정오'의 눈부신 아름다움을 고스란히 만질 수 있기를 진심으로 기원한다.

끝으로, 부끄럽지만 이 책이 나올 수 있도록 원고의 방향과 수정에 대한 조언을 아끼지 않은 아내 '김영'에게 고맙다는 말을 전하고 싶다. 그리고 무엇보다도 이 책이 실제로 이 세상에 나올 수 있도록 편집과 디자인 등 모든 과정을 성심성의껏 지원해준 미다스북스의 유종열 대표님, 임종익 본부장님, 이다경 편집장님에게 특히 감사드린다.

차례

머리말 • 004

제1부
자유를 **사랑**하는 자들

1 왜 그들은 방황하고 탐험하는가 • 019
2 자유인들은 방황을 좋아한다 • 025
3 자유의 DNA는 왜 그들에게만 넘치나 • 030
4 너는 분명 방탐자일 거야 • 034

제2부

방황하지 않고도 **자유**로울 수 있을까?

1장 소중한 것들과 자유 사이에서

1 한 잔의 아메리카노가 주는 자유 • 043
2 자유인들의 위생관념 • 047
3 명함 속 한자가 뭐길래 • 053
4 남들과는 다르고자 했던 욕망 • 058
5 수신제가 말고 치국평천하 • 064
6 의식 있게 살아야 한다는 강박 • 070

2장 허세와 도발은 자유가 아니다

1 입대할 때는 제발 • 079
2 내 앞에서 학점 자랑하지 마 • 083
3 소심한 보복의 처참한 말로 • 088
4 더 큰 쓰나미가 몰려오고 있었다 • 093
5 국뽕의 향기와 프라이드 치킨 • 098
6 자본주의 학습을 게을리한 대가 • 102

3장 그래서 방황하며 살기로 했다

1 선거 때마다 경험하는 아주 특별한 방황 · 109
2 믿음에 대한 신뢰가 깨졌을 때 · 115
3 그로테스크한 신혼여행지 · 122
4 카투사를 악마라 욕할지라도 · 126
5 초심을 유지하려는 고독한 싸움 · 131
6 잠재력을 발휘하는 것도 너의 몫이다 · 138

4장 자유를 경시하는 사회의 자화상

1 니들이 왜 거기서 나와 · 145
2 적대적 공생자들도 가해자다 · 149
3 그들에게는 유독 관대한 사람들 · 155
4 '중꺾마'는 좋지만 '꼰대'는 싫어 · 160
5 경박한 자들의 얼굴을 대하는 자세 · 163
6 발칙한 상상을 자극하는 사회 · 169

5장 입으로만 자유를 말하는 사람들

1 그럼 나도 유공자다! · 177
2 확증편향에 빠진 사람들 · 183
3 사의재의 2023년 버전 · 189
4 '선 점거 후 대책' 정신의 상속자들 · 194
5 '양념'의 변신은 무죄? · 198
6 일관성을 지켜야 신뢰도가 높아짐에도 · 202

제3부

잃어버린 것을 찾고자 하는 너에게

1장 자유 회복의 비법

1 자기애 • 211

2 남들이 뭐라든 제 갈 길을 가는 사람들 • 215

3 방탕자가 '중용'을 만났을 때 • 219

4 승자로 살고 싶은 사람을 위한 마법 공식 • 223

5 세속적 욕망에 대한 긍정 • 229

2장 방황하는 자들의 이기적 진화

1 결국 성찰인가? • 235

2 재탄생을 위한 조건 • 241

3 자연선택과 이기적 진화 • 245

4 자유인들은 자신의 삶을 스스로 개척한다 • 249

5 진화하는 자는 불멸한다 • 252

맺음말 • 258

참고문헌 • 262

미주 • 264

자유의 방종은 그 척도의 기준이

사랑에 있다는 것을 말해 두고 싶습니다.

사랑의 마음에서 나온 자유는

여하한 행동도 방종으로 볼 수 없지만,

사랑이 아닌 자유는 방종입니다.

– 김수영, 『김수영 전집2: 산문』, 「요즈음 느끼는 일」 중에서

제1부

자유를 사랑하는 자들

1. 왜 그들은 방황하고 탐험하는가

2. 자유인들은 방황을 좋아한다

3. 자유의 DNA는 왜 그들에게만 넘치나

4. 너는 분명 방탐자일 거야

1.

왜 그들은 방황하고 탐험하는가

"사람은 극복되어야 할 그 무엇이다. 너희들은 너희 자신을 극복하기 위해 무엇을 했는가?"라는 질문에 대답하고자 끊임없이 방황하고 탐험하고 도전하는 자유인들이다.

"우주는 원자들이 소용돌이치면서 다양한 형태로 덩어리를 이루고 또 다시 해체되는 과정이 끊임없이 일어나는 공간이다. 그런데, 이런 원자들 대부분은 생명체를 이루지 못한다. 이런 점에서 우리는 선택받은 극소수의 행운아라고 생각할 수 있다." 미국의 철학자 셸리 케이건이 그의 저서 『죽음이란 무엇인가』에서 한 말이다. 우주의 무수한 물질 중에서 생명체로 발전한 것도 극소수인데, 그 생명체 중에서 우리만이 인간이라는 종으로 태어난 것은 행운 중의 행운이라는 의미이다. 여기에 살을 덧붙이자면, 우주의 작은 원자 중에서 인간으로 태어난 것도 커다란 행운일진대, 그중에서도 자유와 세상의 변화를 꿈꾸는 '방황하고 탐험하는 자'라는 '특별한 인간'으로 태어난 것은 더 큰 행운아라고 말할 수 있겠다.

왜냐하면, '방황하고 탐험하는 자'(좀 더 범위를 넓히면 방황과 탐험을 할 줄 알거나, 방황과 탐험의 길을 가고자 희망하는 사람들까지 모두 포함한다)라는 독특하고 특별한 존재만이 이 세상을 변화시키고, 이 세상을 웃게 만들며, 이 세상을 깜짝 놀라게 하는 잠재력을 보유하고 있기 때문이다. 생물이 진화를 하기 위해서는 우선 (돌연)변이가 생겨야 한다는 찰스 다윈의 말이나, 돌연변이만이 새로운 변종을 만들 수 있는 유일한 길이라는 리처드 도킨스의 말[3]에서 의미하는 '돌연변이'가 바로 우리 방탐자들이다. '도전하고 모험하는 자들'은 그렇게 이 세상을 변화시키기 위해, 이 세상에 자유의 향기를 내뿜기 위해 특별한 존재로 태어났다.

유연하고 자유로운 생각, 절대 좌절하지 않는 도전정신으로 무장한 '자유로운 영혼들'은 세상의 변화와 혁신이라는 역사적 사명을 가지고 있다. 그들은 태어날 때부터 천재성을 인정받아 남들에게 칭찬과 존경을 받기도 하였다. 독특함과 특별함으로 인하여 타인에게 기쁨과 웃음을 주기도 하였다. 때론 이단아로, 때론 풍운아로, 때론 아웃사이더로 불리기도 한 그들은 다소 엉뚱하게 행동하여 주변 사람들에게 조롱과 멸시를 받기도 하였다. 어울리거나 가까이 하기에는 피곤한 사람이라고 인식되어 기피 대상이 되기도 하였다.

그러나, '도전하고 모험하는 자들'은 세상의 변화에 대한 자신만의 세계관이 확고하여 웬만해서는 다른 사람들의 말과 행동에 주눅 들지 않는다. 뿐만 아니라 그들은 이 세상의 변화를 위해서라면 외로운 싸움과 저항을 기꺼이 받아들이며 전진하는 특성이 있다.[4] 방탐자들은 전진하면서 힘이 들고 상처를 받을 때마다 '방황하고 탐험하는 자들'의 레전드 격인 '조르바'의 말을 항상 되새기곤 한다. 니코스 카잔차키스의 소설 『그리스인 조르바』에서 '자유로운 영혼' 조르바가 "나이를 먹을수록 나는 더 거칠어집니다. 오래 살면 살수록 나는 반항합니다. 나는 절대로 포기하지 않습니다. 세계를 정복해야 하니까요. 자유롭게 되려면 바보가 되어야 합니다."라고 외친 것처럼 방탐자들은 세상을 향해 거친 반항과 위험한 모험을 감행할 때가 많다. 때로는 무모하게 행동하기도 한다. 그 과정에서 '도전하고 모험하는 자들'은 그들만의 끈기와 고집을 유지하며 견뎌내기도 하고, 좌절하기도 한다. 그럼에도 그들은 다시 일어서는 사람들인지라 결코 포기하지도 않는다.

'도전하고 모험하는 자들'의 삶에 대한 이런 의지, 행동, 생각 등에 대하여 일찍이 철학자 프리드리히 니체는 칭찬을 아끼지 않았다(물론 니체는 그의 저서에서 직접적으로 '방황하고 탐험하는 자들'을 지칭하지도 않았고, '자유로운 영혼들'을 염두에 두지도 않았다. 다만, 위대한 철학자 니체의 말이 방탐자들을 칭찬하는 것으로 해석될 수 있다는 점을 발견한 일은 '자유로운 영혼들'이 이 세상을 살면서 자부심을 느낄만한 커다란 사건임에는 틀림없다).

니체는 그의 저서 『선악의 저편』에서 "홀로 서고 고독을 즐기며, 자신의 힘으로 살아갈 수 있다는 것은 고귀한 인간의 조건이 된다."라고 말했다. 즉, 니체의 이 말은 '방황하고 탐험하는 자들'이야말로 반항심, 모험심, 충동심 등을 가지고 있기 때문에 스스로 용감한 결단을 내릴 줄 알고, 고독을 즐길 줄 알며, 혼자의 힘으로 살아갈 수 있는 '고귀한 인간'의 경지에까지 오를 수 있다고 해석이 가능한 대목이다(여기서 '고귀한 인간'이란 니체 철학의 전체를 관통하는 개념인 '위버멘쉬'의 다른 이름 또는 개념으로 알려져 있다. 위버멘쉬를 예전에는 '초인'이라고 번역하였으나, 요즘에는 '극복인' 또는 원문 그대로인 '위버멘쉬(Übermensch)'로 표현하는 경향이 있다).

'방황하고 탐험하는 자들'은 삶에 대하여 호기심이 충만하여 항상 탐구하고 공부하며, 새로운 시도를 하는 것을 좋아한다. 그들은 그런 과정에 대하여 우울해하거나 마지못해 움직이는 스타일이 아니다. 그들은 항상 자발적이고 적극적으로 그리고 유쾌하고 즐겁게 배우고 탐구하는 것을 받아들일 줄 아는 사람들이다.

니체가 그의 저서 『즐거운 학문』에서 인생을 문제풀이로 즐기듯 즐겁게 대하는 것이 필요하다고 역설하면서 "문제 앞에서 무거운 사색, 우울한 진지함이 아니라, 조롱과 경멸 그리고 문제를 가볍게 받아들이는 일시적이고 피상적인 쾌활함이 (중략) 필요한 게 아닌가?"라고 한 말이나, 그의 또 다른 저서 『선악의 저편』에서 "끊임없이 이상한 일들을 체험하고 보고 듣고 의심하며 희망하고 꿈꾸는 인간. 그는 숙명적 인간이며, 그를 둘러싸고 항상 천둥소리가 울리며 으르렁거리거나 찢어지는 소리가 나고 섬뜩해지는 존재."라고 한 말 모두 '방황하고 탐험하는 자들'의 호기심, 도전정신, 학문에 대한 유쾌하고 발랄한 태도 등을 칭찬하고 있는 것으로 들린다.

'자유로운 영혼들'은 자기애가 매우 높다. 자기 자신을 사랑하는 것은 '도전하고 모험하는 자'의 기본 전제조건이다. 그런 의미에서 자학을 하거나 자살을 하는 사람들은 설령 '방황하고 탐험하는 자들'의 기질을 일부 또는 부분적으로 가지고 있다 하더라도 진정한 의미의 방탐자는 아니다. '자기애'가 높은 관계로 '자유로운 영혼들'은 때로는 주변 사람들에게 이기적이고 자기밖에 모른다는 핀잔을 듣기도 한다. 자신을 사랑하지 않는 사람에게는 자유정신이 없고, 창의성도 없고, 변화도 기대할 수 없는 점에서 '자기애'는 '방황하고 탐험하는 자들'을 규정짓는 중요한 잣대이기도 하다. 자기를 사랑해야만 자유로운 자아의 주인으로서 생각하고 행동하고, 결단을 내릴 수 있기 때문에 '도전하고 모험하는 자들'의 독특한 언행의 근저에는 '자기애'가 깊숙하게 똬리를 틀고 있는 것이 분명하다.

이와 같이 '도전하고 모험하는 자들'은 파우스트, 조르바, 니체가 말한 '고귀한 인간'(또는 위버멘쉬), 즐겁게 학문하는 자유인이기도 하면서, 때로는 엉뚱하고, 때로는 가볍고, 때로는 고독한 존재들이기도 하다. 그들은 세상을 그냥 대충 살다가 저 세상으로 가고자 하는 사람들이 아님에 따라 항상 반항하고, 도전하고, 모험을 건다. 그 과정에서 혼자서 고뇌하며 속앓이를 하기도 하고, 주변 사람들과 다투거나 갈등을 겪기도 한다. '자유로운 영혼들'은 그런 고뇌와 갈등을 세상의 변화를 위한 치열한 몸부림이자, '고귀한 인간'이 되고자 하는 즐거운 모험이라고 생각하는 존재들이다. 고뇌와 갈등, 방황과 탐험 모두를 세상의 변화를 위한 작은 날갯짓이라고 생각하는 그들은 위대한 자유인의 정신을 온전하게 그리고 고스란히 품고 있는 존재들이다.

그들이야말로 니체가 『차라투스트라는 이렇게 말했다』에서 "사람은 극복되어야 할 그 무엇이다. 너희들은 너희 자신을 극복하기 위해 무엇을 했는가?"라고 우리에게 묵직하게 던진 질문에 대답하고자 끊임없이 방황하고 탐험하고 도전하는 자유인들이다.

2.

자유인들은 방황을 좋아한다

세상은 항상 자유와 변화를 원한다. 그렇기 때문에 자유와 변화를 지향하는 '방황하고 탐험하는 자들'의 존재는 지극히 자연스럽다.

일체의 방황이나 탐험을 하지 않고 이 세상을 살아가는 사람들도 존재할까? 아마도 없을 것이다. 인생이란 방황과 탐험의 연속된 과정이기 때문에 우리는 끊임없이 도전하고 모험을 할 수밖에 없는 운명이라고 해도 과언이 아니다. 방황과 탐험을 대하는 각자의 태도, 관점, 가치관, 인격, 성격 등은 모두 다르다. 도전과 모험의 과정을 거쳐 표출되거나 표현되는 결과물 또한 천차만별이다.

누군가는 남들이 가지 않는 오지나 위험지역 등을 여행하거나 정복하는 것만이 진정한 방황과 탐험이라고 생각한다. 사회와 국가에서 규율하는 법과 도덕의 기준을 거스르며 일탈의 자유를 만끽하는 것이 진정한 방탐자의 길이라고 생각하는 사람들도 있다. 자유를 위한 도전과 모험을 하면서도 끊임없이 시대적 · 역사적 사명감으로 고뇌하는 사람들도 있다. 이 세상에 존재하는 모든 도덕과 윤리의 화신이나 된 것처럼 뭇 백성들을 꾸짖고 훈계하면서도 정작 자신은 비도적적 · 비윤리적으로 사는 것을 방황하고 탐험하는 길이라고 생각하는 사람들도 있다. 우리는 '방황하고 탐험하는 자들'의 단편적인 동기, 과정, 결과만을 가지고 자유를 사랑할 줄 아는 매력적인 사람이라고 평가하거나, 자기밖에 모르는 싸가지 없는 인간이라고 매도해서도 안 된다.

어느 영역에서나 그렇듯이 '자유로운 영혼들'에 대하여도 접근방법, 보는 관점에 따라서 다양한 해석이 가능하다. 다만, 아직까지 '방황하고 탐험하는 자들'의 존재론적 의미, 사명 등에 대하여 깊이 있게 연구와 분석을 한 논문이나 책은 거의 없는 것 같다. 물론, 자신의 잠재력이나 자유를 구속하는 회사나 조직에서 과감히 뛰쳐나와 인생의 방황을 권유하는 책이나, 방황과 시행착오를 거친 후 특정 분야의 전문가가 되었거나 인생의 깨달음을 얻었다는 유의 자기계발서들은 많이 있는 것으로 보인다. 그 외에는 '방황하고 탐험하는 자들'과 유사한 부분이 일부 있는 것으로 보이는 '또라이'들에 관해서 연구하거나 분석한 책들[5)]이 나와 있는 수준이다.

특히 '또라이'라고 불리는 사람들의 경우 개성이 강하고 독특하며 자신만의 세계를 추구하는 점에서 '방황하고 탐험하는 자들'과 유사한 점이 있는 것이 사실이다. 자유를 추구하는 정신에 있어서는 방탕자와 또라이 간에 어느 정도 공통분모가 존재할 것이다. 다만, '또라이'라는 다소 부정적 용어에서 알 수 있듯이 그들에게서는 자유와 세상의 변화를 위해 고뇌하고, 방황하고, 탐험하는 긍정적인 인간의 모습으로 확장 또는 진화되는 것을 기대할 수 없다는 점에서 '도전하고 모험하는 자들'과는 결을 달리한다.

즉, 전문가들이 분석한대로 기존 질서에 도전하고 저항하려는 공통점이 존재함에도 불구하고 '인격장애'라는 부정적 특성을 내재하고 있는 '또라이'를 '도전하고 모험하는 자들'과 동일하거나 유사한 의미로 사용하기에는 부적합하다. 그래서 이 책에서는 자유를 추구하는 사람들이자, 세상의 변화를 위해 기꺼이 '방황하고 탐험하려는 사람들'을 총칭하는 긍정적 의미로서 '방탕자'(이것에 대한 전체 명칭 또는 그것을 지칭하는 다른 용어도 당연히 포함된다)라는 용어를 포괄적으로 사용할 예정이다.

방탕자들은 이렇게 세상의 변화를 이룰 수 있는 긍정적 에너지를 가지고 있다. 그들은 호기심이 많고 탐험하는 것을 좋아하기 때문에 끊임없이 질문하고, 의심하고, 다소 엉뚱한 행동을 할 때도 있다. 그렇게 자유롭게 도전하고 모험하는 것을 좋아하는 사람들로 태어났기 때문에 그들은 역설적으로 기존 질서의 변화를 꿈꾸는 존재들이기도 하다. 그들은 항상 방황하고 탐험을 하면서도 한편으로는 도전하고 저항을 하기도 하고, 한편으로는 고뇌하며 학습을 하기도 한다. 또 다른 한편으로는 소심하고 양심적이어서 남들의 눈치를 보다가 자기가 하고 싶은 것을 하지 못하고 손해를 보기도 한다.

이 책은 의학적 또는 학문적 근거를 바탕으로 '방황하고 탐험하는 자들'의 유형을 분석하거나, 그들에 대한 무슨 문제점 등을 찾아내고자 하는 것을 목적으로 하지 않았다. '도전하고 모험하는 자들'은 자유와 세상의 변화를 위해 이 세상 여타의 사람들과 함께 공존하고 연대하며 협업할 대상이지, 일정한 거리를 두고 경계하고 회피해야 할 대상이 아니기 때문이다. 이 책에서는 자유를 사랑하는 '방황하고 탐험하는 자들'의 운명과 사명, 그리고 이 세상의 변화에 조금이나마 기여하기 위한 그들의 진화와 생존전략 등에 대하여 필자의 다양한 경험과 사회현상 등을 대입한 후 가볍고 경쾌하게, 때로는 진지하게 살펴보려 한다.

세상은 항상 자유와 변화를 원한다. 그렇기 때문에 자유와 변화를 지향하는 '방황하고 탐험하는 자들'의 존재는 지극히 자연스럽다. 그들이 많아진다면 이 세상은 더욱 자유롭고, 더욱 생동감이 넘치고, 더욱 살기 좋은 곳으로 바뀔 수밖에 없다. 이런 생각을 가지고 있고, 그에 동조하는 '방황하고 탐험하는 자'들이 이 세상에는 생각보다 많다. 특히 의미 있는 것은 그들의 숫자보다 그들이 할 일이 더더욱 많다는 점이다.

그래서 니체도 '방황하고 탐험하는 자들'이 자유를 위해, 이 세상의 변화를 위해 할 일이 아직 많이 남아 있음을 역설하지 않았던가. 니체는 『차라투스트라는 이렇게 말했다』에서 "용기를 잃지 말라. 그것이 무엇이 문제인가? (중략) 실패를 하고 절반만 성공했지만 이것이 뭐 그리 놀랄 일이란 말인가? 그대들 내부에서 인류의 미래가 밀치락달치락 몸부림치고 있지 않은가?"라고 하면서 방탕자들에게 세상을 변화시킬 잠재력이 꿈틀거리고 있음을 칭찬한 바 있다. 뿐만 아니라, 같은 책에서 니체는 "위대한 영혼들에게는 아직도 대지가 활짝 열려 있다. 조용한 바다의 내음이 감도는 그런 자리가 홀로 있는 자와 단둘이서만 있는 자를 위해 아직 많이 남아 있다."라고 하면서 '방황하고 탐험하는 자들'이 자유를 위해, 이 세상의 변화를 위해 할 일이 아직 많이 남아 있음을 강조한 바 있다.

이와 같이 '방황하고 탐험하는 자들'이 소소한 일상생활에서부터 '자유와 변화'라는 본연의 사명을 제대로 수행하고 정당하게 평가받을 수만 있다면 이 세상은 분명 따뜻한 인간애가 숨 쉬고 자유가 넘치는 아름다운 대지로 변모할 것이다.

3.

자유의 DNA는 왜 그들에게만 넘치나

새로운 상태를 시작하는 능력, 이것이야말로 '도전하고 모험하는 자들'이 세상의 변화를 이끌어갈 적임자라는 것을 보여주는 유력한 증거이다.

철학자 임마누엘 칸트는 일찍이 『실천이성비판』에서 "인간이 자유를 가지고 있다는 것은 그가 새로운 상태를 자신으로부터 시작하는 능력을 가지고 있다는 의미이다."라고 얘기했다. 끊임없이 세상과 충돌하고, 세상에 저항하는 자들로 알려진 '자유로운 영혼들'이 그토록 방황하고 탐험하는 이유는 자유로운 삶을 통한 새로운 시작, 즉 세상을 변화시키고 싶어 하기 때문이다. 자유를 뺀 '방황하고 탐험하는 자들'을 상상하기는 어렵다. 끊임없이 더 많은 자유를 추구하지만 그들은 자유를 소유할 줄도 알고, 자유를 누릴 줄도 알며, 자유를 스스로 관리할 줄도 아는 사람들이다.

그런 점에서 그들은 칸트의 말대로 자신으로부터 새로운 상태를 시작하는 능력도 가지고 있다고 말할 수 있다. 새로운 상태를 시작하는 능력, 이것이야말로 '도전하고 모험하는 자들'이 세상의 변화를 이끌어갈 적임자라는 것을 보여주는 유력한 증거이다. 뿐만 아니라 그들이야말로 세상의 변화라는 새로운 것을 탄생시킬 수 있는 유전적 능력을 보유한다고 해석할 수 있는 대목이기도 하다.

니체도 칸트와 비슷한 말을 했다. 그는『차라투스트라는 이렇게 말했다』에서 "너희들의 정신과 덕으로 하여금 이 대지의 뜻에 이바지하도록 하라. (중략) 너희들은 전사가 되어야 한다. 창조하는 자가 되어야 한다."라고 말했다. 위대한 두 철학자들 모두 '방황하고 탐험하는 자들'에게 우리가 살고 있는 현실 세상의 뜻에 이바지하기 위해 사물의 가치를 새롭게 하여 세상의 변화를 창조하라고 가르쳤다.

불교학자 김달진은『산거일기』에서 "배는 항구에 정박 중일 때에는 아무 위험이 없다. 그러나 배는 그러자고 있는 것이 아니다."라고 말했다. 여기의 '배'를 이 책의 주인공인 '방황하고 탐험하는 자들'로 대체하면 아마도 이런 의미로 해석할 수 있을 것이다. "'자유로운 영혼'은 방황과 탐험을 하지 않고 얌전히 있을 때에는 아무 위험이 없다. 그러나 방탐자는 그러자고 있는 것이 아니다. 자유를 위해 세상을 향해 반항하고, 도전하고, 방황하고 탐험을 해야 그 존재가치가 있다."라고.

이와 같이 '자유로운 영혼들'은 이 세상을 변화시키기 위해, 이 세상을 웃게 하기 위해, 그리고 이 세상을 깜짝 놀라게 하기 위해 세상에 태어났다. 그들은 방탐자 유전자를 가지고 태어났기 때문에 결코 조용하고 얌전하게 살려고 하지 않는다. 그들은 세상의 변화를 위해서라면 기존 질서에 적극 반항하기도 하고, 거칠게 모험을 하기도 한다. 이는 '자유로운 영혼'을 소유한 그들의 자유로운 삶의 방식이기도 하지만, 세상을 진화시키고 바꾸기 위한 운명적인 몸부림이기도 하다. 이를 의식하든지 의식하지 않든지 그들은 그런 운명으로 태어났다.

세상을 변화시킨다는 것은 위대한 천재적 예술가나 과학자처럼 인류 역사에서 한 획을 그을 만한 업적으로 세상을 변화시키는 의미를 당연히 포함한다. 그렇지만, '도전하고 모험하는 자들'이 얘기하는 세상의 변화란 대부분 일상생활에서의 작은 변화를 의미한다. 강민혁이 그의 저서 『자기배려의 인문학』에서 "홀로 별 일 없이 사는 것, 그것이 루쉰의 진정한 복수, 침묵의 복수다. 생활의 변화와 동행하지 않는 어떤 혁명도 루쉰[6)]에게 부정된다. 루쉰에게 일상은 혁명의 출발점이자 종착지인 셈이다." 라고 얘기하고 있듯이, 세상을 변화시키는 일이란 원래 작은 일상에서부터 시작된다.

작은 일상이라는 것 역시 무궁무진한 경우의 수를 가진다. 꾸준함과 성실함으로 하루의 일상을 보내는 것, 타인에 대한 배려와 애정의 마음으로 살아가는 것, 홀로 조용히 고독을 즐기며 성찰하는 것, 권력자들의 이데올로기에 속지 않고 자유로운 자아로서 당당히 살아가는 것 등이 모두 작은 일상에서의 혁명에 해당한다. 이런 일상의 혁명으로 충분히 세상의 변화를 앞당길 수 있다면 '자유로운 영혼들'은 기꺼이 이를 실천에 옮기려 할 것이다.

다만, 세상의 변화라는 원대한 사명을 가지고 태어난 '도전하고 모험하는 자들'로서는 그렇게 무탈하게 일상을 보내는 것만으로는 결코 만족스럽지 못하다고 느낄 것이다. '자유로운 영혼들'은 세상의 변화를 위해 스스로부터 재탄생하려고 노력한다. '방황하고 탐험하는 자들'은 재탄생을 위한 노력을 할 때에도 자연선택이라는 진화의 법칙을 겸허히 수용할 줄 안다. 방탐자라는 소중한 유전자를 지니고 태어났으나, 세상을 변화시킬 위대한 방탐자 유전형질을 후대에게 대물림할 사명도 그들에게 있다는 점을 알고 있다. 그 사명을 다하기 위해서라도 '자유로운 영혼들'은 자연선택을 받을 수 있도록 세상의 환경에 적응할 준비가 되어 있다. 그렇게 하지 않으면 자연선택의 법칙에 따라 방탐자 개체의 파멸을 맞이할 수도 있기 때문이다.

4.

너는 분명 방탐자일 거야

'자유로운 영혼'이면서도 '방황하고 탐험하는 자'가 아니기도 한 조금은 경계가 모호하면서도 형용모순의 복잡 미묘함이 뒤섞여 있는 존재이기도 하였다.

인간의 내면세계란 형용모순의 집합체다. 내재된 자아, 심리 등을 어느 한 가지로만 표현하거나 해석할 수 없는 이유이기도 하다. 나의 경우에도 '자유로운 영혼'이 되려는 욕망을 거침없이 표출할 때도 많지만, 한편으로는 스스로 자유를 억압하는 내적 모순이 변증법의 하모니처럼 지속적으로 소용돌이치기도 하였다. 즉, 스스로 옳다고 생각하거나, 바람직하다고 생각하는 것에 대하여 자유롭게, 그리고 용감하게 행동하기도 하였다. 그러나, 지금까지 지켜왔고 지키려고 노력한 원칙과 기준에 구속받으며 살기도 하였다. 특히, 일정한 루틴을 따라야만 마음이 편해지는 생활태도를 유지하려는 성향은 언뜻 '방황하고 탐험하는 자들'의 기질과는 무관한 온순한 양들의 행동처럼 보이기도 한다. 수많은 기회비용을 감수하면서까지 그런 특별한 루틴을 유지하려는 지독한 고집 자체가 또 다른 의미에서는 '도전하고 모험하는 자'라고도 할 수 있겠다.

일상의 루틴을 유지하려는 고집은 모든 언행을 하기 전에 계획을 수립하고 준비하는 성향과 관계가 있다. 그리하여 하루의 일정(몇 시에 자고 일어나고, 밥을 먹고, 화장실을 가고, 몇 시 차를 타고, 그러기 위해서는 어떤 동선으로 어떻게 가고, 커피를 하루에 몇 잔 먹을지, 그것도 오전에 몇 잔 오후에 몇 잔 마실지, 담배는 몇 대 피우고, 몇 시에 어떤 운동을 하고 등등) 관리를 위해 매일 매일(물론 일요일 등 쉬는 날에도) 그날의 스케줄을 최대한 세밀하고 구체적으로 수립하고 그에 맞추어 행동하는 스타일이었다. 그런 루틴을 유지하는 것 외에도, 법과 도덕 지키기, 무례한 행동 안 하기, 은어와 속어 안 쓰기 등 모범생으로 살아야 한다는 의무감으로 스스로 자유를 억압하는 삶을 살기도 하였다. '자유로운 영혼'이면서도 '방황하고 탐험하는 자'가 아니기도 한 조금은 경계가 모호하면서도 형용모순의 복잡미묘함이 뒤섞여 있는 존재이기도 하였다.

자유를 갈구하면서도 규칙과 원칙을 지키려는 성향이 있다 보니, 한편으로는 자기관리를 철저히 하고, 세상의 유혹에 흔들리지 않는 젠틀한 사람으로 보이기도 했다. 다른 한편으로는 원리 원칙만을 강조하는 초등학교 교장선생님 이미지 또는 융통성이 없는 앞뒤가 꽉 막힌 꼰대 이미지로 기억되기도 하였다. 아무튼, '자유로운 영혼'의 방탐자 성향과 규칙과 원칙을 준수하는 성향의 비자유주의적 기질들이 서로 충돌하며 치열한 싸움을 벌이는 통에 매일매일 뇌 속에는 파란만장한 대서사시가 펼쳐지곤 하였다.

사람이란 저마다 특정한 성향의 특성들을 가지고 있다. 그 특성 중 특정한 것을 확대 재생산하거나, 과대포장을 할 경우 '방황하고 탐험하는 자'가 아닌 사람은 아무도 없을 것이다. 특정 성향이 강해 모든 사람들이 명백하게 인식하는 정도의 뚜렷한 개성을 가진 사람도 있고, 특정 성향이 있더라도 웬만해서는 타인이 그 성향을 감지하기가 어려운 사람도 있다. 전자의 경우라면 타인들이 미리 회피하거나 다른 대처를 사전에 하는 경향이 있기 때문에 오히려 갈등상황이 적게 발생할 가능성이 많다. 그러나, 후자의 경우에는 초창기 큰 불편이 없어서 신뢰관계가 충분히 형성된 단계이기 때문에 사후적으로 상처받는 일이 더 많이 발생할 수도 있다. 그런 점에서 '도전하고 모험하는 자들'의 어떤 특성들이 자신에게 얼마나 내재되어 있는지에 대하여 확인하고 분석하는 일은 타인을 위해서도, 자기 자신을 위해서도 꼭 필요하다.

개인적으로는 규칙과 원칙을 준수하는 성향이 상대적으로 조금 많다고 생각한다. 그런 성향 외에도 남에게 인정받고 사랑받고 싶은 욕망, 남들과는 달라 보이고 싶고 차별성이 있다는 것을 드러내고 싶은 욕망, 그러면서도 시대와 역사적 정의나 소명에 대하여 투철한 의무감을 가지려는 도덕적 성향, 이 세상의 정의롭지 못한 것이나 위선적인 것에 대하여는 깡그리 비판하는 비주류 무당파적 성향까지 두루두루 가지고 있는 것으로 파악된다. 즉, '자유로운 영혼들'의 여러 성향 또는 특성들을 중첩적 · 복합적 · 다층적으로 보유한다고 말할 수 있다. 이 모든 것을 종합할 때 지극히 노멀한 자유주의자일 수도 있지만, 모든 사람이 인정하는 울트라 '자유로운 영혼'일 가능성도 충분히 있을 것으로 보인다.

'도전하고 모험하는 자'의 기질이라고 불리는 모든 특성들이 다 잘못된 것이거나, 타인에게 불편과 손해만을 끼치는 것은 아니다. 오히려 장점들이 훨씬 많다. 그런 점에서 지금까지의 삶을 성찰하면서 자신이 어느 부문에서 방탐자 기질이 상대적으로 더 많은지, 방탐자 기질 중에서 장점으로 업그레이드할 만한 부분은 없는지, 이 세상을 위해 활용할 만한 것은 없는지 등에 대하여 찾아보고 고민하는 것은 나름 의미가 있다. 왜냐하면, '도전하고 모험하는 자'의 기질은 모든 사람에게 다 있는 것이고, 그런 성향 중 많은 부분은 단점보다는 장점으로 작용할 수 있기 때문이다.

남에게 해를 끼치지 않는 범위에서 개인의 자유는 최대한 보장되어야 한다는 존 스튜어트 밀의 말은 우리에게 항상 울림을 준다. 우리의 자유를 지키기 위해서라도 타인에게 해를 끼치지 않아야 하는 것은 너무나 당연하다. 설령 타인에게 해를 끼치는 부분이 일부 존재하더라도 타인에게 일방적으로 불편과 손해만을 주는 것이 아니라면, 습관이나 마음가짐을 부분적으로 고치거나 다듬는 등 일상적 적응을 할 필요가 있다(물론 타인에게 일방적으로 불편과 손해만을 준다면 지금 당장 하지 말아야 하겠지만, 양심적 자유주의자들에게는 발생할 가능성이 거의 없다고 봐도 좋다). 그렇게 적응하려는 노력을 할 때 우리의 방황과 탐험은 충분히 긍정적 에너지로 변환될 수 있다. 이런 변화의 긍정적 메커니즘을 아는 사람이라면 자신의 방탐자 기질이 무엇이고, 방황하고 탐험하는 정도는 어느 수준인지 최대한 객관적으로 평가 · 점검하는 것이 필요하다.

어쨌든, 젊은 시절 벌어졌던 개별적 사건과 경험들, 그리고 연관되는 장면들에 대한 반추를 통하여 오늘의 내가 있기까지 도대체 무슨 일들이 펼쳐졌는지 되돌아보는 것 자체만으로도 충분히 의미와 재미가 있지 않을까? 다만, 앞으로 전개될 흥미진진한 내용에 대하여 아무리 기대가 크다고 하더라도 과도하게 흥분하지는 말라고 당부하고 싶다. 냉철하면서도 이성적으로 접근하려는 마음가짐, 이 책의 독자들에게 기대하는 최소한의 준비물이다.

활기 있는 사회는 어떤 터무니없게 보일 수도 있는

비장한 목표를 내장하고 있는 사회다.

그렇게 되면 사회의 구성원은 개인적 목표를 넘어서서 방황한다.

방황이 없으면 청춘이 아니다.

– 김용옥, 『사랑하지 말자』 중에서

방황하지 않고도 자유로울 수 있을까?

1장

소중한 것들과 자유 사이에서

1. 한 잔의 아메리카노가 주는 자유
2. 자유인들의 위생관념
3. 명함 속 한자가 뭐길래
4. 남들과는 다르고자 했던 욕망
5. 수신제가 말고 치국평천하
6. 의식 있게 살아야 한다는 강박

1.

한 잔의 아메리카노가 주는 자유

"악마처럼 까맣고, 지옥처럼 뜨거우며, 천사처럼 순수하고, 사랑처럼 달콤하다."라는 그 아름답고 리얼한 커피 찬가가 떠오른다.

2012년 아메리카노는 그렇게 정치를 만났다. 소위 '통합진보당 아메리카노 사건'을 말한다. 2명의 공동대표(유 모 씨와 심 모 씨)가 회의 때마다 사무실 밖의 커피전문점에서 아메리카노를 사오도록 당직자에게 심부름을 시켰다는 내용의 사건이었다. 심부름을 시켰다는 것에서 논란은 시작되었다. 그러나 정작 화제가 된 것은 아메리카노를 즐기는 부르주아들이 노동자 · 농민을 대변하는 정치인이라는 사실이 말이 되지 않는다는 취지의 비난 글이었다. 이런 논란이 있던 시절에 위 유 모 씨[7]를 개인적으로는 좋아하지 않았다. 그렇지만 적어도 아메리카노를 좋아한다던 그의 취향에 대하여는 이해와 존중을 해주고 싶었다. 그와 마찬가지로 나도 따뜻한 아메리카노를 무척 사랑하는 사람이기 때문이었다.

남들과 다른 특별한 미각과 취각을 가진 사람들은 각기 다른 신맛, 단맛, 쓴맛, 바디감, 아로마, 플레이버의 차이를 느끼려 특정 국가의 특정 원두에서 추출된 커피만을 마신다고 한다. 나의 경우에는 해발 800미터 이상의 고원에서만 자란다는 아라비카의 원두든, 그 이하 저지대에서 자란다는 로부스타의 원두든 중요하지 않았다. 적당한 쓴맛과 신맛이 어우러져 깔끔하면서도 씁쓰름한 커피 향을 음미할 수 있는 아메리카노 한 잔이 있느냐 없느냐 여부만이 중요했다. 다른 첨가물 없이 오직 따뜻한 물에 제 온몸을 녹여낸 블랙의 기운을 온전히 느끼는 것이 중요했지, 원두의 원산지나 커피 전문점의 브랜드는 전혀 중요하지 않았기 때문이다.

지금처럼 커피전문점이 따로 없던 80년대에는 자동판매기 커피가 대세였다. 동네 슈퍼 앞에도, 전철역에도, 학교 도서관 로비에도 자판기가 즐비하였다. 사람들은 인스턴트커피의 대명사였던 프림, 설탕, 커피가 적절히 혼합된 일명 자판기 믹스커피를 즐겨 마셨다. 그때에도 나는 텁텁하면서도 입안에 끈적끈적한 설탕기를 지속적으로 남기고야 마는 자동판매기의 믹스커피 대신에 늘 블랙커피를 마셨다. 이런 취향의 사람들을 위해 블랙커피를 선택할 수 있는 버튼을 따로 만들어 놓은 것을 보면 자동판매기 제조업자들의 센스 혹은 영업 마인드도 나름 괜찮은 편이었다(다만, 블랙커피가 상대적으로 인기가 없고 판매량도 적다 보니 커피물을 내보내는 자동판매기 안의 관이나 호스가 위생적이지 않을 것 같은 의구심은 늘 가졌다. 그러나 다른 대안이 없는 관계로 어쩔 수 없이 블랙

커피를 선택하였다).

당시의 블랙커피는 지금 대중화된 아메리카노를 흉내만 냈을 뿐, 향이나 맛은 현저히 떨어졌다. 그럼에도 잠시 휴식이 필요할 때, 누군가와 만나 담소를 나눌 때, 혼자서 조용히 먼 산을 바라보며 자유로움을 느끼고 싶을 때마다 선택한 것은 상대적으로 뒤끝이 깨끗한 블랙커피였다.

그래서일까? 커피에 대하여 제대로 알지도 모르는 촌놈이 괜히 폼 잡으려고 미국 사람 흉내를 낸다고 비아냥하는 사람도 있었다. 대다수 사람들이 마시는 믹스커피 대신에 남들과는 다른 취향의 커피를 즐길 줄 아는 도시적 이미지의 세련된 사람으로 비치기를 바라는 마음이 조금이나마 있었는지도 모르겠다. 대학교 시절부터 시작된 자동판매기 블랙커피에 대한 사랑은 답답할 때마다 편안한 휴식을 제공하는 따뜻한 아메리카노에 대한 편애로 이어졌다.

이후 미군부대에서 군 복무를 하면서 식사 시간마다 식당에서, 가끔씩은 근무 시간 중에 찾아오는 유료 스낵카[8]를 통해 마실 수 있었던 아메리카노는 카투사 생활의 또 다른 혜택이자 군 생활에서 만끽할 수 있는 여유로움의 상징이기도 하였다. 커피전문점이 우후죽순처럼 생겨났고, 대한민국에서도 점심식사 후 커피를 마시는 것이 하나의 문화로 자리잡은 지 이미 오래되었다. 매일 1잔 이상의 아메리카노를 마셔야만 심리적 안정감과 행복감을 느끼는 커피 중독자는 나뿐만이 아닐 것이다.

본인뿐만 아니라 사회에도 해악을 끼치는 알코올이나 약물에 집착하는 것을 어둡고 위험한 중독이라 한다면, 아메리카노에 집착하는 것은 아늑하고 따뜻한 중독이라 부를 수 있겠다. 아메리카노가 우리의 심신을 중독시키고 구속하더라도 지친 일상의 스트레스를 해소시키고 잠시나마 행복감을 맛볼 수 있도록 본연의 역할을 제대로 수행한다면 우리는 기꺼이 그 '향기로운 구속'을 언제든지 환영하며 받아들일 용의가 있다.

오늘처럼 하늘도 파랗고 공기도 상쾌한 날에는 '샤를모리스 드 탈레랑 페리고르[9]'라는 프랑스 정치인이 말했다는 "악마처럼 까맣고, 지옥처럼 뜨거우며, 천사처럼 순수하고, 사랑처럼 달콤하다."라는 그 아름답고 리얼한 커피 찬가가 떠오른다. 일상생활에서 가장 쉽고 빠르게 자유인이 될 수 있는 방법을 우리 아메리카노 중독자들은 이미 알고 있다. 그러기에 커피를 사랑하는 방탐자들에게 지금 당장 아메리카노를 마시러 어디론가 떠나기를 권한다. 따뜻한 아메리카노라면 혼자든 둘이든 언제나 기분이 좋지 않았던가.

2.

자유인들의 위생관념

조금이라도 더 건강해질 수 있다면 자유를 향한 우리의 방황과 탐험은 더 긴 기간 동안 훨씬 다이내믹하고 거침없이 이루어질 것이다.

"미국 사람들은 왜 신발을 신은 채 침대에 바로 눕는 것일까?" 이것은 미국 영화나 드라마를 볼 때마다 항상 옆 사람에게 묻는 질문이었다. 남녀노소를 가리지 않고 피곤한 몸을 이끌고 집에 들어와서는(물론 그들은 집에 들어올 때 신발도 벗지 않는다) 바로 자기 방의 침대에 풀썩 쓰러지는 장면은 처음에는 큰 충격이었다. 요즘에는 우리나라의 드라마에서도 자주 볼 수 있는 장면이 되기도 하였다.

일상생활의 작은 디테일에 따라 직접적으로 우리의 위생과 건강에 영향을 미친다는 연결고리에 대하여 언제부터 그렇게 많은 관심을 가졌는지는 정확하지 않다. 다만, 오래 전 1호선 전철에서 몇 달을 씻지 않은 것으로 보이는 노숙자 한 명이 더러워질 대로 더러워진 그의 옷, 신발, 머

리카락을 온 좌석에 합체시킨 채 누워 자다가 어느 역에선가 내리는 일을 목격하였다.[10)]

아무런 사정을 모르는 방금 탄 사람 중 동작이 가장 빠른 3명이 노숙자가 떠난 그 좌석을 잽싸게 차지하였다. 그들은 여러 경쟁자들을 물리치고 순발력을 발휘하여 좌석을 차지한 것에 대하여 대단히 만족하고 있었다. 뿐만 아니라, 그중 젊은 여성 한 명은 손으로 좌석의 먼지 같은 것을 털더니 그 손으로 머리를 뒤로 넘기기도 하고, 다시 얼굴을 만지기도 하였다.

그와 비슷한 사건들을 여러 번 목격한 이후부터 대중교통이든 공공건물이든 사람들이 손으로 만진 것, 엉덩이를 깔고 앉는 것, 머리를 기대고 있었던 것 등에 잔존하는 세균이나 오염물질이 어떻게 사람과 사람을 통해 최종적으로 나에게까지 전달되는지의 경로를 따져보는 습관이 생겼다. 이른바, 위생관념에 관한 '방황하고 탐험하는 자'가 되었다.

요즘 TV 광고에 탕수육은 '부먹'(소스를 탕수육에 부어서 먹는 것)이 좋으냐, '찍먹'(탕수육을 소스에 찍어서 먹는 것)이 좋으냐를 가지고 서로 자기주장을 하는 내용이 나온다. 젊은 사람들(배우 이보영과 가수 성시경)의 위 논쟁에 대하여 연장자인 배우 최불암은 '꼭먹'(꼭꼭 씹어서 먹는 것)이 최고라고 하면서 결론을 내려준다(다만, 앞 장면에서 '붓다'와 '찍다'의 동사가 나왔으니 당연히 동사형인 '씹먹'이라는 용어로 결론을 내려

줘야 정상이겠으나, 어감상의 이유 때문인지 갑자기 부사를 대입하여 '꼭먹'이라고 작명한 것이 무척 어색하다는 것은 대부분의 시청자들도 느꼈을 것이다). 탕수육을 좋아하는 우리나라 사람들이라면 그런 논쟁을 해 본 경험들이 다 있을 것이다.

위생에 대하여도 '방황하고 탐험하는 자들'은 어떻게 했을 때 맛이 좋은지 여부보다는 어떻게 해야 위생적으로 먹을 수 있는지에 대하여 더 관심을 가진다('부먹'을 하든지 '찍먹'을 하든지 크게 상관은 없지만, 그런 경우 소스를 타인과 공유할 수밖에 없는 상황이 발생한다. 그런 비위생적 환경을 원하지 않기 때문에 방탐자들은 각자의 그릇에 따로 떠서 먹는 것을 더 좋아한다). 즉, '도전하고 모험하는 자들'은 먹는 것에 대하여도 보는 관점이 조금 다르다. 과하지만 않다면 비위생적 환경이나 습관은 사람들의 면역력을 길러주는 장점이 있는 것으로 알려져 있다. 일정 부분 동의하는 내용이지만, 우리 주변에는 비위생적인 환경이 너무 많고, 비위생적 습관을 가진 사람들이 생각보다 많다. 위생 수칙, 특히 손을 씻는 것만 잘 지켜도 호흡기 질환 등 감염병이 예방되거나 걸려도 쉽게 나을 수 있다고 한다.[11] 그러나, 많은 사람들의 습관은 여전히 위생관념하고는 거리가 먼 것이 현실이다.

그래서인지 우리는 공중 화장실에서 큰 볼일을 본 후에 손을 씻지 않는 사람들을 흔하게 볼 수 있다(여자 화장실의 사정은 잘 모르겠지만, 적어도 남자 화장실에서는 큰 볼일을 본 후 손을 씻지 않는 사람들이 생각한 것보다는 훨씬 많은 것이 객관적 사실이다). 그 사람들은 씻지 않은 손으로 공중화장실 손잡이 중 사람들이 가장 많이 잡는 부위를 밀거나 당기며 열고 나간다. 다시 누군가는 그 손잡이의 같은 부위를 만지며 들어오거나 나간다. 나가면서 일부는 얼굴을 만지고 코도 파고, 이후 반가운 사람을 만나서 악수를 하고, 그 손으로 빵이나 피자를 집어서 입으로 가져가기도 한다. 그것만 있는 것이 아니다. 남에게 피해를 주지 않겠다며 기침이 나오면 손으로 막은 후 다시 그 손으로 버스와 전철의 손잡이를 만지작거리는 일도 비일비재하다(그러면 그 손잡이를 다른 사람이 또 만지고, 그 만진 손으로 다시 얼굴을 만지고 먹을 것을 집어 먹는다).

또 다른 사례도 있다. 아무 데나 앉은 옷으로 식당과 대중교통의 좌석에 아무렇지 않게 앉음으로써 서로의 이물질을 공유하기도 한다. 괄약근이 약한 사람들의 대변 분비물이 묻은 전철의 좌석을 수백 명의 사람들이 이용하면서 그 분비물을 엉덩이에 조금씩 묻혀서 서로 사이좋게 나눠 가지기도 한다. 문제는 다른 사람들과 공유한 이물질과 세균 등을 최종적으로는 본인들 집의 소파나 침대에도 일부를 안착시키며, 가족들끼리 또 사이좋게 공유한다는 점이다.

일상생활의 도처에 산재해 있는 비위생적 디테일을 맞이하게 되는 '방황하고 탐험하는 자들'이라면 뭐에 꽂힐 때마다 끊임없이 집중하고 사유하는 특성상 그런 환경에 자신이 무방비 상태로 노출되는 점에 대하여 걱정과 우려를 하지 않을 수 없다. 그러나 우리는 수많은 곳의 출입문을 열고 닫을 때 손잡이를 잡아야만 한다. 반가운 사람을 만나면 악수를 해야만 한다. 전철이든 공공장소든 의자가 있으면 앉아야 한다. 우리는 그런 일상에 늘 노출될 수밖에 없다.

'도전하고 모험하는 자들'이라면 그런 위생 관계를 철저히 조사하고, 분석하고, 확인한 후 일상생활의 디테일에서 보이는 비위생적 상황을 최소화하려고 노력한다. 그러나, 현실적으로 우리 집이 아닌 바깥세상에서 완벽하게 위생적으로 산다는 것은 불가능에 가깝다. 우리가 할 수 있는 일은 비위생적 환경에 노출되는 횟수, 시간, 빈도를 줄여나가는 수밖에 없다. 좀 더 구체적으로는 손잡이를 잡는 일을 최소화하고, 손잡이를 만졌으면 즉시 손을 씻어야 하는 위생수칙을 잘 지켜야만 한다.

바깥세상은 어쩔 수 없다고 하더라도 우리 가족들이 사는 집안에서라도 위생을 지키는 것은 건강한 삶을 위해 꼭 필요한 부분이다. 위생관념에 꽂힌 방탐자들은 그래서 외출을 다녀오면 가장 먼저 하는 일이 손과 발을 포함하여 샤워를 하는 것이다. 만약 불가피한 사정으로 샤워를 할 수 없다면 방탐자들은 식탁의자나 소파, 방바닥, 침대에 절대 앉지 않고 (엄밀하게는 엉덩이를 어디에도 붙이지 않고) 서서 급한 일을 처리한다. 다소 불편할 수 있지만 그렇게 하지 않으면 전철 속 그 노숙자의 몸에서 나온 비위생적 추출물과 똥 싸고 손 안 씻은 사람의 세균들이 여러 경로를 통해 최종적으로 내가 누울 침대에까지 따라올 수 있기 때문이다. 방탐자들은 기꺼이 그런 정도의 불편함은 충분히 감수할 수 있다고 생각한다.

비위생적으로 살아도 장수하는 사람들 많다고 하면서 위생을 따지는 사람들에게 면박을 주는 사람들을 자주 본다. 각자의 가치관에 따라 재미있고 행복하게 사는 것이 가장 중요하기 때문에 누구의 주장이 틀렸다고 단정할 수는 없다. 하지만, 위생적이면서도 건강하게 잘 살 수 있는 방법이 있다면 '방황하고 탐험하는 자들'은 당연히 그 방식과 습관을 가지려고 노력한다.

음식을 먹을 때, 전철을 타고 다닐 때, 수많은 문들의 손잡이를 잡을 때 등 우리의 일상생활 곳곳에서 조금만 신경을 쓰면 비위생적 환경에 대한 세부적 디테일을 볼 수 있다. 그런 디테일을 보려고 하는 작은 노력을 실천할 경우 최소한 각자 자기 집에서라도 좀 더 위생적인 생활이 얼마든지 가능하다. 그럼으로써 조금이라도 더 건강해질 수 있다면 자유를 향한 우리의 방황과 탐험은 더 긴 기간 동안 훨씬 다이내믹하고 거침없이 이루어질 수 있을 것이다.

3.
명함 속 한자가 뭐길래

퍼스널 브랜딩의 문제도 화려한 수단이나 치장물이 아니라, 결국 그 사람의 품격 문제로 귀결되고 만다는 것을 새삼 확인하게 된다.

노이즈 마케팅[12)]은 계획된 홍보로 밝혀졌다. SNS에서 무플보다는 악플이 더 낫다는 말도 있다. 자신을 알리고 싶어 하는 요즘 사람들의 세태를 반영하는 말들이다. 인간만큼 남들에게 관심 받고 싶어 하는 존재가 있을까? 관심을 받고 싶어 하는 사람들은 끊임없이 타인들을 향해 자신의 이름, 얼굴, 업적, 성과, 여타의 장점들을 알리려고 한다. 그래야 남들이 이름을 불러주기도 하고, 대단하다고 칭찬하기도 하고, 좋은 이미지로 간직하기 때문이다.

사회생활을 하는 사람들은 업무적이든 비업무적이든 수많은 교류를 한다. 다른 사람들과 처음 대면하게 되면 자신을 알리기 위한 방법으로 명함을 교환하는 것이 일반적이다. 명함에는 자신을 설명해주는 수많은 정보가 담겨져 있기 때문이다. 명함이란 첫 대면을 하는 사람에게 친절하게 자기소개를 대신해 줄 수 있는 좋은 장치이긴 하나, 한편으로는 세속적 위계질서를 세우는 기능을 할 때도 많다. 명함 속에 적혀 있는 그 사람의 직위나 직급이 높은 사람일수록 세속적으로 좀 더 많은 것을 가진 것처럼 행세하는 경향이 있다. 명함 속에 적혀 있는 직위나 직급이 낮은 사람들은 그에 맞춰 예의를 갖추어야 한다고 생각할 가능성이 많은 점에서 명함을 교환하는 일이 불편한 사람들도 많다.[13)]

어쨌든 명함은 자신을 소개하는 유용한 도구이자 필수적 수단이 되었다. 요즘에는 자신을 멋지게, 독특하게, 참신하게 알리기 위해 저마다의 개성이 넘치는 명함을 건네는 사람들을 많이 본다. 자신의 사진을 넣는 사람, 자신의 학력과 경력을 넣는 사람, 자신이 이룬 업적이나 저서를 넣는 사람 등 모두 어떻게든 자신을 좀 더 잘 알리기 위한 몸부림일 것이다.

어릴 적부터 어른들의 명함을 보면서 회사생활이든 사회생활을 하게 되면 명함에 호(號)를 넣어야겠다고 생각했다. 회사에 입사한 후 처음 만들게 된 명함에 내가 꿈꿔왔던 "痲士(마사)"[14)]라는 한자 호를 마침내 이름 앞에 넣을 수 있었다. 남들에게 나를 소개할 때 남들과는 다른 무엇인가를 강조하거나 어필하고 싶은 욕망이 있었기 때문에 그렇게 명함 속에 호를 인쇄하였다.

호가 새겨진 명함을 만든 후부터 만나는 사람들과 자연스럽게 명함을 교환하게 되었다. 하지만, 대부분의 사람들은 내 이름 앞에 적혀 있는 한자 호에 대하여 무관심하였다. 조금 관심이 있더라도 한자에 자신이 없거나 확신이 없다 보니 그에 대하여 구체적으로 물어 보는 것을 회피하는 눈치였다(그렇다고 묻지도 않은 사람에게 먼저 장황하게 설명하는 것이 예의는 아니어서 그냥 말없이 넘어가는 경우가 많았다). 그나마 소수의 용기 있는 사람들만이 이름 앞에 적혀 있는 한자가 무엇이냐고 묻거나, 한자를 확실히 알고 있는 몇몇 사람들만이 '麻士'라는 한자가 무슨 의미냐고 직접적으로 묻곤 하였다. 그렇게 직접 물어 주는 사람들에 대하여는 고맙게 느껴졌다. 그럴 때면 명함 속에 호를 새긴 당초의 목적대로 남들은 가지고 있지 않은 호에 대하여 자신 있게 설명을 해주곤 하였다.

자신을 알리기 위한 방법은 무궁무진하게 많다. 시대가 발전할수록 새로운 형태나 방법이 나오기도 한다. 기발한 발상과 독특한 아이디어로 자신을 알리고자 노력하는 사람들도 어쩌면 '방황하고 탐험하는 자들'로 분류할 수 있다. 그러나, 무조건 많은 이들에게 알리려는 욕망에 집착하는 사람들, 즉 상대방에게 어떤 사람으로 기억되고 평가되는지보다는 무작정 많은 사람에게 알려지는 것을 더 가치 있는 것으로 여기는 사람들을 일률적으로 '방황하고 탐험하는 자'라고 말할 수는 없다.

어쩌면 그들 중 대부분은 타인으로부터 사랑을 받지 못한 것에 대한 반작용으로 끊임없이 타인의 관심을 받아야만 삶의 의미가 있다고 생각하는 부류의 사람들일지 모른다. 정작 중요한 것은 명함을 교환한 이후에 보이는 그 사람의 인격과 품격이다. 그럼에도 불구하고, 명함 속에 새겨진 지극히 세속적인 정보나 남들에게 과시하고 싶은 문구에 집착하는 경향의 사람들이 여전히 많다. 아무리 요란하고 떠들썩한 방식으로 자신을 알리고 자랑하더라도 상대방에게 신뢰를 받지 못하는 인격을 드러낸다면 어떤 명함도 의미를 가질 수 없는데도 말이다. 이런 현상은 우리 사회의 성숙도가 아직도 낮기 때문인지도 모른다.

"우리가 사는 세상은 영원히 변화하며, 유일하게 불변하는 것이 바로 변화한다는 사실이다."라는 『주역』의 말처럼 인간 세상에는 변하지 않는 것이 없다. 시간의 흐름에 따라 외모도 변하고, 생각도 변하고, 사회적 위치도 변하기 마련이다. 따라서 변하는 세상에 맞춰 자신을 알리는 방식이나 태도 역시 변할 필요가 있다.

무작정 화려하게 치장된 명함을 건네거나, 경박한 언어와 문구로 시선을 끌려고 하는 방식은 이제 지양되어야 한다. 특히, 인생의 경험이 조금씩 쌓이고 나이를 먹을수록 그에 걸맞는 언행을 보여주는 것이야말로 자신을 알리는 가장 효과적이면서도 가치 있는 방법이다. 그렇게 본인의 인격이 뒷받침되는 홍보를 할 때에만 상대방에게도 오랫동안 기억될 수 있을 것이기 때문이다.

요즘 사회를 퍼스널 브랜딩의 시대, 홍보의 시대라고 얘기하는 사람들이 많다. 인터넷과 SNS 등을 포함하여 홍보 수단이 다양화됨에 따라 우리는 홍보의 홍수 속에 살고 있다고 해도 과언이 아니다. 그러나, 퍼스널 브랜딩의 문제도 화려한 수단이나 치장물이 아니라, 결국 그 사람의 품격 문제로 귀결되고 만다는 것을 새삼 확인하게 된다. 품격이 높은 사람은 이미 퍼스널 브랜딩이 되었다고 말할 수 있다. 그에게는 자신을 소개하는 데 필요한 요란한 수식어가 결코 필요하지 않을 것이기 때문이다.

4.

남들과는 다르고자 했던 욕망

대다수 사람들이 공감하고 좋아하는 것에 대하여 거리를 두는 방식으로 자신만의 특별함을 유지하려는 욕망 때문이다.

남들과 다르다는 것은 인간의 존재 이유이자 자기애의 출발점이다. 그러나 세상에는 '방황하고 탐험하는 자들'처럼 그런 '다름'을 기꺼이 수용하거나 즐기는 사람들이 있는 반면, 남들과 다르다는 것을 불편하거나 고통스럽다고 느끼는 사람들도 있다. 특히 후자는 타인들과 다른 부류로 분류되거나, 타인들과 좋아하는 것이 다르거나, 입거나 착용하는 패션이 유행과 동떨어지는 것을 두려워하고 못 견디는 유형의 사람들이다. 그들은 이 세상을 조용히 튀지 않게 살기 위해 본인들의 개성은 중요하지 않다고 생각한다. 오직 남들의 이목만이 중요하다고 생각하는 사람들이다. 그래서 그들은 남들이 다 하는 것이라면 맹목적으로 그에 맞춰야 한다고 생각한다.

반면, 다른 사람들과 같은 유행의 패션이나 문화를 공유하는 것에 거부감을 느끼는 이들도 많다. 그들은 다른 사람들과 차별성이 없이 유사한 묶음으로 함께 분류되는 것에 기분 나빠하거나 자존심이 상하는 것으로 여기는 사람들이다. 요즘 청소년들의 경우 특정 회사의 명품이나 유명 메이커의 신발 · 옷을 신거나 입지 않으면 왕따마저 당한다는 얘기도 있다. 그러나, 다른 사람들과 차별성을 추구하는 '자유로운 영혼들'은 청소년 시절부터 남들이 유행처럼 가지고 다니는 소품이나 입는 옷 등을 따라 하지 않는 것을 당연시한다.

자신만의 개성을 찾는 것이나, 톡톡 튀지 않고 유연하게 다른 사람들과 같거나 유사한 트렌드를 취하는 것이나 모두 나름의 의미를 가진다. 따라서 어느 것이 옳다 그르다고 단정할 수는 없다. 성격이나 행동, 습관, 철학 등이 특별하다는 것 역시 장점이 될 수도 있고 단점이 될 수도 있다. 우리는 '도전하고 모험하는 자들'이라 불리는 사람들을 좋은 어휘로 표현할 경우 독특하다는 말을 사용한다. 독특함의 범위는 사람마다 다르고, 물질적 · 정신적 영역에 따라 무한대로 늘어날 수도 있다. 그런 의미에서 독특하지 않은 사람은 없다. 독특하니까 세상 모든 사람들이 누구 하나 똑같지 않고 저마다의 개성과 특징을 뽐낼 수 있는 것이다.

어릴 적부터 '자유로운 영혼'이었던 나 역시도 자신만의 개성 또는 특별함을 강조하며 남들과는 달라 보이고 싶은 욕망을 가졌다. 그리하여 남들에게 유행하는 무언가가 있으면 일부러 그것을 따라 하지 않는 경우가 많았다.[15] 옷과 신발 이외에도 대중가요 중 무슨 노래가 유행하면 그 노래에는 관심을 갖지 않았다. 최고의 시청률을 기록하는 TV드라마가 있으면 보다가도 더 이상 보지 않기도 하였다. 1천만 명 이상이 관람했다는 영화 역시 흥미를 느끼지 않았다. 유재석 · 강호동 등이 나오는 예능 프로그램 같은 것에는 아예 관심을 갖지 않았다. 다만, 남들이 관심을 가지지 않거나 덜 가지는 것에 상대적으로 많은 흥미를 느낌으로써 차별화를 시도했다.

우리 세대들 일부에게 나타났던 대중문화에 대한 거부감은 한편으로는 80년대 대학가 운동권 문화에 의해서 좀 더 강화된 측면이 있다. 당시 학생 운동권에서는 거의 민중가요만 부르고 들었기 때문에 어딜 가더라도 민중가요 소리만 요란했다. 대중가요를 듣기라도 하거나 학교 축제 때 대중가수를 초청하기라도 하면 사회적 의식이 낮은 사람으로 매장시키는 분위기가 강했다. 특히, 우리 사회의 모순을 고민하고 실천한다고 자부했던 운동권 학생들에게 대중문화는 B급문화 또는 자본주의의 퇴폐적 문화 정도로 폄하되었다.

우리 인간은 자유로운 동물들이다. 전체주의 사회처럼 매일 민중가요만 들으며 획일적인 문화만을 먹고 살 수는 없다. 각자의 집에서는 모두들 대중음악을 듣고, TV 드라마나 영화 같은 것도 보며 나름의 대중문화와 놀이를 즐겼을 것이다. 그럼에도 불구하고 학교에만 나오면 민중가요를 부르거나 사물놀이 악기를 두드리면서, 퇴폐적 대중문화를 척결하라고 외치는 등 위선적 태도를 가진 사람들이 많았다.

나의 경우에는 대중문화 자체를 거부하지는 않았기 때문에 당연히 즐겨보았던 드라마도 있었고, 좋아하는 가수도 있었다. 다만, 남들과의 차별성을 추구하다 보니 남들과 같거나 동일한 문화를 공유하는 것에 대한 거부감은 늘 가지고 있었다. 그리하여 관심을 가지고 있던 특정의 드라마나 가수를 다른 사람들도 다 좋아한다는 사실을 인지하게 되면 이내 흥미를 잃어버리곤 했다(다만, 전 세계 수많은 사람들이 다 좋아한다고 하더라도 일체의 거부감 없이 그들과 함께 좋아했고, 좋아할 수 있었던 유일한 가수는 지난 2022년 8월 타계한 '올리비아 뉴튼 존'이었다. 그녀의 노래, 그녀의 목소리, 그녀의 미소라면 다른 사람들과 같이 나눠도 전혀 기분이 나쁘지 않았다).

이렇듯 남들과의 차별화를 추구하는 '방황하고 탐험하는 자들'은 대중문화에 대하여 다른 사람들과 동일한 기호와 취향을 느끼는 순간 그 대열에서 이탈하고 싶어지는 마음이 발동한다. 대다수 사람들이 공감하고 좋아하는 것에 대하여 거리를 두는 방식으로 자신만의 특별함을 유지하려는 욕망 때문이다. 다른 말로 표현하면 자기만의 자유로운 세계에서 특정한 것을 혼자서 독점하고 싶은 욕망이 치열하게 작용하였다고 볼 수 있다.

인간의 생리적 욕구, 세속적 욕망은 대동소이하다. 그런 욕망에 기초한 인간사의 생로병사나 문화 역시 비슷비슷할 수밖에 없다. 그럼에도 불구하고 식자층이라고 불리는 사람들은 자신들의 고상함을 자랑하려 자신들의 삶과 관련된 것들을 고품격 문화로 포장하였다. 그러면서도, 다른 사람들의 인생과 관련된 것들에 대하여는 저급한 문화로 구별 짓는 것을 빠뜨리지 않았다. 즉, 그들은 일반 대중 또는 서민들이 즐기는 대중문화를 저급한 문화로 폄하하고 조롱했다.

이제 우리는 대중문화를 저급한 B급문화로 폄하했던 지적 위선 또는 문화적 위선에서 벗어나야만 한다. 인생의 생로병사 법칙과 철학은 그 어떤 문화와 장르 속에서도 생겨나고, 자라고, 승계될 수 있다. 그런 의미에서 평생을 '도전하고 모험하는 자들'은 지속적으로 모든 형태, 모든 유형의 문화에 대하여 기꺼이 호기심을 가진다. 그들은 편견 없이 직접 보고, 듣고, 경험해보고자 할 것이기 때문에 문화의 수준이나 깊이를 지불하는 가격의 고하로 선불리 평가하지도 않는다.

물론 '방황하고 탐험하는 자들'은 남들과 다른 자신만의 기호, 특성이 반영된 것을 더 좋아하거나 더 애착을 가지는 경향이 있다. 그러나, 그런 경향 자체는 전혀 문제가 되지 않는다. 문제가 있다면 자신이 좋아하는 특정 문화만을 고급적이라고 하거나, 정통이라고 우기는 등 선민의식을 느끼는 경박한 사람들에게 있다. 개성 있고 차별성 있는 문화적 취향을 가진 사람들이 있다면 그 누구를 막론하고 마땅히 존중받아야 한다. 그리고 그런 개성과 취향 역시 우리 사회를 구성하는 다양한 문화 중 하나로 인정받아야 한다. 설령, 그 대상이 B급에도 미치지 못하는 문화라 할지라도.

5.

수신제가 말고 치국평천하

성실함을 입증해야 하는 가장 첫 번째 상대에게 신뢰를 주지 못한 채 후순위 사람들에게만 과하게 성실함을 입증하려고 애썼다.

일찍이 공자는 『논어』에서 "不患人之不己知, 患不知人也(불환인지불기지 환부지인야; 남이 자기를 알아주지 못함을 걱정하지 말고, 자기가 남을 알지 못함을 걱정하라)."고 말씀하셨다. 그러나 대다수 사람들은 자신이 먼저 남을 알아주려고 노력하기보다는 남들에게 인정과 칭찬을 받는 것에 오히려 목말라 있다. 인정과 칭찬을 받고자 하는 이런 욕구는 인간의 본능에 가까운 것으로서 평범한 사람들 누구도 이로부터 자유롭지는 못하다.

남들로부터 인정과 칭찬을 받는 방법은 참으로 다양하다. 누군가는 아무런 노력을 하지 않아도 타고난 얼굴과 생김새만으로 인정과 칭찬을 받기도 한다. 누군가는 주어진 일을 잘 수행하여 좋은 성과물을 냄으로써 인정과 칭찬을 받기도 한다. 누군가는 예의바르고 성격이 좋아 인정과 칭찬을 받기도 한다. 다들 저마다의 장점과 주특기는 있기 마련이므로 자기가 취할 수 있는 최선의 방법을 선택하여 인정과 칭찬을 받기 위해 노력한다.

'도전하고 모험하는 자들'도 인정과 칭찬에 항상 목말라 있는 사람들이다. 그들은 특히 남들보다 더 많은 방황과 탐험 그리고 도전을 하면서 여러 시행착오를 겪을 가능성이 높다. 거침없는 자신들의 행동에 대하여 누군가 용기를 주고 지지를 보내준다면 커다란 힘이 되기 때문에 누구보다도 인정과 칭찬에 목말라 있는 사람들이기도 하다.

나의 경우에는 성실함을 인정받고 칭찬받으려 노력했던 유형이었다. 어릴 적부터 아버지에게 성실하게 살라는 얘기를 듣고 자랐다. 그래서 규칙적인 생활습관을 꾸준히 유지하는 것이 성실함을 키우고 확장할 수 있는 기본 덕목이라고 생각하였다. 그런 생각은 이후에 항상 따라 다녔던 모범생 콤플렉스와도 연결되는 부분이었다. 이런 욕구의 충족을 위해서일까. 회사 생활을 하면서도 모범생 콤플렉스에 시달렸다. 남들보다 더 성실하고, 남들보다 일도 더 많이 하고, 남들보다 일도 더 잘하고, 남들보다 더 많은 인정과 칭찬을 받아야 하고, 남들보다 더 좋은 성과도 내야 한다고 스스로에게 목표를 부여하기도 하였다.

그래서, 남들보다 조금이라도 더 인정을 받기 위해 빠르고 정확하게 일처리를 하도록 노력하였다. 남들은 다 가는 휴가를 포기했을 뿐만 아니라, 야근이나 휴일근무도 마다하지 않았던 시절이 있었다. 그 시절이 나이 상 · 직급 상으로 열정이 많았던 때이기도 하였지만, 가정생활을 반납하고서라도 회사에서 더 많은 시간 동안 일을 하려는 의지가 강했던 시기이기도 했다. 그렇게 하면 회사의 상사나 동료가 성실함을 인정해주고 칭찬해주리라는 믿음도 강했다. 다른 사람들보다 더 많은 날을 출근하여 더 많은 시간 일을 하기도 했다(물론, 업무의 시간이나 양보다 질이 중요하기 때문에 이런 것이 성실함을 보증하는 지표가 아님은 명백하다).

그런 생활을 지속한 결과 지금도 두 아이들에게 미안한 일이 아주 많이 있었다. 도대체 무엇이 중요했기에 당시 그렇게 무모하게(?) 행동했는지 모르겠다. 남들보다 더 많은 날 출근하여 더 많은 시간 동안 일을 하는 것이 내 성실함을 증명하는 유일한 길이라고 생각하였기 때문에 정말 중요한 일이 아니면 휴가를 거의 가지 않았다. 아이들이 다니는 유치원의 아빠 참여수업, 초등학교나 중학교의 졸업식 등 아이들의 학교 관련 행사가 많이 있었지만, 그런 행사에 참석하는 것이 휴가를 내야 할 만큼 중요한 일이라고 당시에는 생각하지 않았다.[16] 그러다 보니 아이들의 졸업식 등 학교 행사에 참석한 적이 없었다.

인간이란 항상 자기 본위로 보고, 듣고, 행동하는 동물이다. 그러다 보니, 남들에게 지나치게 관심이 많은 사람이 아니라면 사실 사무실에서 누가 휴가를 많이 가는지, 휴일근무를 많이 하는지 알 수도 없고, 알려고 하지도 않는다. 특히, 어떤 사람이 자신의 사적인 가정사(특히, 아이들의 졸업식 행사를 포함하여 나름 중요한 일들)를 포기하고 회사에 나왔는지, 성실한 사람이기 때문에 회사 일에 그토록 열심인지 여부에 대하여는 아예 관심도 없고, 알 수도 없는 일이었다. 아무도 나에게 관심을 가지지도 않았고, 가질 생각이 없었다. 그럼에도 불구하고 그런 사정을 다 알고 이해하고 나서, 나의 성실함에 감탄하고 탄복한 후 존경까지 하는 줄로 착각하였다.

아빠로서 참석해야 하는 가정행사나 학교행사를 포기하고(기쁜 마음까지는 아니었지만) 기꺼이 회사에 출근을 하였다. 상급자나 동료들이라면 그런 고결하고도 숭고한 그리고 갸륵한 충성심을 당연히 알아주리라고 기대를 했다. 더 나아가 마땅히 알아주어야 한다고 굳게 믿었다. 그러나, 그런 믿음은 혼자만의 착각이었다. 결과론적으로 특히 아이들에게 정말 나쁜 아빠이자, 세상 물정 모르는 철딱서니 없는 자유주의자에 불과했다.

니체는 그의 저서 『선악의 저편』에서 "우리의 성실함, 우리 자유정신이 우리의 허영, 우리의 화려한 장식, 우리의 한계, 우리의 어리석음이 되지 않도록 조심하자!"고 당부했다. 니체의 말대로 세속적 허영심 또는 탐욕

(이것은 아마도 '승진'이었다)을 위해 인위적으로 만든 성실함의 말로는 예정된 것이었다. 방황과 탐험, 그리고 탐욕이 뒤섞인 부질없었던 행위가 허무하게 끝나고 뒤늦게나마 현실을 자각하게 되었다.

회사 일도 중요하지만 아내나 아이들과의 약속, 그리고 아버지로서의 역할이 더 중요하다는 것도 그때부터 느끼게 되었다. 무엇보다도 성실함을 증명해야 할 첫 번째 상대는 바로 사랑하는 가족들이라는 사실도 깨닫게 되었다. 성실함을 입증해야 하는 가장 첫 번째 상대에게 신뢰를 주지 못한 채 후순위 사람들에게만 과하게 성실함을 입증하려고 애썼다(입증하려는 방법도 사실 맞지도 않으면서). 사실상 밑 빠진 독에 물 붓기라는 말이 정확했다. 사랑하는 아이들에게 커다란 상처만을 남겨준 것에 대하여 뼈저리게 반성하였다. 아직은 그래도 남아 있는 아이들의 고등학교 졸업식에는 반드시 휴가를 내고 참석하겠노라고 약속을 하였다. 그러나 그 약속도 '코로나 19'로 인하여 절반밖에 이행하지 못하고 말았다.[17)]

남들로부터 인정과 칭찬을 받고 싶은 욕망은 지극히 자연스럽고, 그런 욕망을 위한 각자의 노력 역시 존중받아야 마땅하다. 그럼에도 불구하고 인정과 칭찬을 받기 위해 지나치게 몰입을 하게 되면 정작 중요한 가치를 포기하거나 상실할 위험성이 존재한다는 것도 알게 되었다. 방황과 탐험의 과정 중 시행착오를 겪은 후에야 비로소 인정과 칭찬을 받아야 한다면 가장 가까이에서 가장 많은 시간을 함께 보내며 가장 큰 희망과 용기를 주는 가족들이라는 사실도 확인하였다.

중국 고전『대학』에 나오는 명언 중에 "수신제가 치국평천하(修身齊家治國平天下)"라는 말이 있다. 이에 대하여 한때는 사회적 모순에 대한 국가나 사회의 책임이나 저항의지를 약화시키는 말이라고 폄하하는 사람들도 있었다. 그러나, 이 말만큼 세상의 이치를 정확히 꿰뚫고 있는 말도 없다. 자기 한 몸의 수양과 인격도 쌓지 못한 자가 천하의 일을 도모하거나 운운하는 것은 어불성설이 아닐 수 없기 때문이다. 그 모든 것의 출발이 '수신(修身)'인 점에서 '제가(齊家)'든, 치국('治國)'이든, '평천하(平天下)'에 실패하였다면 애당초 '수신(修身)'이 안 되거나 잘못된 함량 미달의 자신을 탓하는 것이 맞다. '수신(修身)'도 못한 놈이, 가장 가까이에 있는 가족들로부터 성실함을 인정받지도 못한 놈이 회사에서나 사회에서 인정받으려고 아등바등하고 있다면, 당신은 지금 너무나 허망한 인생을 살고 있는지 모른다.

6.

의식 있게 살아야 한다는 강박

지향하는 바와 실제의 나 사이의 숙명적 거리를 좁히려 한다면 우리는 결국 권력과 진영에서 한 발 떨어져 주변에 머물러야만 한다.

김규항 선생은 그의 저서 『B급 좌파』에서 지식인을 이렇게 정의했다. "지식인이란 내가 지향하는 바와 실제의 나 사이에 숙명적인 거리를 갖고 사는 삶의 코미디언이다. 지식인의 최선의 삶이란 그 숙명적인 거리를 줄이려 발악하는 것일 뿐이다."라고. 80년대에 대학생활을 했던 사람 중에는 80년 광주 시민들의 항쟁 이야기, 군사독재 정권의 폭력성 등에 대하여 대학에 와서 처음 접한 경우가 많았다. 그로 인하여 많은 학생들은 억압받는 사람들을 위해서 이 사회를 변혁하고, 이 나라의 민주주의를 위해서 나름의 역할을 하겠다는 지식인으로서의 의무감을 가지게 되었다. 대학교에 다니는 학생들은 지식인의 축에 끼일 군번이 되지도 못했다. 그럼에도 그 시절 상당수의 학생들은 다른 운동권 학생들처럼 지식인에 준하는 사람처럼 의무감을 가지고 사고하고, 학습하고, 행동하려고 노력했다(지금 생각해보면 질적 · 양적으로 유치한 수준이었지만).

특히, 학생운동을 하면서 감옥에 가거나 분신자살을 하는 사람들을 보면서 그들과 이 사회에 대한 의무감과 부채의식은 점점 커져만 갔다. 김규항 선생의 표현대로 그 숙명적인 거리를 좁히기 위하여 엄청 노력하던 시기이기도 하였다. 뭘 알아야 사고하고, 행동할 수 있으니까, 우선 사회과학 책을 탐독하는 일부터 시작하였다.

그리고, 학교 총학생회에서 주최하는 것뿐만 아니라 전국 단위 투쟁본부 등에서 주최하는 집회와 시위 현장마다 참여하여 구호를 외치고 돌멩이도 던졌다. 무슨무슨 시국 토론회나 학술토론회가 열린다고 하면 수업을 빠지고서라도 해당 행사에 방청하러 다녔다. 그뿐만이 아니었다. 사회주의 혁명을 꿈꾸는 조직을 구성한 혐의로 구속되어 재판을 받는 운동권의 유명인사가 형사 법정에서 하는 최후 진술 등을 하는 날에는 그것을 듣기 위해 어김없이 서초동 법원으로 달려가기도 하였다.[18] 그 숙명적 거리를 좁히려 머리와 손발 모두를 동원하여 열정적으로 생활하였다. 그렇게 해야만 이 암울한 세상에서 '고뇌하는 지식인(?)'으로서의 도덕적 의무를 조금이라도 이행하는 것이라고 생각했다.

한편, 80년 그 당시에는 독재정권 치하에 사는 의식 있는 대학생들에게 부르주아적 삶을 살아서는 안 된다, 세속적 욕망을 추구해서도 안 된다는 당위성 내지 의무감을 강요하던 시기이기도 하였다. 윤리적 · 도덕적인 성자의 길뿐만 아니라 일체의 욕망을 금기시했던 수도사의 길도 함께 걸으라는 것처럼 보였다. 아마도, 세속적 욕망을 추구하다 보면 사회를 변혁하겠다는 초심을 잃어버리고 타락할 가능성이 많다고 생각했기 때문일 것이다.

특정 지역의 세속화를 반대하고 정신승리만을 부르짖고 있는 친노친문[19] 패권주의의 내부 전술(이런 행태에 대하여 김욱 교수는 그의 책『아주 낯선 선택』에서 "영남패권 사회의 이데올로기적 요구에 맞춰 5.18을 신성화 · 신화화시켜 세속 이념으로부터 멀어지게 하면서, 동시에 광주를 세속적 욕망으로부터 멀어지게 했다. 광주 학살의 가해 진영은 호남을 희생양 삼아 지배했고, 민주 진영은 그 희생을 순교의 형태로 신성화시켜 이용했다."라고 비판하였다) 역시 80년대에 의식 있는 대학생들에게 세속적 욕망을 금기시했던 것에서 비롯된 것이라는 평가도 많았다. 특정 지역에 일방적 희생을 강요하며 그 무장된 투쟁정신을 바탕으로 권력이든, 이권이든, 세속적 욕망이든 독차지하려는 보이지 않는 그들의 기획(물론, 그 기획은 지금 현재도 진행형이다) 역시 80년대의 운동권 방식과 흡사했다.

나의 경우 지지리도 가난한 집에서 태어나 사치를 부릴 상황이 아니었기 때문에 현실적으로 어쩔 수 없이 궁핍한 삶을 살아갈 수밖에 없었다.

그럼에도 불구하고 시대적 강요에 의해 항상 소박하고 검소한 생활 태도를 유지하는 것이 더 힘들게 사는 사람들을 위한 최소한의 예의이자 의무라고 생각했다.

잊을 만하면 발생하는 분신자살을 하는 학생들, 원인을 알 수 없는 의문사를 당하는 사람들, 감옥으로 잡혀가는 사람들을 볼 때마다 그들에 대한 부채의식의 부담감은 늘 가슴 한 구석에 자리 잡고 있었다. 한 끼는 라면으로 때워야 하는 궁핍한 현실, 사법시험 공부도 해야 하는 법대생 신분임에도 '고뇌하는 지식인'이 되고자 했던 의무감으로 여전히 집회와 시위현장에 꼬박꼬박 출석 체크를 하고 있었다. 군대를 갔다 와서도 여전히 방황하고 탐험하는 길에서 헤매고 있던 자가 사법시험에 떨어지는 것은 당연한 결과였다.

남들처럼 대학 졸업 후 신림동 고시원에 머물며 사법시험을 계속 공부할 수 있는 집안 형편이 아니었다. 졸업한 지 약 1년 후에 공기업에 취업을 하였고, 결혼도 하고 아들과 딸도 낳는 등 평범한 직장인으로 사는 것처럼 보였다. 그러나 부르주아적 삶을 살면 안 된다, 세속적 욕망을 추구해서는 안 된다는 80년대의 유물을 사회생활 하면서도 여전히 도덕적 의무로 간직하고 있었다. 먹는 것, 입는 것, 사는 집 등에 대하여 부르주아적 사치에 해당하는지 여부에 대하여 자기 검열을 하는 일도 마다하지 않았다. 그런 일로 인하여 아내와의 다툼도 많았다.

그뿐만 아니라, 어린 아들에게 민주주의적 가치관을 가르치고, 민주주의의 현장을 보여준다는 미명하에 아들에게 의식화(?) 교육을 시키곤 하였다. 즉, 2004년 노무현 탄핵 반대 촛불집회, 2008년 미국산 쇠고기 수입 반대 촛불집회, 2009년 용산 남일당 화재 희생자 추모공간, 세월호 추모공간 등 각종 집회 현장과 민주주의를 상징한다는 장소 곳곳에 데리고 다니는 것을 자랑스럽게 생각하기도 하였다. 지금 시점에서 뒤돌아보면 아들의 정치 · 사상적 자유를 존중하지 않은 아동학대를 저질렀던 것은 아닌지 반성하게 된다.

바람처럼 세월이 흘렀다. 같은 시기에 함께 학교에 다녔던 사람들(학생운동을 했던 사람들 포함) 모두 직장이나 사회에서 관리자층으로 올라갔다. 누군가는 주식으로, 누군가는 부동산으로 큰돈을 벌었다. 다들 서울의 어느 동네에서 몇 평대 아파트에서 세속적 욕망을 채워가며 한때 자신들이 비난하며 욕했던 부르주아 계급이 되어 있었다. 나의 경우 '고뇌하는 지식인'으로서의 도덕적 의무를 수행하기 위해 남들보다는 훨씬 혹독하게 절제된 소비생활을 하였다. 그러면서도 작은 집도 사고, 자동차도 사고, 여행도 다니면서 세속적 욕망을 조금이나마 채워가고는 있었다. 세속적 욕망의 충족에 대하여 완전하게 수긍한 것도 아니고, 그렇다고 적극적으로 추구하는 것도 아닌 상태에서 '고뇌하는 지식인'의 도덕적 의무와 어정쩡한 동거를 하고 있었다.

그러다 보니 아내와 아이들에게도 도덕적 의무를 강요하는 일이 빈번

하게 발생했다. 남들 다 가지고 있는 명품 가방 하나 갖고 싶다던 아내에게 사치와 허영에 찌든 경박한 인간이라고 면박을 주기도 하였다. 유명 메이커의 옷이나 운동화 등을 사달라는 아이들에게 어릴 때는 고급 제품이 아무런 의미가 없고, 내면의 품격이 더 중요하다며 정신승리만을 가르치기도 하였다. 좋은 동네에 위치한 아파트에 욕심이라도 내면 물질을 탐하는 천박한 지식인이 되는 줄 알고 남들 눈치만 보다가 뒤늦게 겨우 서울 변두리의 작은 아파트를 살 수밖에 없었다. 그런 일들을 모두 생각해보면, '고뇌하는 지식인'이 아니라 소심한 지식인 흉내만 낸 것이 아닌가 하여 창피하기도 하였다. 더욱 부끄러운 것은 어차피 현실 자본주의 세상을 상당히 길게 살아가야 하는데, 거기에 필요한 최소한의 자질과 역량도 키우지 못하고 나이만 먹어버린, 철딱서니 없는 방탐자의 어리석음이었다.

문학평론가 에드워드 사이드는 그의 책 『권력과 지성인』에서 "권력에 흡수되거나 고용되지 않고 언제나 주변에 머물러야 독립적이고 비판적인 지성인이 될 수 있다."라고 하였다. 80년대의 부채의식에 시달리며 '고뇌하는 지식인'이 되고자 했던 청춘에 대한 대가라고 불러야 할까? 권력과 진영의 노예로, 행동대원으로 직접 참전하며 주구장창 '내로남불'만을 외치는 사람들을 젊은 층들은 '위선의 똥팔육[20]' 집단이라 비하하는 일까지 생겼다. 그런 마당에 그런 유의 집단에 포함되지 않은 채(물론, 범 꼰대에는 포함이 되겠지만) 여전히 주변에서 머물며 제3자적 관점에서 세상과 사물을 바라보려 노력하는 자로 남을 수 있었던 것은 '고뇌하는 지식인' 코스프레의 결과물이라고 할 수도 있겠다. 특히, 특정 진영과 권력의 노예가 아닌 '고뇌하는 지식인'이 되어 세상 모든 것을 향해 그 누구보다도 자유롭게 도전하고 비판할 수 있게 된 것은 지난했던 방황과 탐험의 여정을 굳건하게 지킨 세월에 대한 그나마 일말의 위안이리라.

지향하는 바와 실제의 나 사이의 숙명적 거리를 좁히려 한다면 우리는 결국 권력과 진영에서 한발 떨어져 주변에 머물러야만 한다. 그래서일까? 니체가 『선악의 저편』에서 "악마는 신에 대해 가장 폭넓은 관점을 가지고 있다. 그러기에 악마는 신에게서 멀리 떨어져 있다."라고 한 말은 현 세태의 핵심을 너무도 정확하게 꿰뚫고 있다. 권력과 진영의 흙탕물 속으로 직접 들어가 참전하는 순간 그 숙명적 거리는 영원히 좁혀지지 않을 것이기 때문이다. 숙명적 거리를 좁히기 위한 '양심적 자유주의자들'의 고뇌와 실천이 일상의 혁명처럼 잔잔하고 조용하게, 그러나 멈추지 않고 계속될 수밖에 없는 이유이기도 하다.

2장

허세와 도발은 자유가 아니다

1. 입대할 때는 제발

2. 내 앞에서 학점 자랑하지 마

3. 소심한 보복의 처참한 말로

4. 더 큰 쓰나미가 몰려오고 있었다

5. 국뽕의 향기와 프라이드 치킨

6. 자본주의 학습을 게을리한 대가

1.
입대할 때는 제발

인생을 살아가면서 우리에게 가장 필요한 것은 바로 가장 가까이에 있는 사람에 대한 사랑이다.

그날은 푹푹 찌던 여름날이었다. 긴 머리를 스포츠형으로 짧게 깎은 젊은 청년 앞에서 어머니와 여자 친구로 보이는 사람들이 눈물 바람을 하고 있었다. 또 다른 청년 앞에서는 건강하게 잘 다녀오라는 친구들이 아쉬움의 악수를 건네고 있었다. 1988년 8월 어느 날 육군 논산훈련소 앞에서 흔히 볼 수 있는 애틋하고 슬픈 이별의 장면들이었다. 그날 같이 입대하면서도 나는 그 흔한 장면에서 주인공으로는커녕 엑스트라로도 나오지 않았다. 훈련소까지 와서 배웅해 줄 여자 친구도 없었지만, 상투적이고 진부한 장면을 연출하며 군에 입대하고 싶은 생각이 전혀 없었기 때문이었다.

입대를 앞두고 복학생 형들이나 친구들은 머리는 언제 깎을 거냐고 물어보았다. 그들은 머리를 깎지 않고 가게 되면 훈련소 생활이 힘들다는 말도 잊지 않았다. 그럴 때마다 알아서 하겠다는 말만 한 후 입대 전날까지 긴 장발 상태를 유지하였다. 80년대에는 장발이 유행하였는데, 군 입대를 앞두고 깎을 머리도 더 장기간 안 깎았더니 무척 꺼칠하고 덥수룩한 머리가 되어 있었다.

국가에서 시키는 대로 머리까지 짧게 깎고 입대를 하는 것은 체제에 대한 과잉 충성이라고 생각하였다. 장발 상태로 입대를 하는 것은 '방황하고 탐험하는 자'로서 소극적이지만 체제에 대한 저항의 의지를 표시하는 것이라고 생각했다. 뿐만 아니라, 훈련소 앞에서 울고 짜고 하는 이별의 장면이 신파적이고 상투적으로 느껴졌기 때문에 그런 이벤트도 하고 싶지가 않았다.

드디어 1988년 8월 26일 아침 집에서 가족들과 인사를 하고 논산훈련소가 있는 연무대역으로 가기 위해 용산역에서 홀로 기차를 탔다. 차창 너머로 보이는 사람들, 서울의 풍경들을 당분간 더 이상 볼 수 없다고 생각하니 정말 이별의 시간이 되었음을 느낄 수 있었다. 연무대역에 도착하니 입대하는 청년들을 배웅하기 위해 온 수많은 사람들이 얼마 남지 않은 시간을 저마다의 방식으로 소비하고 있었다. 이발소에서 머리를 깎는 사람, 당분간 먹지 못할 사제 밥을 열심히 먹는 사람, 친구들과 웃고 떠드는 사람 등 다양했다. 그런데, 나처럼 달랑 혼자 온 청춘은 단 한 사람도 없었다.

시간에 맞추어 논산훈련소 내 연병장에 도착하였다. 출석 체크 및 가족과의 마지막 인사를 끝으로 줄을 맞춰 부대 안으로 들어가게 되었다. 커다란 출입문을 통과하여 일반 사회와 완전히 단절된 군부대 내로 진입하는 순간 깊은 절망감이 엄습하였다. 이윽고, 조교인지 소대장인지 완장을 찬 간부가 갑자기 나타났다. 나를 보더니 머리도 깎지 않고 온 것을 보니 기본기가 안 된 놈이라느니, 사회에 불만이 있는 놈이라느니 하며 거친 욕설과 발길질을 하였다. 명색이 '방황하고 탐험하는 자'였지만 그들에게 아무런 저항도 하지 못하고 당하고만 있었다. 군대라는 조직이 주는 위압감과 공포감 때문이었을 것이다. 신체검사를 받고 보급품을 받기까지 여러 간부들을 만나는 동안 동일한 욕설을 듣고 나니 제대한 복학생 형들의 말이 그제야 또렷하게 생각났다.

다행히 머리를 깎지 않고 온 훈련병이 몇 명 더 있었다(물론 나만큼 긴 장발 상태로 온 훈련병은 없었다). 훈련소 간부는 훈련병끼리 서로 머리를 깎아주라고 바리깡을 던져주었다. 무뎌진 바리깡의 날을 이용하여 솜씨 없는 사람끼리 깎은 머리는 쥐가 파먹은 듯 울퉁불퉁 흉측하게 밀어져 있었다. 거창했던 '나 홀로 장발 입대'는 훈련소에 도착하자마자 욕설과 구타, 그리고 쥐 파먹은 삭발로 처참하게 끝이 났다.

장발을 휘날리며 '고독한 지식인'의 모습으로, 혼자이지만 당당하게 그리고 폼 나게 군에 입대하는 멋진 모습을 세상의 모든 사람들에게 보여주고 싶었다. 눈물 콧물 짜는 신파극도 없이 깔끔하고 세련된 입대자의 뒷모습을 보여주고 싶었다. 그러나, 세상이란 자기를 중심으로 돌아가는 것이리라. 그날의 주인공들인 자기의 아들, 자기의 애인, 자기의 친구에게만 관심을 가질 뿐 다른 존재에 대하여는 아무도 관심을 갖지 않았다. 오직 내 앞에 있는 입대자들에게 그날만큼은 최선을 다해 경청하고, 위로하고, 스킨십을 하는 가족 · 친지들의 행동이야말로 가장 가까이 있는 사람을 가장 사랑할 줄 아는 인생의 진리를 실천하는 것이기도 하였다.

군에 입대하는 사랑하는 사람을 앞에 두고 이별의 눈물을 흘리는 모습은 신파극 배우의 가식적 연기가 아니라 자연스러운 인간애의 표현이었다. 훈련소 앞에서 벌어졌던 다소 유치해 보이고, 불필요해 보이는 행위나 행동들도 대부분의 경우 사랑과 정을 나누기 위한 인간의 고귀한 마음에서 비롯되었다. 인생을 살아가면서 우리에게 가장 필요한 것은 바로 가장 가까이에 있는 사람에 대한 사랑이다.

특히, 사랑을 주는 것도 중요하지만, 주는 사랑을 감사히 받는 것 역시 중요하다. 사랑할 줄을 모르는 사람은 사랑을 받을 줄도 모른다고 했던가. 사랑하는 마음이 없었으니 자신을 사랑해주는 마음을 알아차릴 줄도, 감사히 받을 줄도 몰랐다. 우리는 무조건 사랑하는 법부터 배워야 한다. 그로부터 모든 사랑이 시작되기 때문이다.

2.

내 앞에서 학점 자랑하지 마

'양심적 자유주의자'에게는 더 이상 장학금이라는 혜택이 돌아오지는 않았다. 그리고 가난한 어머니의 어깨는 그만큼 더 무거워졌다.

젊다는 것은 열정의 가짓수가 많다는 뜻이기도 하였다. 방황과 탐험을 좋아했던 대학생들은 그 당시 데모와 공부 모든 것에 열정이 많았다. 그런 열정 덕분인지 대학교 1학년 때 처음으로 받은 학점은 '3.84'(4.5 만점 기준)였다. 소수점 둘째자리까지 매겨진 이 숫자는 지금처럼 학점이 상대적으로 후했던 시절이 아닌 탓에 나름 높은 점수였다. 법대 1학년(약 140여 명) 중에서 두 번째로 높았다(1등을 한 사람은 4년 장학생으로 온 똑똑하고 공부 잘하는 친구[21]였다). 그런데, 이후로는 그 이상의 학점을 받지 못했다. 엄밀히 말하면 스스로 받지 않았다.

1987년 봄이었다. 전두환 정권의 4.13 호헌조치 이후 6월 항쟁까지 거의 매일 집회와 시위가 반복되었다. 사실상 매일 수업거부 투쟁이 진행되었다. 수업을 듣고 나서 시위에 참석해도 전혀 문제가 없을 것 같았지만, 당시에는 비싼 등록금을 내고 수업거부 투쟁을 하는 것을 당연시하였다. 수업거부가 최종 확정되고 나면 학생들 중 일부는 집으로, 일부는 술집으로 갔다. 우리 같은 사람들은 남대문 · 종로 일대의 가두투쟁 현장으로 이동하여 시위를 했다. 최루탄 가루에 눈물 · 콧물 흘리며 백골단[22]을 따돌리느라 온 몸이 땀으로 범벅되는 날이 많았다. 그때는 그렇게 하는 것이 이 땅의 민주주의를 위해서 할 수 있는 자랑스럽고 거룩한 행동이라고 생각하였다.

시위가 끝나고 날이 어둑해질 무렵 다들 시위 뒤풀이를 한다고 학교 앞 먹자골목 내 술집으로 향했다. 그럴 때마다 나는 조용히 땀내 나는 몸을 이끌고 학교 도서관으로 가는 날이 많았다. 낮에는 데모하고 밤에는 공부하는 이른바 '주데야독'을 실행하였다(낮에 거리에서 많은 활동을 한 탓에 도서관에서는 사실 공부한 시간보다 조는 시간이 더 많았다). 거리 시위나 데모에 참여하지 않는 것은 양심상 용납이 되지 않았다. 그렇다고 가난한 어머니의 야윈 손을 외면할 수도 없는 상황에서 차선책으로 타협한 것이 '주데야독'이었다.

수업거부, 학생총회 소집, 거리 시위 및 데모 등으로 바쁘게 한 학기가 끝나고 여름방학 기간 중 1학기 시험성적이 발표되었다. 내가 받은 학점이 전체에서 두 번째로 높은 것으로 나타났다. 학생운동을 하던 친구들은 이런 비상시국 하에서는 해태타이거즈 선동렬 투수의 방어율[23] 정도의 학점을 받는 것이 가장 이상적인 '민주 대학생'이라고 농담을 하던 시기이기도 하였다.

상대적으로 높았던 학점에 대하여 칭찬해주는 사람들도 있었다. 반면에 학점이 높은 학생들에 대하여 의식이 없는 사람들이라고 비난하는 이들도 있었다. 심지어 학생운동을 하는 친구 중에는 '남들은 거리에서 매일매일 생고생을 하고 있는데 너만 편안하게 도서관에서 공부하여 높은 학점을 받았냐'는 식으로 조롱하거나 폄하하기도 하였다(나도 거의 매일 길거리에서 투쟁을 하였음에도 불구하고).

남들로부터 좋지 못한 평가를 받으면 쉽게 상처를 받기도 했던 '양심적 자유주의자'로서 고민을 더 할 수밖에 없었다. 학점을 잘 받기 위해서 어느 정도까지 학과 공부를 해야 하는지에 대하여 고민하기 시작했다. 이제 학점마저도 부채로 다가옴을 느끼기 시작했다. 그리하여, 2학기 때부터 취득 학점을 적정 수준으로 조절하는 것이 좋겠다고 판단했다. 어떤 과목의 중간고사 점수가 너무 높은 것으로 확인되면 기말고사 때는 전혀 공부를 하지 않고 시험을 보기도 하였다. 심한 경우 아예 기말고사에 응시를 하지 않고 중간고사 점수로만 최종 학점을 받기도 하였다.

그런 식으로 시험을 볼 때마다 학점을 조절한 결과 대학교 4년 최종 학점을 약 3.5 정도로 맞출 수 있었다. 의식 있는 대학생이자 '고뇌하는 지식인'으로서 아주 높지도 않고 그렇다고 너무 낮지도 않은 적정한 학점 수준이 그 정도일 것이라고 생각하여 평균 학점을 그에 맞췄다. 그렇게 열심히(?) 학점 조절을 한 반대급부로 '양심적 자유주의자'에게는 더 이상 장학금이라는 혜택이 돌아오지는 않았다. 그리고 가난한 어머니의 어깨는 그만큼 더 무거워졌다.

'나이는 숫자에 불과하다'는 광고 카피가 있었다. 숫자는 별로 중요하지 않다는 것을 보여주려 한 광고였다. 학점도 숫자에 불과했다. 학점이 높다고 하여 그 사람이 대학생활을 잘 했다고 단정할 수는 없을 것이고, 학점이 낮다고 하여 대학생활을 엉망으로 보냈다고 비난할 일도 아니다. 다만, 중요한 것은 어떤 상황에서도 최선을 다했느냐 여부다. 가장 젊고 가장 열정이 높았던 20대에 있어서는 더욱 그렇다. 그런 점에서 아무도 강요하지 않았음에도 혼자서 느꼈던 부채의식 때문에, '고뇌하는 지식인'의 도덕적 의무를 보여주고픈 욕망 때문에 최선을 다할 수 있었음에도 다하지 못한 것은 두고두고 아쉬움이 남는다.

'자유로운 영혼'의 기질을 타고났다 하더라도 최선을 다해 노력을 할 상황에서는 최대의 에너지를 집중해서 발휘하는 것이 필요하다. 그런 열정과 집중이 없다면 아무리 명석한 방탐자라 하더라도 목표했던 일을 해낼 수 없기 때문이다. 특히, 가장 체력적으로 건강하고, 두뇌활동도 왕성한 시기인 20대 초반에는 인생의 승부수를 던질 정도로 뭔가에 미쳐야

했었다. 그러지 않고서 어찌 피 끓는 청춘을 논할 수 있겠냐마는, 인간이란 시행착오를 겪으며 후회하는 동물인지라 그 당시 그 나이에 그렇게 올바른(?) 행동을 한다는 것 또한 쉽지 않았음은 충분히 이해가 가긴 한다.

그런 의미에서 '나이는 숫자에 불과하다'는 말은 멋진 말이다. 시행착오 끝에 인생의 의미를 조금 이해할 수 있는 나이가 되었다. '자유로운 영혼들'은 이 나이에도 얼마든지 삶에 대한 애정과 열정이 가능함을 느낀다. 그래서 우리는 나이에 상관없이 여전히 도전하고, 모험하고, 시도할 그 무엇을 찾아 헤매고 있는 것이다. '방황하고 탐험하는 자들'은 원래 그런 존재들이니까.

3.

소심한 보복의 처참한 말로

더욱이 그런 유치한 행위가 발각되었을 때에 감당해야 하는 창피스러움을 감안한다면 리스크가 큰 방법임에 틀림없다.

"반전! 반핵! 양키! 고우 홈!"이라는 시위 구호는 어느 날 운동가요의 가사가 되어 있었다. 박치음이 작사 작곡한 '반전반핵가'라는 노래의 시작과 끝을 장식하는 가사 얘기다. 통일과 주한미군 철수를 외치던 NL 운동권이 학생운동의 주류이던 시절, 집회가 끝날 때쯤이면 참가자 전원이 일어나 주먹을 움켜쥐며 부르던 노래였다. 이 나라의 모든 모순의 근원이 미국 제국주의라고 맹신하던 사람들은 그렇게 '미제축출'을 외치며 미국에 대하여 노골적으로 증오를 드러냈었다.

이 땅의 모든 모순은 미국에 의해 만들어진 민족모순이라는 그들의 생각에 당시 개인적으로 동의하지는 않았다. 다만, 북한도 우리 민족이라는 혈연적 정서와 남북 분단이 미국의 이익에 부합한다는 주장들에 힘입어 당시 미국은 대학생들에게 부정적 이미지로 남아 있었다. 그럼에도 미국으로 유학을 떠나는 사람들이 많았듯이, 미국과 관련성이 있는 카투사로 입대하는 것 역시 각자의 선택 문제였다.

카투사들은 토요일과 일요일에는 휴무를 하고, 야간 근무를 서지 않았다. 숙소에서 집단생활을 하는 대신 원룸처럼 생긴 숙소에서 1인 또는 2인[24]이 침대 생활을 하였다. 부대 내 숙소 안에는 책상과 냉장고, 화장실 및 샤워실이 있는 것은 군대생활의 큰 장점이었다. 그러나 카투사 역시 군대생활이다 보니 상급병들에 의한 갑질, 미군에 의한 갑질 등 집단생활에서 비롯되는 사람 관련 스트레스는 마찬가지로 존재하였다.

자기 나라를 스스로 지킬 수 없는 약소국 한국을 도와주기 위해 왔다고 으스대며 한국을 비하하거나, 카투사들에게만 힘든 일을 시키는 경우도 있었다. 영어를 잘 이해하지 못하는 경우에는 이를 조롱하는 미군들도 많았다. 일병으로 복무하던 시기에 소대장으로 새로 부임한 미군이 우리 부대 카투사들을 무시하는 경향이 있어서 관계가 썩 좋지 않았던 시절이 있었다. 일과를 마치고 숙소의 책상에 앉아 일기 같은 글을 쓰다가 연습장에 한자로 "尾帝逐出(미제축출)"이라고 낙서를 적은 일이 있었다.[25] 별 생각 없이 그 종이를 책상 위에 그대로 놓아두었는데, 그것이 사건의 발단이 되어버렸다.

당시 일병 신분이었던 관계로 '맥도널드'라는 미군 상병과 2인 1실로 숙소를 사용하던 시기였다. 미군 소대장에게 받은 스트레스를 그들이 알아먹지 못하게 소심하게 한자로 써놓았을 뿐인데, 다음날 룸메이트였던 그 미군이 소대장과 중대장에게 신고해버렸다. 우리 부대는 북한 무전을 감청하는 것을 주 임무로 하였기 때문에 미군 중 우리말을 어느 정도 할 줄 아는 사람만이 올 수 있었다.[26] 그런데, '맥도널드'라는 미군 상병은 우리나라에서 수년간 몰몬교 선교사로 활동한 이력이 있어서 우리말을 잘하는 것은 물론이고, 한자까지도 알고 있었다. 노트에 써 놓은 '尾帝逐出(미제축출)'이라는 한자의 뜻까지 이해한 후 신고를 했던 것이다.

그 사건은 카투사들의 인사를 담당하는 한국군 장교에게도 보고되는 등 문제가 심각하게 돌아갔다. 나중에 들은 얘기지만 보안사령부 요원들이 내가 다니던 학교에도 가서 뒷조사까지 하였다고 한다. 집회와 데모에만 열심히 참여했지 학생회나 다른 운동권의 공식 조직에 가입된 기록이나 체포 · 구속된 전력이 없다 보니 요주의 인물로는 보지 않았던 것 같다(물론 그런 일이 있었다는 사실조차 당시에는 몰랐다).

얼마 후 동두천 지역을 관할하는 보안사령부 지역 보안대에서 나를 소환하였다. 졸지에 무슨 범죄자와 같은 신세가 되어 조사실(?)로 불려갔다. 조금은 떨리고 두려웠던 순간이었다. 요주의 인물은 아니라고 이미 내부 결론을 내린 것 때문인지, 아니면 그나마 사안이 경미하다고 판단한 것인지 정확히 알 수는 없었다. 보안대 장교는 훈계의 말씀을 장황하게 늘어놓더니 앞으로 조심하라는 경고를 하고 훈방해주었다.

지옥에서 천당으로 온 느낌이었다. 최악의 경우 군대 영창에 갈 수도 있었다. 아무 문제 없이 종결된 것은 천만다행이었다. 의미 없는 소심한 보복을 해보겠다고 허세를 부리다 십년감수할 뻔한 일은 그렇게 가슴 졸이는 과정을 거치며 종료되었다. 그 후, 부대 내에서 특별한 문제 없이 카투사 복무를 잘 마치고 제대를 하였다. 물론 같이 근무하는 미군들 하고도 잘 지냈다. 다만, 그 해프닝으로 인하여 일부 미군들끼리는 여전히 나에 대해 뭐라고 수군거리는 모습을 볼 수 있었다. PFC[27]LEE(이 일병)는 'radicalist(급진주의자)'라고, 어떤 친구들은 'communist(공산주의자)'라고 쑥닥거리기도 하였다(그래서 나는 니체가 『즐거운 학문』에서 삶의 문제 앞에서 무거운 사색, 우울한 진지함이 아니라 조롱과 경멸 쾌활함으로 대처하라고 한 말에 따라 쑥닥거리는 미군들에게 '하이 조크'를 선사하려고 마음먹었다. 제대할 때 후배 카투사들이 전역 선물로 관례에 따라 무슨 상패를 만들어 주겠다고 하였다. 하지만 그것을 마다하고, 김수행 교수가 완역을 마친 지 얼마 안 된 칼 마르크스의 『자본론』 전권 세트를 선물로 받고 미군부대에서의 군생활을 유쾌하게 마쳤다).

사람이란 타인으로부터 억울한 일을 당했다고 느낄 때 본능적으로 복수심이 발동한다. 극히 예외적인 반사회 성향의 인물들은 탈리오 법칙[28]에 따라 받은 대로(또는 그 이상으로) 보복하며 범죄를 저지르기도 한다.

그러나, 대부분의 사람들은 혼자서 분노를 삭이기도 하고, 큰 소리로 욕을 하거나 노래를 부르거나 술을 먹는 등 방식으로 해소를 한다. 그렇게 해도 분노 또는 억울함이 해소되지 않으면 소심한 보복을 하기도 하는데, 대표적인 것이 가해자에 대한 저주의 흑주술이다.

주술적 방법이든 글이나 그림으로 표현하든 본인 스스로에게만 작은 위안을 줄 뿐인 이런 소심한 복수는 사실 상대방에게는 아무런 영향을 미치지 못한다. 더욱이 그런 유치한 행위가 발각되었을 때에 감당해야 하는 창피스러움을 감안한다면 리스크가 큰 방법임에 틀림없다. '자유로운 영혼들'이라면 불만이나 억울한 일이 있을 경우 상대방에게 당당하게 얘기를 할 줄 알아야 한다. 말을 하지 않으면 그 누구도 우리의 속을 알 수도 없고, 알려고 하지 않기 때문이다. '양심적 자유주의자들'이라면, 속으로만 끙끙 앓지 말고 지금보다 더 당당하게 더 큰 소리로 할 말을 해보자! 남들이 뭐라든.

4.

더 큰 쓰나미가 몰려오고 있었다

일반 시민들은 온전히 개인의 자유를 지키는 것 자체가 불가능해졌다. 우리를 지켜보고 감시하는 자들은 점점 많아졌기 때문이다.

알고 보니 지문날인의 원흉은 김신조 일당이었다. 1968년 김신조를 비롯한 무장공비 31명이 청와대를 습격하는 사건이 발생하였다. 그 사건을 계기로 주민등록증을 발급할 때 손가락 지문을 날인하는 제도가 도입되었다고 한다.[29] 우리나라 사람들 대부분은 고등학교 2학년을 전후하여 주민등록증을 발급받게 되는데, 그때 지문날인이라는 것을 처음으로 경험한다.

그런데 신분증의 역할을 하는 것은 주민등록증 외에도 운전면허증이 있다. 나의 경우 1987년에 운전면허증을 발급받고 난 후 더 이상 주민등록증을 사용하지 않았다. 가장 큰 이유는 뒷면에 엄지손가락 지문이 크게 새겨진 주민등록증을 가지고 다니는 것이 양심의 자유에 반한다고 생각했기 때문이다. 처음 주민등록증을 발급받을 당시에는 동사무소에 가서 열 손가락의 지문을 주민등록표에 찍어야 했다. 국가가 생체정보를 관리하면서 범죄자 취급을 하는 느낌이어서 주민등록증을 생애 처음으로 발급받았다는 설렘보다는 지문날인을 했다는 사실에 더욱 화가 났다.

지문날인이라는 행위 자체는 이미 벌어진 일이라 주민등록증을 사용하지 않는다고 해도 생체정보를 넘겼다는 사실에는 변함이 없었다. 그러나, 운전면허증은 본인을 확인하는 신분증으로서의 역할을 다 할 수 있었기 때문에 주민등록증 대신 운전면허증으로 관공서(엄밀히는 관공서가 아니라 수시로 불심검문을 일삼았던 경찰관에게 신분증을 제시하는 일이 대부분이었음)나 금융기관 관련 업무를 보았다.

초창기 조악했던 주민등록증을 위조하는 사례가 늘어나자 1998년경 정부는 위·변조가 쉽지 않은 방식으로 주민등록증을 일제 교체하는 사업을 시행하였다. 또 다시 지문날인을 해야 하는 상황과 그로 인한 불쾌감을 만들고 싶지 않았다. 그래서 주민등록증의 재발급을 받지 않는 방식으로 혼자만의 지문날인 거부투쟁을 하였다. 주민등록증을 재발급받지 않는다고 하더라도 본인확인 등 업무에서 운전면허증을 대체 신분증으로 계속 사용할 수 있었다. 그런 이유로 실생활에서 불편함은 거의 없었다.

인터넷뱅킹이 활성화되기 시작하면서 이제는 신분증을 위조하여 저지르는 대포통장 거래 및 대출사기 등 금융범죄가 사회문제로 대두되었다. 정부는 2003년에 '공인인증서 발급을 위한 신원확인지침'이라는 것을 개정하였다. 주민등록증 외의 신분증의 경우 다른 증빙자료를 통해 2차 확인을 하는 등 공인인증서 발급 시 본인 여부 확인절차를 매우 까다롭게 변경하였다. 인터넷뱅킹이 대중화되어 더 이상 은행창구를 방문하지 않고도 간단한 금융 업무를 볼 수 있는 시대가 되었다. 그런 상황에서 계좌이체 한번 하려고 매번 사무실을 비우고 은행창구에 가서 줄을 서는 것은 쉽지 않은 일이었다. 뿐만 아니라, 매우 비효율적인 일이었다. 공인인증서를 발급받아 인터넷뱅킹에 가입하는 것은 대부분의 사람들에게 필수적인 일로 다가왔다.

정부의 신원확인지침이 강화되면서 인터넷뱅킹에 가입하려면 우선 주민등록증이라는 가장 원초적인 신분증은 반드시 필요했다. 지금까지 잘 사용하던 운전면허증만으로는 공인인증서 발급이 불가능하다는 주거래은행의 말을 듣고 2003년 7월 28일 월요일 새로운 주민등록증 발급을 받으러 동사무소에 갔다. 생체정보를 국가기관에 무방비하게 제공하는 것이 불쾌하여 그동안 새 주민등록증을 발급받는 것에 반대하고 있었는데 말이다. 사회의 변화 환경에 적응하기 위하여, 또는 체제의 질서에 순응하기 위하여 양심의 자유를 포기해야 하는 상황에 직면하게 되었다.

고민 끝에 양심을 유지하는 데 드는 비용보다 새로운 문명 내지 사회제도를 활용함으로써 얻어지는 시간적 · 물질적 효용이 더 크다고 판단

하였다. 그날 동사무소에 가서 공무원이 하라는 대로 주민등록표 대장에 지문날인을 하고 말았다. 누가 알아주든 말든 '양심의 자유'를 지키고자 했던 '자유로운 영혼'의 성스러운 지문날인 거부투쟁의 역사는 2003년 7월에 그렇게 끝을 맺게 되었다.

당시에는 주민등록증 외의 신분증에 대한 신뢰가 떨어져 신원확인지침이 강화되기까지 하였으나, 그 이후에는 주민등록증이나 운전면허증에 홀로그램 등 각종 위조방지 기술이 첨가되면서 본인을 확인하는 신분증은 예전처럼 다시 다양화되었다. 이제 모든 금융기관에서 운전면허증으로도 본인 확인이 가능함에 따라 새로 발급받은 주민등록증의 효용은 재차 낮아지게 되었다.

아날로그 문명에서 디지털 문명으로의 대전환기에 어쩔 수 없이 주민등록증을 재발급받기 위해 지문날인을 할 수밖에 없었고, 그로 인해 양심의 자유 일부를 포기해야만 했다. 그러나, 첨단 기술이 날로 발전하는 지금의 세상에서는 단지 지문날인 문제는 아무 것도 아니라고 생각될 만큼 개인정보 유출문제가 심각해졌다.

온라인 상에서 떠돌아 다니는 수많은 개인정보들, 도처에 깔려 있는 CCTV, 스마트폰을 통한 위치추적, 신용카드에 의한 물품 구매내역 등 각종 정보들이 무방비로 노출되고 거래되는 현실에서 이제 그 숭고하고 거룩했던 지문날인 거부는 큰 의미가 없게 되었다. 국가뿐만 아니라 IT

기술을 갖춘 민간 기업들마저 개인의 민감한 정보까지 쉽게 수집하는 세상이 되어버렸다. 이런 상황에서는 일반 시민들은 온전히 개인의 자유를 지키는 것 자체가 불가능해졌다. 우리를 지켜보고 감시하는 자들은 점점 많아졌기 때문이다.

첨단 기술의 혜택을 받으며 편리함을 누릴수록 더 많은 감시와 통제를 받을 수밖에 없는 이 모순을 해결하지 않고서는 우리는 진정한 자유를 얻을 수 없을지도 모른다. 아니, 정보를 독점하는 자들에게 모든 자유를 빼앗길지도 모른다. 방황과 탐험이라는 지난한 과정을 거쳐 애써 자유를 회복했건만, 외부적 요인에 의해 자유가 줄줄 새버리는 최악의 쓰나미가 다가오고 있었던 것이다.

5.

국뽕의 향기와 프라이드 치킨

국뽕 때문에 애꿎은 닭들만 졸지에 비명횡사를 당하고 있다고 하니, 이 자리를 빌려 어린 닭들의 명복을 빈다.

국뽕의 잔칫날마다 애꿎은 닭들만 죽어나갔다. 국가와 히로뽕의 합성어인 "국뽕"이라는 말이 언제부터인가 통용되기 시작했다. 고조선 · 고구려 · 발해의 영토, K-팝 스타, 독도 이런 얘기만 나오면 우리 민족이나 국가에 대하여 무한한 자부심과 흥분을 하는 사람들이나 그런 정신세계를 일컫는 말이다. 국뽕이 온 나라 전체에 최대치로 퍼지는 때가 바로 국가대표 축구경기가 있는 날이다. 그 중에서도 한국과 일본의 경기가 있는 날에는 온 국민 전체가 국뽕에 취해 있다고 해도 과언이 아닐 정도다.

애국심이나 국가에 대한 충성심은 국가라는 조직체를 운영하는 권력자들이나, 국가로부터 보호를 받는 국민들에게는 나름 필요한 덕목이다. 그러나, 역사적으로 애국심이나 충성심이 지나치게 강조되거나 정치적으로 이용될 때에는 항상 그에 따른 희생과 불이익도 뒤따를 때가 많았다. 히틀러의 나치즘이나 일본의 군국주의 등은 모두 민족과 국가를 과잉 강조하거나 특정 세력이 정치적으로 이용한 결과 나타난 최악의 폭력적 이데올로기였다.

80년대에는 우리나라의 주된 문제의 원인은 민족모순이라는 NL 계열 운동권의 진단과 주장이 있었다. 그런 역사인식과 무관하게 우리 것이면 모두 다 좋다는 식의 민족주의도 유행하였다(사실 그런 생각은 민족주의가 아니라 국수주의였지만). 우리의 역사, 문화유산, 국가대표 경기 등 우리 민족이나 국가가 결부된 것이라면 무조건 환호와 파이팅을 외치는 집단적 의식이 오래 전부터 우리나라 국민들에게 존재했다. 특히, 2002년 월드컵 거리 응원 때부터 그 표출방식은 더더욱 센 국뽕에 취한 모습으로 변했다.

국가대표 축구경기가 있을 때면 국뽕에 취해 온 나라가 들뜬다. 유럽의 훌리건보다 더 열성적인 국뽕주의자들을 볼 때마다 나치즘의 광기나 일본 군국주의의 맹목주의적 그림자가 느껴지기까지 했다. 특히, 한 · 일전 축구경기가 있을 때마다 소환되는 이순신 장군, 안중근 의사, 토착왜구, 친일파 등의 문구나 구호들을 볼 때마다 히틀러처럼 그럴싸하게 대중을 선동할 줄 아는 정치인이 나타난다면 언제라도 민족을 앞세운 전체주의 체제로 바뀔 수도 있겠다는 두려움마저 생기곤 하였다.

그래서 국뽕에 비판적인 '자유로운 영혼들'은 국가대표 축구경기가 있을 때마다 남들이 하는 '치킨에 생맥주'나 '스코어 맞추기 내기' 같은 것을 가급적 하지 않는다. 큰 소리로 응원하거나 환호하지도 않는다. 최대한 객관적이고 중립적으로 감정을 컨트롤하며 그저 조용히 경기를 즐기며 관람할 뿐이다. 혹자는 애국심이 없는 사람이라고 비난을 하기도 하지만, '방황하고 탐험하는 자들'은 결코 맹목적인 국뽕의 향을 이미 취해 있는 그 사람들과 함께 나눠 마시고 싶은 생각이 전혀 없다.

특히, 소위 '진보적 지식인'이라고 스스로 지칭하는 수많은 사람들이 토착왜구 척결 같은 국뽕 구호에 현혹되어 있으면서도 한편으로는 전체주의를 배격하자거나 민주주의를 실현하자는 완전히 모순되는 얘기를 할 때면 솔직히 황당함으로 다가올 때가 많다. 국뽕이라는 이름의 민족주의적 이데올로기나 마약으로는 결코 민주주의를 실현할 수 없다. 뿐만 아니라, 특정 국가나 특정인들을 혐오하는 인종주의로는 만인의 자유와 인권을 담보할 수 없기 때문이다.

월드컵, 올림픽, 아시안게임, 축구 국가대표 평가전은 말할 것도 없고, 3.1절, 8.15 광복절 등 국민들을 국뽕에 취하게 만드는 이벤트는 주기적으로 찾아온다. 특히, 국가대표 축구경기 이벤트가 있는 날이면 국뽕에 취한 우리 국민들에 의해 프라이드치킨 약 1천만 마리가 사라진다고 한다(물론 치맥을 즐기는 민족인지라 맥주도 빼놓지 않을 것이다). 국뽕 때문에 애꿎은 닭들만 졸지에 비명횡사를 당하고 있다고 하니, 이 자리를 빌려 어린 닭들의 명복을 빈다.

이렇게 국뽕의 힘이 거세질수록 전체주의와 인종주의를 배격해야만 이룰 수 있는 민주주의의 푸른 새싹은 꽃도 피기 전에 식용유 속 프라이드치킨처럼 튀겨지고 오그라지고 갈라진 채 사그라질지도 모른다. 그래서일까. 박노자는 그의 저서 『거꾸로 보는 고대사』에서 국수주의적 민족주의를 비판하면서 이렇게 말했다. "'민족' 신화를 버리고 수많은 이질적 요소들을 내포한 여러 '흐름'들의 중첩으로 고대사를 이해할 수 있다면 우리의 오늘날도 다르게 볼 수 있다. 동질적인 다수의 '우리'란 존재하지 않는다는 것을 일단 인정해야…"라고. 국뽕에 취해 있는 사람들이라면 반드시 새겨들을 만한 이야기이다.

6.

자본주의 학습을 게을리한 대가

그렇게 교육을 받은 우리 세대들 역시 빚은 곧 불행의 시작이자 가정파탄의 주범쯤으로 인식하고 있었다.

일석이 아저씨는 도박을 좋아했다. 그래서 도박 빚으로 집이 풍비박산 되었다. 빌린 돈을 떼먹고 야반도주했다와 같은 소문은 옛날 시골에서 심심치 않게 들을 수 있는 얘기였다. 그런 일들을 보고 들은 탓인지 우리 부모님 세대들은 도박은 말할 것도 없고, 빚내서 사업을 하거나 투자를 하는 것 역시 비윤리적이며 반사회적 행동이라고 가르쳤다. 그렇게 교육을 받은 우리 세대들 또한 빚은 곧 불행의 시작이자 가정파탄의 주범쯤으로 인식하고 있었다.

빚에 대한 그와 같은 세뇌교육 때문에 결혼 초기에도 은행에서 대출을 받아 집을 살 생각을 하지 못했다. 그저 있는 돈에 맞춰 소위 빌라로 불리는 다세대주택에 전세로 들어가는 것을 당연하게 여겼다. 나보다는 재테크 또는 이재에 밝은 아내는 대출을 받아서라도 아파트를 사자고 성화였다. 가뜩이나 IMF 외환위기까지 겹친 그 심각한 시기에 대출을 받았다가 잘못되면 직장생활에도 문제가 생기고 가정도 파탄날 것 같은 두려움 때문에 나는 계속 반대하였다.

대한민국에서 살다 보면 집을 사는 것과 관련하여 어느 순간 빚을 낼지 말지 결단이 필요하다. 결단을 내리지 못하고 머뭇거리다가는 결국 서울에서 아파트를 살 기회를 놓칠 수밖에 없다. 부동산 투자라고도 하고 투기라고도 하는 광풍이 불기 시작하더니 갑자기 전국의 아파트 가격이 급상승하는 추세가 이어졌다. 이런 상황에서 모든 무주택자들은 또다시 결단을 할지 말지 고민에 빠지게 되었다. 지금의 아파트 시세는 거품이기 때문에 곧 버블이 꺼질 것이라고 경고하는 전문가들도 많았고, 더 오를 수밖에 없다고 분석하는 전문가들도 많았다.

결국 최종 결단의 주인공은 본인이 되어야만 했다. 지금이 아니면 영원히 아파트를 사지 못할 것이라는 불안감을 공통적으로 가지게 된 우리 부부는 드디어 빚을 내기로 결단을 내렸다. 남들보다는 많이 늦었지만 은행에서 주택담보대출을 받아 서울 변두리의 작은 아파트를 사게 되었다.

대한민국 사회에서 아파트는 재산 증식의 수단이자 중산층의 상징으로 자리 잡은 지 오래되었다. 월급쟁이가 돈을 모아 부를 축적하는 것은 하늘에서 별 따기처럼 불가능해 보였다. 유일하게 부를 축적하고 재산을 증식할 수 있는 방법이 아파트라는 사실을 대한민국 사람들 모두 공감하고 있었다. 그런 행위를 탐욕이라고 비난할 수는 없었다. 돈 없이는 최소한의 생활도, 아이들의 교육도, 편안한 노후도 보장받을 수 없다는 현실적 절박함이었다.

아내는 또 몇 년 후 대출을 더 받아 다른 지역의 평수가 조금 넓은 집으로 갈아타기를 하자고 제안하였다. 빚을 더 내는 것이 두려웠던 나는 또 한 번의 중대한 결단을 내리지 못했다. 결과적으로는 버블이 붕괴된다는 수많은 자칭 전문가들의 경고와는 달리 노무현정부를 거치면서 집값이 하늘 높은 줄 모르게 치솟아 버렸다. 이제는 아파트에 사는 사람과 '빌라'라고 불리는 연립주택에 사는 사람 간의 경제력 차이가 크게 벌어졌다. 강남에 사는 사람과 비강남에 사는 사람 간에 부의 격차 역시 더욱 심해졌다. 너무 오른 가격 때문에 아파트의 구매를 포기하는 사람들마저 생겨났다. 우리 사회에서 더 이상 계층이동의 사다리는 존재하기 어려운 것처럼 보였다.

돈을 추구하는 생각이나 문화를 천박하다고 폄하하고 조롱했던 사람들이 많았다. 돈에 대하여 관심을 버리고 내면의 가치를 추구하는 것이 올바른 지식인의 삶이자 인문학적 삶이라고 떠드는 사람들도 많았다. 그런데, 어느 순간 '양심적 자유주의자들'만 이 사회에 적응하지 못한 자로

남았다는 사실을 깨닫게 되었다. 자신들만 고고한 척하며 뭇 사람들을 훈계하던 자들은 돈과 권력을 좇아 쥐도 새도 모르게 이미 사라진 후였다.

사라진 자들은 어느새 권력과 정보마저 독점하더니 더 많은 부를 축적하기 위해 부끄러운 줄도 모르고 뛰어 다니고 있었다. 불행인지 다행인지 그들의 위선과 부패에 대하여 이제는 소시민들도 실체를 알기 시작하였다. 그렇다고, 그들처럼 범죄와 불법행위로 부를 축적할 수는 없었다. 일반 시민들이 할 수 있는 일은 아파트라는 부동산에 투자하는 것이 전부였다.

그런 식으로라도 빚을 내어 아파트를 사고, 또 다시 빚을 내어 더 큰 평수로 아파트를 갈아타는 사람들은 빚이라는 것을 제대로 이해하고 활용할 줄 아는 깨어 있는 사람들이었다. 경제적 자유를 위해 끊임없이 공부하고 시도하고 노력했던 사람들이었다. 빚에 대한 이해도가 더 낮은 사람들은 빚을 레버리지로 활용한다는 생각 자체를 몰랐다. 빚을 내는 것은 비윤리적이고 반사회적이라는 부모 세대들의 가르침을 충실히 이행하고 있었다. 그들은 결과적으로 자본주의 학습을 게을리한 사람이 되었다.

그렇게 결정적 순간에 중요한 결단을 내리지 못한 사람들은 대한민국 사회의 부의 계급에서 한 단계 밀려나는 신세가 되었다. 자본주의에 대한 학습과 순간의 결단 중 어느 것이 더 중요한 역할을 하였는지는 정확히 알 수 없다. 그러나, 우리는 물만 먹고도 이를 쑤시며 고기 먹은 흉내를 내던 가난한 선비의 가식과 위선에서 벗어나야 할 필요가 있다. 그것이 바로 어릴 적부터 경제나 돈에 대한 공부를 병행해야 하는 이유이기도 하다.

3장

그래서 방황하며 살기로 했다

---

1. 선거 때마다 경험하는 아주 특별한 방황
2. 믿음에 대한 신뢰가 깨졌을 때
3. 그로테스크한 신혼여행지
4. 카투사를 악마라 욕할지라도
5. 초심을 유지하려는 고독한 싸움
6. 잠재력을 발휘하는 것도 너의 몫이다

1.

선거 때마다 경험하는 아주 특별한 방황

그런 이유 때문일까? 대통령 선거나 국회의원 선거에서 지지한 후보가 당선되는 경험을 아직까지 해보지 못했다.

미국의 사회운동가인 엠마 골드만은 "투표해서 바뀐다면 선거는 사라질 것이다."라는 의미심장한 말을 한 것으로 알려져 있다. 형식적 민주주의에서 표 찍는 기계로 전락한 대중들의 투표행위를 통하여 세상을 바꾸는 것은 현실적으로 불가능하다는 의미이기도 하고, 투표를 통해 정말 세상이 바뀔 가능성이 있을 경우 선거제도는 사라지고 독재 권력이 들어설 위험성을 경고한 말이기도 하다. 나는 당시 전자의 가능성이 더 많다고 보았기 때문에 투표행위 자체가 권력의 들러리에 불과하다는 입장이었다. 역사 이래로 지배계급에 의해 어리석은 백성들은 항상 속고 이용당하고 세뇌당하지 않았던가?

1987년 10월 27일 대통령 직선제를 주요 내용으로 하는 제9차 헌법개정안 국민투표가 있었다.[30] 나는 그때부터 국민투표나 각종 선거에서 투표 관련 방황하고 탐험하는 행위를 시작하였다. 대통령 직선제는 1987년 6월 항쟁의 결과물이었다. 그러나, 대통령 직선제 외의 추가적인 개혁 또는 근본적인 혁신이 있어야만 이 나라에서 민주주의가 정착될 수 있다고 믿는 사람들도 많았다. 그러다 보니 우리 같은 '방황하며 고뇌하는 사람들'은 소위 '6.29선언'으로 겨우 대통령 직선제 개헌을 쟁취한 것에 만족해하는 사람들과는 결이 달랐다. 대통령을 직선으로 뽑는다고 하여 민주주의가 당장 실현되는 것은 아니라고 생각했기 때문에, 대통령 직선제를 골자로 하는 헌법 개정안 국민투표에서 과감히 반대표를 던졌다. 그러나 헌법 개정안은 전체 유권자의 78.2%의 투표율에 93.1%의 압도적 찬성률로 통과되었다.

이후, 12월에는 개정 헌법에 따라 대통령 선거가 이어졌다. 학생 운동권에서도 어느 후보를 지지할 지를 두고 분열의 양상이 나타났다. 대부분 당시 유력 야당 후보였던 김대중과 김영삼을 지지하는 세력으로 나뉘어졌다. 당시 보수적 야당 인사로 평가되었던 두 후보로는 진정한 의미의 민주주의가 불가하다고 생각하는 사람들이 많았다. 나와 생각을 같이했던 사람들은 보수 야당 후보를 지지할 의사가 처음부터 없었다. 그렇다고 찍을만한 다른 대안의 후보도 없었기 때문에 첫 대통령 선거에서 투표용지에 무효표를 만들고 나왔다.

이후 5년마다 실시되는 대통령 선거에서 줄곧 무효표를 던졌다.[31] 국회의원 선거에서도 80년대에 보수 야당으로 평가받던 현재 민주당 유의 정당을 지지한 적은 없었다(독재정권에 맞서 투쟁하는 척하였지만, 실제로는 권력이 던져주는 정치자금으로 연명하며 2중대 역할을 하는 수준에 머물렀던 점, 카리스마 있는 1인 보스 체제로 운영되어 당내 민주주의 자체가 형성되지 않았던 점, 통일정책 외에는 당시 보수 여당과 정책적 차이도 거의 없었던 점 등 대안으로서의 야당이라고 평가되지 않았기 때문이었다. 그런데 운동권 출신들이 보수 야당으로 불렸던 그 정당에 투항한 후 기존 체제에 동화되었으면서도 어느 날 갑자기 자신들을 진보 정당, 진보 세력으로 부르기 시작함에 따라 황당함을 느낀 사람들이 매우 많았다).

한때는 환경운동과 관련된 녹색 정당을 지지하기도 하였다. 그러나, 그런 유의 정당 역시 진보적 가치나 지구환경 보호라는 탈이념적 가치를 추구하기 보다는 진영논리의 대변자로 또는 민주당의 2중대를 자처하고 나서는 것을 본 후부터는 더 이상의 그들을 지지할 명분을 찾지 못했다. 그리하여, 국회의원 선거나 지방자치 관련 선거에서도 투표용지에 무효표를 만들기 시작하였다(처음 몇 번은 아예 투표장에 가지 않고 기권을 선택하기도 하였지만, 투표장에 직접 가서 투표를 하지 않으면 그 투표용지가 부정선거에 이용될지도 모른다는 우려 때문에 반드시 투표장에 가서 무효표를 만드는 방식으로 노선을 변경하였다).

그런 이유 때문일까? 대통령 선거나 국회의원 선거에서 지지한 후보가 당선되는 경험을 아직까지 해보지 못했다(사실 그런 경험을 기대하지도 않지만).[32] 그것은 80년대에 인지했던 그 보수 야당의 정체성을 뚜렷하게 기억하기 때문이기도 하였다. 더 엄밀하게는 말로만 민주주의와 진보를 외치는 세력으로, 실제로는 특정 지역의 패권주의만을 꿈꾸는 기득권 세력으로 변질되었다고 평가받던 그들을 정치적 자유와 양심적 자유 상 지지하기가 어려웠기 때문이다.

특히, 학생운동을 하던 사람들이 평화민주당 김대중의 대통령 당선 이후부터 노무현 · 문재인 정부까지 청와대나 국회에 대거 진출하더니 갑자기 자신들의 정체성을 진보 정당, 진보 정권으로 포장하는 것에 대하여는 더욱 동의하기가 어렵다고 느끼는 사람들이 많았다. 더구나 80년대의 야당을 '보수' 야당이라고 폄하하고 비판하며 혁명적 수준의 개혁을 주장했던 운동권 출신들이 학생운동 당시의 감투를 훈장삼아 자신들의 출세와 영달을 위해 청와대 참모로 들어가고, '보수' 야당에 투항해 들어갔다. 그러면서도 누구 하나 반성하거나 사과하지도 않았다. 그러니 그들에게 속았다는 생각이 들 수밖에 없었다.[33]

운동권 지도부들을 뒤따르며 데모에 참여했던 수많은 일반 학우들에게 정치적 변절(물론 이를 변절이라고 느끼는 양심적인 사람들이었다면 보수 야당에 투항하지 않았을 것이지만…)을 한 것에 대하여 최소한 사과 정도는 해야 마땅하였다. 어느 누구도 사과나 반성을 하지 않았다. 오히려 느닷없이 자신들을 '진보 정당' 또는 '진보 정치인'이라고 떠들며, 여전히 80년대의 민주화 운동 세력의 지도부에 있는 것처럼 완장을 휘두르는 모습은 매우 불편했다. 그들의 위선에 대한 거부감이 대통령이나 국회의원 선거에서 내가 취한 무당파 스탠스의 가장 큰 배경이기도 했기 때문이다.

누군가는 최선이 아니면 차선을 선택해야 한다고 말하기도 한다. 차선을 선택하려면 그 차선이 차선으로서의 기본을 갖추었을 때나 가능한 일이었다. 우리 현대사에서 '보수 야당'에게 나름의 역할이나 기여가 전혀 없었다고 단정할 수는 없다. 그러나, 누군가가 말하는 '차선'이라고 하는 세력은 특정 지역을 표 찍는 기계로 볼모 삼아 또 다른 지역의 패권주의를 유지하려는 기본 플랜을 내려놓은 적이 없었고, 현재도 진행 중이다.

강준만 교수는 『정치를 종교로 만든 사람들』에서 "악성 운동권 체질에 중독되어 진영논리 위주로 자폐적 퇴행성만을 보여온 집단이 무슨 수로 정권교체를 할 수 있단 말인가?"라고 하면서 그 정당에 대하여 진심어린 걱정과 탄식을 한 적도 있었다. 보수 야당의 후신들은 특정 지역을 볼모삼아, 진영논리를 무기삼아 몇 차례 대통령을 당선시키며 국가 권력을 실제로 잡기도 한 점에서 강준만 교수의 걱정은 기우에 불과한 것으로 확인되었다.

앞으로도 그들이 권력을 쟁취할 가능성은 충분히 열려 있다고 생각한다. 그러나, 입으로는 정의, 평등, 인권, 민주주의를 외치면서도, 실제로는 불법과 부패를 일삼는 기득권으로 전화된 세력에 대하여 정치적 무당파로서의 자유주의자들이라면 실상을 정확히 파악하고 지지를 하거나 비판을 하는 것이 마땅하다.

우리나라의 민주주의가 제대로 실현되고, 국민들의 정치의식이나 수준이 높아지는 계기로서 선거라는 제도가 기능을 제대로 발휘한다면 나 역시도 무효표를 만들지 않고 선거제도의 유용성을 긍정하는 날이 올 수도 있을 것이다. 그런 날이 온다면 당당하게 특정 후보나 정당에게 지지표를 던질 수 있을지도 모른다. 다만, 프랑스 정치학자 조제프 드 메르스트가 한 말로 유명한 "모든 국민은 그 수준에 맞는 정부를 가진다."라는 말에 깊은 공감과 함께 어쩌면 우리에게 그런 날은 오지 않을 것 같은 어둡고 불길한 예감이 드는 것은 혼자만의 생각이 아닐 것이다. 극단적이고 극우적인 방향으로 치닫고 있는 현재의 양쪽 진영 사람들의 정치적 수준과 행태들을 보면 그 예감은 곧 확신으로 바뀔 가능성만 커지고 있을 뿐이다.

2.

믿음에 대한 신뢰가 깨졌을 때

이유는 다들 알 것이다. 기사 제목만 봐도 어떤 의도와 어떤 내용을 보도할지 충분히 예측 가능하기 때문이다.

그날은 봄의 햇살이 따스했던 일요일이었다. 당시 대학교 2학년이던 나에게도 가슴 벅찬 일이었다. 87년 민주화투쟁의 성과물로 국민주주 방식으로 설립된 한겨레신문사에서 첫 신문을 발간한 날(1988년 5월 15일 일요일 〈한겨레신문〉(이하 '한겨레'로 한다)의 창간호가 나왔다)이었기 때문이다. 대학원에 다니던 형과 함께 직접 국민주 몇 주를 사기도 하였다. 이제야말로 독재 정권의 눈치를 보지 않고 팩트만을 좇아 올바르게 보도하는 신문다운 신문이 우리나라에도 생기게 되었다는 희망과 뿌듯함은 그 어떤 것과도 비교할 수 없는 감동이었다. 창간호가 나오기 전에 우리 집에서는 이미 사전 구독신청까지 마친 상태였다.

〈한겨레〉는 인기가 많아서 아침부터 저녁까지 온가족이 순서대로 한면 한 면 빠짐없이 정독할 정도였다. 바쁜 일상생활에 지친 사람들은 신문을 볼 때 중요 기사만 읽는 것이 일반적이었음에도 불구하고, 초창기 〈한겨레〉는 모든 기사 하나하나를 꼼꼼히 읽을 정도로 독자들에게 신선하게 다가왔다. 그렇게 〈한겨레〉는 정론지를 보고자 했던 시민들에게는 신문을 선택할 자유를 부여하였다. 그리고 덤으로 신문을 읽는 즐거움까지 선사하였다.

안타깝게도 〈한겨레〉가 창간된 후 약 3개월 후에 군에 입대하게 되었다. 힘든 훈련을 받으면서도 〈한겨레〉를 읽어내렸던 추억이 떠올랐지만 훈련소에서 그런 일을 다시 경험할 수 있는 방법은 전혀 없었다.[34] 3개월의 훈련 과정을 마치고 동두천의 미군 제2사단(캠프 호비)에서 본격적인 군대 생활을 시작하였다. 그런데 아침 일찍 일어나 점호 장소로 가던 어느 날 숙소 근처에서 신문 배달[35]을 하는 젊은 여성을 보게 되었다. 군대 내에서 신문 배달을 하는 민간인이라니.[36]

부대 내에서 특정 개인에게 신문 배달을 하는 모습에 문화적 충격을 받았다. 그로부터 얼마 후 배달하는 여성에게 〈한겨레〉를 구독할 수 있느냐고 물어보니 가능하다고 하였다. 너무나 기쁘고 흥분되었지만 이제 군 생활을 막 시작한 졸병 신분의 군인이 숙소 내에서 신문을, 그것도 〈한겨레〉를 배달시켜 구독하는 것은 당시의 통념상 불가능한 일이라고 생각하였다.

그래서 더 이상 추진하지는 못했다. 그러던 중 서울대를 다니다 온 고참 병장과 정치 · 사회 문제를 자연스레 얘기하면서 어느 정도 공감대가 있는 부분을 발견하였다. 용기를 내어 병장에게 숙소까지 〈한겨레〉의 배달이 가능하다는 것을 넌지시 알려줬다. 그랬더니, 그 병장도 구독을 하고 싶다며 비용을 반반씩 부담하자고 먼저 제안하였다. 우리는 며칠 후부터 동두천 미군부대 숙소 침대에 누워 소위 '빨갱이 신문'이라고 불렸던 〈한겨레〉를 읽을 수 있는 호사를 누리기 시작했다.[37)]

30개월[38)]이라는 군 생활을 하는 동안 군대 내에서 〈한겨레〉를 읽을 수 있었던 것은 카투사로 입대하여 누린 가장 큰 혜택이 아닐까 싶다. 그러던 중 비용의 절반을 부담했던 그 병장은 곧 제대를 하였다. 경제적 부담은 되었지만 〈한겨레〉의 구독을 포기할 수는 없었다. 그 후부터 혼자서 구독료를 내며 〈한겨레〉를 제대할 때까지 구독하였다. 당시 월 구독료가 2,500원이었고, 병장 월급은 처음으로 1만 원이 되었던 궁핍한 시기였다. 월급의 약 30% 정도를 신문구독료로 지출했다. 단순 비율로 따지면 월급 대비 어마어마한 지식 및 문화산업에의 투자였다.

제대 이후에도 〈한겨레〉에 대한 사랑은 계속되었다. 집에서 〈한겨레〉의 구독을 창간 때부터 계속하였기 때문에 그 신문을 읽는 것은 당연한 일상의 일부분이 되었다. 1998년 결혼을 하여 따로 나가 살게 되었을 때에도 가장 먼저 한 일이 신문보급소에 전화해서 〈한겨레〉를 배달해달라고 요청하는 것이었다.

그렇게 1988년부터 시작된 〈한겨레〉에 대한 사랑은 김대중, 노무현으로 이어진 정권교체 시기부터 조금씩 약해지기 시작했다. 〈한겨레〉의 논조나 보도 방향이 특정 정당의 당파성에 치우쳐 객관성, 공정성 시비가 일기 시작한 것도 그 즈음이었다. 2000년대 이후에는 본격적으로 인터넷 문화가 확산되면서 신문도 거의 온라인을 통해 보는 시대로 변해갔다. 그 과정에서 이사를 여러 번 하였는데, 이사 갈 때마다 맨 먼저 하던 신문 구독신청을 어느 순간 더 이상 하지 않는 나를 발견하게 되었다. 그만큼 〈한겨레〉에 대한 애정이 조금씩 식어갔다.

세월이 흘러 권력지형도 변했고, 수평적 정권교체도 여러 번 이루어졌다. 그 과정에서 새롭게 권력과 기득권층에 합류하는 사람도 많아지기 시작했다. 그러면서, 〈한겨레〉의 논조나 방향도 많이 변해 갔다. 노무현 정부 이후부터는 아예 공감하기 어려운 보도들도 많아지기 시작했다. 특히, 소위 PK 정치세력에 대하여는 무비판적으로 호의적이거나, 호남의 정치 세력에 대하여는 악의적 태도를 드러내면서(그런 태도를 보인 기자나 논설위원이 여럿 있었지만, 그중에서도 경북 왜관이 고향이라고 밝힌(실제 그는 2011년 7월 3일자 〈한겨레〉 칼럼 「편집국에서」에서 그렇게 밝혔다) 김 모 기자가 제일 유명했다. 그는 호남을 비난하고 겁박하는 칼럼을 여러 차례 쓰기도 하였는데, 이후 청와대 대변인을 거쳐 국회의원이 되었다. 비례대표 국회의원이 되기 전 그는 전북 군산을 지역구로 하여 총선 출마선언을 하기도 하였는데, 그 때에는 자신의 고향을 군산이라고 주장하였다. 최근에는 기자라는 전직에 어울리지 않게 가짜뉴스를 양산한다는 비판을 받는 인물로 더 알려져 있다) 〈한겨레〉에 대하여 부정적 인식이 확산되기 시작했다.

그 후 이명박정부 때부터는 노골적으로 보수 세력에 대하여는 적대감을, PK 정치 세력에게는 무한한 호의감을 드러내기도 하였다. 팩트에 기반을 둔 공정 보도보다는 진영 내 특정 세력의 대변자 역할을 하는 것으로 비춰졌다. 그렇게 되자, 어느덧 인터넷 뉴스검색을 할 때에도 이제는 〈한겨레〉를 건너뛰는 일까지 생겨났다(이유는 다들 알 것이다. 기사 제목만 봐도 어떤 의도와 어떤 내용을 보도할지 충분히 예측 가능하기 때문이다).

특히, 소위 '조국 사태'로 불리는 586 정치세력의 위선을 옹호하고, 그들의 온갖 범죄와 부패행위마저도 검찰 탓을 하며 무조건 감싸는 보도행태가 이어졌다. 이제 〈한겨레〉에서는 백두산 천지 사진을 실으며 참된 신문으로 태어나겠다고 다짐한 창간호의 초심을 더 이상 볼 수 없다고 느끼는 사람들이 많았다.

그러던 중 2023년 1월 초 〈한겨레〉 모 부국장이 소위 '대장동 사건'의 주범 중 하나인 김만배로부터 9억 원을 받았다는 뉴스는 가히 충격적이었다. 국민모금으로 설립한 신문이었기 때문에 그 어떤 신문보다 도덕적이고 윤리적이라고 자부했던 〈한겨레〉도 결국 세월 앞에서 어느덧 기득권 세력이 되어버렸다. 부패의 카르텔에 과감히 몸을 담가버린 것이다.

소위 '정론'이라고 하는 것은 객관적이고 공정한 보도를 기본으로 하면서 권력과 기득권에 대한 감시 역할을 하는 언론을 의미한다. 그러기 위해서는 권력에서 비켜서서 제3자적 관점에서 객관적으로 바라보는 태도가 유지되어야 한다. 그럼에도 직접 권력의 일부를 형성하려 하고, 권력으로부터 혜택(광고, 정치권 진출 등)을 받으려 왜곡하고 아부를 한다면 그 신문은 더 이상 '정론'이라고 할 수 없다.

우리나라에 과연 진정한 의미의 정론지가 있는지 의문이 들지만, 국민들은 정론지에 대한 선택권을 자유롭게 행사할 수 있어야 한다. 권력과 기득권에 대한 감시의 잣대는 어느 정권을 막론하고 동일하게 적용되어야 한다. 특정 정권에게 대하여는 적대적으로, 또 다른 특정 정권에 대하여는 한없이 우호적으로 대하는 신문이 있다면 이미 공정하고 객관적 언론이라 말할 수 없다. 그렇다면, 그런 유의 신문을 정론지에서 배제시키거나 절독할 수 있는 독자의 자유도 마땅히 존중되어야 한다.

〈한겨레〉의 창간을 그토록 바랐던 사람들은 그 당시 소위 '조중동'이라고 불리는 보수적 신문들이 노골적으로 정권을 비호하며 공정보도를 하지 않는다고 비판하였다. 그런데, 이제는 〈한겨레〉가 특정 정당을 옹호하고 무비판적으로 감싸는 홍위병으로 전락[39]해버린 것에 개탄하는 사람들이 많다(물론 여전히 〈한겨레〉의 논조에 아무런 문제가 없고, 오히려 더 보수 정권을 비판해야 한다고 생각하는 사람들도 있겠지만). 군 복무 중에도 월급을 아껴가면서 부대 내로 구독을 신청하는 등 치열한 구독 투쟁을 벌였던 그 신문을 이제는 절독해야 한다는 사실이 슬프고 씁쓸하기만 하다. 창간호의 창간사에서 '국민 대변하는 참된 신문'이 되겠다고 한 초심으로 돌아가서 언젠가는 다시 〈한겨레〉가 정론지로 재탄생하는 날을 기대해 본다.

3.

그로테스크한 신혼여행지

마치 김일성 동상 앞에서 충성 맹세를 하는 북한 신혼부부들의 모습처럼 한편의 블랙 코미디로 기억될 명장면이었다.

보라카이의 화이트비치는 여전히 아름다웠다. 결혼을 하는 청춘들이라면 누구나 멋지고 아름다운 신혼여행을 꿈꾼다. 특히, 신부인 여성들의 신혼여행에 대한 기대와 환상은 남성들보다 더 큰 것이 사실이다. 1998년 초 발렌타이데이에 결혼을 하게 된 우리는 필리핀의 보라카이로 신혼여행을 가기로 하였다. 한참 해외여행을 알아보며 준비하였는데, 하필 IMF 외환위기가 찾아오는 바람에 해외로의 신혼여행을 포기해야만 하는 상황이 발생하였다.

그 엄중한 시기에는 미국 달러를 들고 해외여행을 가는 사람은 모두 매국노로 취급받는 분위기였다. 우리의 첫 해외여행 기회는 그렇게 날아가 버렸다. 그리하여 어쩔 수 없이 신혼여행지를 제주도로 변경하여 다녀올 수밖에 없었다. 제주도로 여행지를 변경했기 때문에 해외여행을 간 것보다는 상대적으로 죄책감이 덜 들었다. 하지만, 부르주아적 사치와 낭비를 해서는 안 된다는 도덕적 의무에 대한 80년대의 부채의식 때문에 제주도 신혼여행마저도 가급적 검소하게, 돈이 많이 들고 화려한 일정은 최소화하려고 노력하였다.

국내여행이라 하더라도 여행을 간 것은 기정 사실이었기 때문에 일말의 부담감은 계속되었다. 그에 대한 죄책감을 조금이나마 덜어내려 광주 망월동 묘지에 가서 광주 영령들께 참배를 하기로 마음먹었다. 2박 3일 제주도 여행을 마치고 아침 비행기를 타고 일찍 김포공항으로 올라온 우리는 곧장 승용차를 몰고 광주 망월동으로 향했다.

어릴 적부터 반공 이념 교육만을 받고 자란 아내에게 신혼여행을 광주 망월동 묘지로 가자고 하였으니 실로 기겁할 일이었다. 다만, 연애 시절부터 열심히 일종의 의식화(?) 교육을 한 덕택인지, 아니면 신혼 초라 분란을 야기하고 싶은 마음이 없어서인지 아내는 광주 망월동 묘지의 참배에 대하여 강력한 반대를 하지는 않았다. 못 이긴 척하며 따라와 주었다. 나중에 아내에게 물어 보니, 광주에 대한 부채의식이나 깊은 뜻을 이해해서 그렇게 한 것이 아니라고 했다. 이미 어떤 사람이라는 것을 충분히 알았던 상황에서 말린다고 될 일이 아니었기 때문에 그냥 포기하고 따라 나섰다고 했다.

그렇게 우리 부부는 신혼여행의 두 번째 일정으로 광주 망월동 묘지에 가서 참배했다. '민주의 문' 뒤편의 추모탑 앞에서 군사독재의 총에 맞아 돌아가신 광주의 영령들의 명복을 빌며, 숭고한 뭔가를 하겠다는 거창한 다짐도 하였다. 무슨 혁명적 동지의 결합을 이루려는 일부 주사파 운동권들의 충성 맹세도 아니면서, 고해성사를 하듯 그동안 광주정신을 잊고 나태하게 살았던 것과 한가하게 부르주아적 여행을 다녀온 것에 대한 사죄를 했던 것으로 기억한다. 그 어느 때보다 진지하게, 비장하게, 그리고 무겁게 수행한 반성과 다짐의 세리머니였다. 마치 김일성 동상 앞에서 충성 맹세를 하는 북한 신혼부부들의 모습처럼 한편의 블랙 코미디이자 그로테스크한 드라마로 기억될 명장면이었다.

80년대에 대학생활을 했던 대부분의 사람들은 여전히 광주항쟁 당시 희생된 분들에 대한 부채의식을 가지며 살아간다. 다만, 개인마다 가지는 부채의식의 정도는 천차만별이었다. 누군가는 매년 5.18 기념일에만 뭉클한 뭔가를 느낀다. 누군가는 항상 부채의식으로 고뇌하며 살아가기도 한다. 누군가는 그런 부채의식과 함께 호남의 문제를 치열하게 고민하기도 한다. 또 누군가는 부채의식을 가지며 살고 있다고 뭇 사람들에게 자랑질을 하면서 5.18 전야제 날에는 룸살롱에서 술을 마시기도 한다(수많은 술자리 중에서도 2000년 5.18 기념일 전야제날 광주 새천년 NHK 가라오케에서 벌어진 술 파티가 가장 유명하다. 그 주인공들이 누구인지에 대하여는 다들 알 것이다).

광주 망월동 묘지로 신혼여행을 다녀왔다고 하여 광주에 대한 부채의식이 경감되거나 없어지지는 않는다. 광주는 그렇게 단순하거나 가벼운 존재가 아니기 때문이다. 오히려 시간이 갈수록 광주 시민들의 높은 정치수준과 참여의식에 대하여 존경과 감사의 마음은 커져 갔다. 그들의 선택은 정의로웠고, 민주적이었다고 느끼기도 하였다.[40]

순수하고 열정적이었던 초심을 유지하기란 누구에게나 쉬운 일이 아니다. 초심을 잃지 않아야 한다고 모두들 당위적으로는 알고 있지만 실천하기란 하늘에서 별 따기처럼 어렵다. 세상사가 그럴진대 광주 시민이라고 초심을 지키는 것이 어디 쉬웠겠는가? 한평생 따라다닐 것 같았던 광주에 대한 지독한 부채의식을 더 이상 가지고 갈 이유가 없다고 느끼게 만드는 결정적 사건을 맞이하였다. 다른 곳이 무너져도 광주만큼은 무너지지 않을 것이라고 100% 신뢰하였는데, 그 신뢰는 영원하지 못했다. 문제의 사건은 바로 뒤에서 볼 소위 '조국 수호 서초동 집회'였다.

4.

카투사를 악마라 욕할지라도

국방의무를 이행하기 위해 군대에 다녀 온 청춘들은 그가 근무했던 부대가 어디에 있든, 맡은 업무가 무엇이었든 모두 위대했다.

"사람들이 여전히 경시하고 있는 한 미워하지 않으며, 동등하거나 더 높다고 평가할 때에야 미워한다.[41]"라는 철학자 니체의 말은 카투사를 대하는 사람들에게도 고스란히 적용되었다. 대한민국 육군으로서 주한민군에 배속되어 근무하는 카투사는 선망의 대상이 되기도 하였다. 그러나, 한편에서는 미제국주의의 하수인 정도로 폄하되거나 경멸의 대상이 되기도 하였다.

80년대의 이야기다. 그 당시 학생운동은 남한과 북한의 분단이 우리나라 모순의 출발점이라고 얘기하는 민족해방주의 계열(NL)이 주류를 형성하였다. 그들은 조국 통일의 방해세력인 주한미군을 축출대상이라고 주장하였다. 주한미군을 도와 한국 내에서 수시로 군사훈련을 함께 하는 카투사 역시 양키의 용병 내지 미제의 앞잡이라고 비난하였다.

당시 나는 우리나라의 주된 모순이 민족분단에 있다는 NL계열의 노선보다는 자본주의의 구조적 모순으로 인한 계급적 불평등에 있다는 민중민주주의 노선이 좀 더 우리의 현실을 반영한다고 보는 입장이었다. 따라서 그쪽 노선 관련 책이나 토론회, 집회 등에 참석하며 부족한 부분을 보충하였다. 그러나 학생운동을 하던 학교 선후배나 동기들은 다 민족해방주의 계열이었기 때문에 반미통일주의 관련 구호와 이론을 함께 공유하기도 하였다. 큰 틀에서 보면 군사독재를 청산하고 민주주의를 쟁취하자는 대의는 같았기 때문에(지금 와서 생각해보면 그 대의가 같았는지조차 의문이기는 하지만) 부분적으로 연대하고 함께 행동하는 것은 불가피하였다.[42]

그 시절 군대에서의 의문사 등 학생운동을 했다는 이유로 고초를 겪은 사건들을 듣고 보면서 군대에 입대하는 것에 대한 두려움도 싹트기 시작했다. 대한민국에서 신체 건강한 남자로 태어난 것이 불편하게 느껴지기까지 한 시기였다. 그런 두려움의 반작용으로, 안전에 대한 원초적 본능으로 시작된 카투사라는 제도에 대한 관심은 급기야 시험 응시로 이어졌다. 그리고, 1988년 8월 카투사로 입대하였다.

주한미군과 카투사에 대한 적개심으로 가득 찬 선후배들에게 차마 카투사로 입대한다는 얘기를 하지 못했다. 정말 친한 친구들에게만 전후

사실관계를 얘기했다. 친한 친구라고 하는 사람들도 송별회식에서 술이 무르익어 갈 때쯤이면 농담 반 진담 반으로 나오는 소리 역시 '카투사는 양키의 용병'이라는 얘기였다. 그럴 때마다 역사와 민족 앞에 대역죄를 지은 사람처럼 고개를 숙인 채 소주잔만 들이켜곤 하였다. 신성한 국방 의무, 그것도 현역병 판정을 받고 입대하면서도 죄인 취급을 받는 희한한 장면 역시 80년대의 낡은 유물이었다.

인생 경험이 적은 20대의 젊은 청년들, 특히 대한민국이라는 특수한 환경에서 살아가는 청년들에게 군대란 엄청난 두려움으로 다가올 수밖에 없다. 그런 두려움 속에서 누구는 전방 부대에 가서 생고생을 하는데, 누구는 미군부대의 안락한 숙소에서 살면서 토요일도 쉰다[43]고 하면, 솔직히 기분 좋을 사람은 없을 것이다. 그런데, 그냥 배 아프다고 하면 체면이 서지 않으니 명분을 찾아야 했다. 학생 운동권에서 가장 싫어하는 미국을 끌어들이는 일이 제격이었다. '미제국주의 용병'이라는 프레임을 씌우는 순간 카투사는 갑자기 악마가 되고 죄인이 되어 버렸다.

생각해보면 키 작고 못생기고 별 볼 일 없는 놈에게는 힘든 전방부대에서 호되게 고생하는 것이 제격이었다. 그런데, 자기가 마땅히 가야 할 그 편하다고 소문난 카투사로 엉뚱한 놈이 입대한다고 하니 기분이 나빴을지도 모를 일이다. 그런 사소한 질투심들이 쌓이고 쌓여 카투사는 그렇게 악마화되어 '미제의 용병'으로 우뚝 서고 말았다. 그러나, 카투사들은 실제 온전한 의미의 미제의 용병이 되지 못했다. 미군도 아니고 완전한 한국군도 아닌 애매한 위치로 인해 정체성의 혼란과 차별의 설움도 달래야만 했다.

비록 미군 부대에서 군복무를 하였더라도 신성한 국방의무를 수행하기 위해 30개월이라는 긴 세월 동안 인고의 시간을 보낸 힘도 없고 빽도 없었던 대한민국 청춘들은 그런 식으로 비난받아야 할 대상이 아니었다. 카투사로 입대한 것이 미군의 앞잡이여서 문제였다면 같은 민족에게 더 직접적으로 총부리를 겨누었던 대한민국 육군으로 복무한 것은 더 큰 민족의 배반자로 불려야 마땅했다. 당시 육군으로 군대를 다녀온 사람들은 경례나 구호를 외칠 때, 또는 군가를 부를 때마다 '멸공'이나 '북괴'라는 용어를 입에 달고 살지 않았던가.

강대국과 대치하고 있는 분단국가라는 대한민국의 특수한 환경에서 태어나 국방의무를 이행하기 위해 군대에 다녀 온 청춘들은 그가 근무했던 부대가 어디에 있든, 맡은 업무가 무엇이었든 모두 위대했다. 하물며 '방위'로 다녀온 사람마저도.

남이 누리는 재물이나 전반적 풍요 또는 행복을 자기도 누리고 싶어하는 마음을 '시기심'이라고 부른다. 사람관계에서 발생하는 갈등 또는 저주의 혀 놀림의 대부분은 이런 시기심 또는 질투심에서 비롯된다. 특히, 어느 한 부분이라도 자신이 그 사람보다 더 낫다고 생각하고 있었는데, 그가 나보다 조금이라도 더 좋거나 더 많은 보상 또는 혜택을 누린다고 느끼게 되면 본능적으로 발동하는 것이 바로 이 시기 · 질투심이다.

그래서 니체도 시기심이 많은 자들을 경계하라고 하면서도 부질없는 일이라는 충고를 잊지 않았다. 그는 『차라투스트라는 이렇게 말했다』에서 "벗이여, 너의 고독 속으로 달아나라. 사납고 거센 바람이 부는 곳으로. 파리채가 되는 것, 그것은 네가 할 일이 아니다."라고 말하였다. 날파리 같은 그들을 잡는 파리채가 되는 것조차 '자유로운 영혼들'의 할 일이 아니라고 강조한 니체의 말은 우리에게 중요한 일이 무엇인지 분명하게 일깨워주고 있다. '방황하고 탐험하는 자들'은 자신의 자유를 위해 그저 고독을 즐기면 된다. 시기하고 질투하는 자들을 미워하는 일조차 부질없고 의미 없는 짓이기 때문이다.

5.

초심을 유지하려는 고독한 싸움

역사에, 광주 시민에, 분신한 학생들에 대한 죄의식과 부채의식이 왜 그렇게 나에게만 크게 다가왔을까?

인간의 집단살육 광기는 지금도 계속된다. 독일 기자 '힌츠 페터'가 촬영한 것으로 알려진 5 · 18 광주항쟁의 영상을 처음 접했을 때 시민들의 민주주의 열망보다는 그들에게 총을 쏘는 군인들의 모습이 더욱 충격이었다. 그래서일까. 군부독재 정권과 싸우다 감옥에 가거나 분신자살을 하는 운동권 학생들은 끊이지 않았다. 그들도 아마 그 시대가 던져준 부채의식에 시달렸던 '양심적 자유주의자'였을 것이다.

그런 일련의 사건이 누적될수록 80년대를 살았던 수많은 사람들의 충격과 부채의식, 그리고 방황과 고뇌도 깊어만 갔다. 당시 학생들 대부분은 지방에서 어렵게 등록금과 자취방을 마련해준 부모님의 고혈을 팔아 살아가는 사람들이었다. 그러나, 폭압적 시대를 살아가는 대학생의 사명감과 시골에서 학비를 대주는 부모의 기대 사이에서 청춘들은 이리저리 방황할 수밖에 없었다.

나 역시도 시골의 논과 밭을 판돈을 모아 서울에서 겨우 산동네 빌라 전세를 얻어 살고 있는 어머니의 현실을 알고 있었다. 그렇지만 이런 비상시국에 과연 이렇게 편하게 학교를 다녀도 되는지, 남들은 목숨까지 던진다는데 법조인이 되겠다고 도서관에 앉아 사법시험 공부를 해도 되는지 등에 대한 번민과 회의가 사그라지지 않았다. 그리하여, 소위 말하는 사회과학 서적을 읽으며 우리나라의 현실에 대하여 이해하려고 관련 학습을 게을리하지 않았다.

한편으로는 집회와 시위 현장에 나가 목청껏 구호를 외치고 짱돌을 던지면서 부채의식을 조금 덜어낸 것처럼 위안을 삼기도 하였다. 당장 점심밥을 사먹을 용돈도 충분하지 않아 김밥 한줄 또는 라면으로 한 끼를 때워야 했다. 가난한 대학생에게 등록금을 대느라 생고생을 하는 더 가난한 어머니의 속사정도 모른 채 그렇게 '주데야독', 즉 낮에는 데모하고 밤에는 사회과학 서적을 탐독하는 생활을 이어갔다.

명색이 법대생이다 보니 사법시험에 도전해보겠다는 의욕은 항상 있었다. 다만 언제부터 본격적으로 해야 할지, 이런 시국에 나만 편안하게 공부를 해도 되는 것인지 등에 대하여 기나긴 번민을 하였다. 그러다가 대학교 2학년 때에 군에 입대했다. 군 생활 30개월을 마치고 나니 서서히 미래에 불확실성이 엄습하였다.

세상은 여전히 독재정권의 서슬이 퍼런 시절이었다. 그에 저항한다는 명분의 학생운동은 지속되었다. 군에서 제대를 한 1991년도에는 유난히 분신자살을 하는 학생들이 많았고, 추모식과 장례식을 전후로 한 대규모 시위도 많았다. '고뇌하는 지식인'이 되고자 했던 철없는 복학생은 군대 제대 이후에도 여전히 집회와 시위 현장에서 어슬렁거렸다.

웃을 줄도 모르고 인상만 쓰면서 '고뇌하는 지식인'을 흉내 내려 했던 그 시절의 기억은 나를 더욱 슬프게 한다. 그때 왜 혼자서 세상의 모든 근심과 걱정을 다 짊어지겠다고 하루 종일 이 고민 저 고민을 하며 괴로워했을까? 역사에, 광주 시민에, 분신한 학생들에 대한 죄의식과 부채의식이 왜 그렇게 나에게만 크게 다가왔을까?

정치적 · 사회적 이슈마다 끊임없이 고민하고, 분노하면서도, 사법시험을 준비한다는 복학생에게는 정작 자신의 인생에 대한 절박함이 전혀 보이지 않았다. 어렵게 등록금을 마련해준 어머니는 사법시험에 합격하여 출세(?)하는 아들을 보고 싶어 했었다. 그러나, '방황하고 탐험하는 자'이자 '고뇌하는 지식인'이 되고자 했던 복학생의 머릿속은 여전히 복잡하였다. 한쪽으로는 법조문을 암기하면서, 한쪽으로는 세상일을 다 끌어모아 고민하고 있었기 때문이었다.

머릿속이 다른 고민으로 가득 찬 상태에서 사법시험 공부를 하였으니 결과는 너무나 뻔한 것이었다. 시험은 떨어지고 학교도 졸업한 상태라 더 이상 가난한 어머니에게 손을 벌릴 사정이 못 되었다. 일단 취업을 하였으나 직장생활을 하면서도 그 놈의 부채의식은 달라지지 않았다. 사치품을 소비할 때나, 소형 자동차를 살 때나, 고기를 사먹을 때면 자본주의에 기생하는 부패한 부르주아가 된 것처럼, 사치와 허영에 찌든 탐욕 덩어리로 전락한 것처럼 죄의식에 사로잡혀 있었다. 이런 물건을 사도 되는가, 이런 편안함과 안락함을 누려도 되는가에 대한 죄의식과 트라우마는 40대가 된 후에도 전혀 나아지지 않았다.

세속적 욕망이란 인간의 본능에 가깝다. 아무리 세뇌하고 강제한다고 없어지는 것이 아니었다. 진보주의자든 사회주의자든 아니면 전형적인 시장주의자든, 내재된 소유욕은 통제하거나 막을 수 없는 것이었다. 그래서인가 모두들 한때의 고뇌와 열정을 잊은 채 오직 욕망 충족이라는 본능에만 충실하였다. 그런 행동에 대하여 죄의식을 느끼는 사람들도 없었다. 그런 욕망의 충족을 비난하는 사람들도 사라졌다.

상대적으로 늦게까지 '고뇌하는 지식인'이 되고자 했던 '양심적 자유주의자들'만이 일말의 가책을 느끼며 그 본능을 억누르고 있었을 뿐이었다. 세속적 욕망이라는 것을 일정 정도 추구하면서도 한편으로는 욕망을 통제하며 '고뇌하는 지식인'으로서의 의무감을 지키고자 했던 삶을 나름 의미 있는 것으로 생각했는지 모른다.

이제 세상은 '방황하고 탐험하는 자들'에게 '고뇌하는 지식인'이 되라고 더 이상 강요하지도 않았다. 지식인의 의무를 이행하지 않았다고 추궁하거나 비난하는 사람도 없었다. 더 엄밀하게 말하면 세상은 처음부터 '양심적 자유주의자들'에게 전혀 관심이 없었다. 그들이 없어도 세상의 수레바퀴는 잘만 돌아갔다. 그들이 부채의식과 죄의식을 느끼며 양심적으로 산다고 하여 이 사회가 도덕적으로 더 깨끗해지거나 더 정의롭게 변하지도 않았다.

세상의 변화와 함께 운동권에 대한 부채의식은 조금씩 정리되었다. 마지막까지 가장 큰 부채의식으로 남아 있었던 것은 역시 '광주'였다. 개인적으로는 SNS 등을 통해서도 광주와 호남 문제에 관한 그들의 편에서 지지를 하거나 옹호하는 노력을 하기도 하였다. 그런데, 뜻하지 않게 조모 전 법무무장관과 관련한 일련의 사건 때문에 광주에 대한 부채의식도 자연스럽게 해소될 수 있었다.

2019년 9월부터 시작된 소위 '조국 수호 서초동 집회'에서 '광주가 조국이다!'라는 피켓을 들고 시위하는 광주 시민들의 모습은 5.18 광주학살 영상만큼이나 충격으로 다가왔다. 학생시절 5.18 전야제에 가서 보았던 민주주의의 수호자로서의 광주가 아니었다. 신혼여행을 다녀올 만큼 존재 자체로 신성했던 망월동 민주 영령의 정신을 계승한 광주가 아니었다.

그렇게 '광주'는 상식적 정의 또는 공정으로 대표되는 민주주의의 기초마저 외면한 채 범죄와 부패를 감싸는 곳으로 변하고 있었다. 더욱더 슬프고 실망스러운 것은 그런 식으로 광주정신 자체를 훼손하는 행위들이 횡행해도 이를 비판하거나, 꾸짖거나, 사후적으로라도 사과하는 5.18 단체나 유족을 단 한 사람도 보지 못했다는 점이다(물론 그런 시위는 검찰에 대한 비판행위에서 나온 해프닝에 불과하고, 범죄자나 부패 행위자를 감싸는 사람들은 극소수에 그칠지 모른다. 그러나 대다수가 침묵을 하고, 그에 대하여 누구 하나 한마디의 비판도 하지 않는다면 전체가 묵시적 동의를 하고 있다고밖에 이해되지 않았다).

이렇게 허무하게 무너져 내릴 곳이 아니라는 믿음과 신뢰가 마음 저편에 자리 잡고는 있었지만, 상황이 달라지기는커녕 오히려 노골적으로 부패 범죄를 옹호하는 사람들이 점점 많아졌다. 나의 의지와 상관없이 '광주' 스스로가 탈민주주의, 탈정의를 선언해버렸다. 그러다 보니, 그때까지 남아 있던 제반 부채의식 중 가장 큰 부분을 차지했던 '광주'도 이제는 극복할 수 있는 대상으로, 극복해야만 하는 대상으로 다가왔다('광주가 조국이다'라는 구호는 민주주의의 성지인 광주가 민주주의 대열에서 이탈하겠다고 명시적으로 선언했다는 의미로 받아들이기에 충분했다. 그런 상황에서 내가 광주에 대한 부채의식을 유지할 명분은 점점 희박해졌다. 광주에 대한 부채의식의 기반은 이름만 들어도 가슴이 뛰었던 바로 '민주주의'였다. 모든 민주주의는 정의를 옹호했지, 부패를 옹호하지 않았기 때문이다).

밀란 쿤데라는 그의 저서 『참을 수 없는 존재의 가벼움』에서 "배반이란 대열에서 이탈하여 미지의 곳으로 나아가는 것이다. 따라서 배반은 속박에서 벗어나 자유를 되찾는 자기 해방적 기능을 한다."라고 말했다. 이제야 비로소 부채의식의 속박에 묶여 있던 대열에서 이탈할 수 있게 되었다고 해야 할까. 자유를 찾는 여정으로써 배반 또는 이탈을 결행하는 순간 '방황하고 탐험했던 자'는 어디에도 정신적 부채를 가지지 않는 진정한 의미의 자유인이 되어 있었다. 그동안 '양심적 자유주의자'를 구속했던 일체의 부채의식이 이제 모두 사라져 버린 것이다(솔직히 말하면 그 부채의식이 완벽하게 사라질 가능성은 없어 보인다. 다만, 적어도 형식적으로는 더 이상 부채의식을 느끼거나 가질 이유가 사라졌다).

이제까지 '고뇌하던 지식인'은 자신의 의지와 생각으로 세상을 더 객관적으로 바라볼 수 있게 되었다. 어떤 진영에도 속하지 않는 자유의 정신이 꽃으로 활짝 피어나게 되었다. 부채의식을 청산하였으니, 작가 유발 하라리의 말대로[44] 이제 언제라도 의심하고, 검증하고, 다른 의견을 듣고, 다른 길을 시도해 볼 진정한 자유인이 될 수 있었다. 이제 부채가 남아 있다면 그것은 오직 물리적 부채, 즉 은행에서 빌린 돈뿐이다.

6.

잠재력을 발휘하는 것도 너의 몫이다

재능이 없는 별 볼 일 없는 사람으로 취급한 이 사회와 그들의 재능을 일찍이 캐치하지 못한 부모들은 스스로 반성하고 사과하는 것이 좋을지 모른다.

"鷄口牛後(계구우후)"라는 고사성어가 있다. 직역하면 '닭의 입과 소의 뒤'라는 말이고, 의역하면 '소의 꼬리보다는 닭의 머리가 낫다'는 의미라고 한다. 사람의 성격에 따라 어떤 사람들은 큰 조직의 일원으로 소속되는 것에 자부심을 느끼기도 한다. 어떤 사람들은 작은 조직이라도 우두머리가 되는 것에 만족감을 느끼기 때문에 일률적으로 뭐가 좋다 나쁘다고 얘기할 수는 없다.

어릴 적부터 나는 소의 꼬리보다는 닭의 머리가 되는 것을 훨씬 더 선호했던 것으로 기억한다. 시골 동네에서는 소위 말하는 골목대장 노릇을 주로 했다. 국민학교나 중학교에서는 당연직처럼 반장을 하면서 작은 규모의 소집단에서 주목받는 역할에 관심이 많은 편이었다.

시골 동네에는 같은 학년의 친구들이 5명 정도 있었다. 그 친구들과 매일매일 온 동네와 뒷산을 휘저으며 지금은 정확히 하는 방법도 생각나지 않는 각종 게임을 하며 놀았다. 다른 동네 아이들과 축구시합을 하기도 하였다. 후배 동생들을 상대로 노래자랑 대회를 개최하기도 하였다. 크리스마스 시즌에는 시나리오를 만들어 연극을 하기도 하였다. 각종 냄비 등으로 만든 드럼과 장난감 기타 등 가짜 악기로 연주하는 그룹사운드(당시 인기를 끌었던 배철수의 그룹사운드 '활주로'를 모방하여 흉내를 낸 것임)를 조직하여 자작곡[45]을 부르며 놀기도 하였다.

항상 그런 이벤트에 있어서 기획, 감독, 작가, 작곡, 주연, 보컬 등은 내가 맡았다. 더 정확히는 평소 생각했던 아이디어를 그와 같은 이벤트를 통하여 실천해 보고자 친구들과 후배들을 충분히 활용했다는 표현이 정확할 것이다. 그때까지만 해도 무궁무진한 아이디어를 가지고 다양한 것을 창조하고 실험하고 싶었다. 그러나 시골생활이라는 한계 때문에 정식으로 배울 수 있는 기회가 없었다. 재료나 필요 물품은 더더욱 없었기 때문에 그저 흉내 내는 수준에 불과했다. 뿐만 아니라 경쟁관계에 있는 사람도 없었고, 그에 대해 칭찬해주거나 장려해주는 사람도 없었던 관계로 관련 재능이나 자질은 더 이상 발전하지도 않았다. 그저 조용히 사장되었다.

이렇게, 우물 안 개구리처럼 시골에서 살다가 고등학교 때부터 도시에 나가게 되었다. 거기에서는 시골에서처럼 닭의 우두머리조차 되기가 어려웠다. 잘난 사람, 재능 있는 사람이 그토록 많은 줄 미처 몰랐다. 조금씩 위축되다 보니, 예전처럼 주도적으로 뭔가를 기획하고 이끌어갈 기회는 점점 없어졌다.

누군가 무엇을 주도적으로 추진하면 비난하고 조롱하는 우리나라의 좋지 않은 집단문화가 이미 그 당시 고등학교 때에도 존재하고 있었다. 그런 위험을 감수하면서까지 뭔가를 하고 싶지는 않았다. 그렇다고, 작은 소집단, 소모임에서 존재감 없는 사람으로 남아 있는 것은 더욱 용납이 되지 않았다. 들러리에 불과할 것으로 여겨지는 모임에는 가급적 참석을 하지 않았다. 참석하더라도 전혀 흥미를 느끼지 못하고 외곽에서 맴돌기만 했다.

인간이란 저마다의 능력과 자질을 가지고 태어난다. 다방면으로 천재적 능력을 가진 사람도 더러 있기는 하지만, 대부분은 남들보다 잘하는 분야를 그래도 하나라도 가지고 태어나기 마련이다. 문제는 그런 자질을 어릴 적부터 발견하고 키워주는 경우가 극히 드물다는 점이다. 대부분은 그와 같은 자질과 재능이 있는지조차 인식하지 못한 채 일반형 사람들을 위한 교육시스템에 편입되어 획일적 교육만을 받고 만다.

지금까지 인류 역사상 남다른 재능이 있었음에도 그런 재능을 키워보지도 못하고 사장시킨 사람들이 수도 없이 많았을 것이다. 어쨌든, 사람마다 타고난 재능을 어린 시절에 발견하기란 현실적으로 쉽지 않다. 발견하더라도 체계적으로 가르치고 계발시키기 위해서는 부모의 혜안과 경제력이 뒷받침되어야 하는데, 세상이 그것을 쉽게 허락하지는 않는다. 당장 먹고 살기도 어려운데, 자녀의 재능이나 교육에 대하여 신경 쓸 여력이 없는 사람들이 더 많기 때문이다.

대한민국 학부모의 교육열은 세계 최고로 알려져 있다. 최근에 보면 어릴 적부터 천재성을 인정받아 그 분야에서 최고가 된 각종 스포츠 스타, 가수, 예술가 등이 아주 많아졌다. 그들은 부모의 세속적 욕망 추구의 희생양으로 볼 수도 있는 측면이 분명 있다. 그러나, 그들 부모가 자식들의 재능을 어린 나이에 재빨리 캐치하여 그것을 키워주려 돈과 시간을 투자했기 때문에 그런 결실을 맺었다고 볼 여지도 있는 점에서 나름 평가받을 만하다.

도전하고 모험하는 유전자를 가지고 태어난 '자유로운 영혼들'에게는 특히나 그런 재능을 조기에 발견하여 그들을 지지해주고, 용기를 북돋아 주고, 후원을 해줄 수 있는 부모가 절대적으로 필요하다. 어린 방탐자들 속에는 세상을 변화시킬 만한 깜짝 놀랄 재능을 보유한 사람이 숨어 있을 수 있기 때문이다. 엄청난 잠재력을 가지고 태어난 '방황하고 탐험하는 자들'을 재능이 없는 별 볼 일 없는 사람으로 취급한 이 사회와 그들의 재능을 일찍이 캐치하지 못한 부모들은 스스로 반성하고 사과하는 것이 좋을지 모른다.

한 사람의 인생이란 결국 어느 시대에 어느 부모와 어떤 주변 사람들을 만나느냐에 따라 결정되는 운명처럼 보인다. 그 조합이 잘 된 경우에는 세상을 변화시킬 천재적 영웅이 탄생하기도 하지만, 그렇지 못한 상황에서는 자신들의 재능이 무엇인지도 모른 채 흥미도 없는 분야의 일을 억지로 하며 살아갈 수밖에 없다.

세상의 환경과 조건이 이러하다면, '도전하고 모험하는 자들'은 본인의 재능을 스스로 발견하고 발전시켜나가도록 노력하는 수밖에 없다. 다행히 '자유로운 영혼들'은 끊임없이 방황하고, 도전하고, 시도하고, 저항하는 것이라도 잘하는 재능과 자질을 갖추고 있는 점에서는 매우 고무적이다. 그와 같이 흥미롭고 관심이 가는 분야에 계속 도전을 하다 보면 천부적 재능이 있는 자기 자신을 발견할지 그 누가 알겠는가?

4장

자유를 경시하는 사회의 자화상

1. 니들이 왜 거기서 나와
2. 적대적 공생자들도 가해자다
3. 그들에게는 유독 관대한 사람들
4. '중꺾마'는 좋지만 '꼰대'는 싫어
5. 경박한 자들의 얼굴을 대하는 자세
6. 발칙한 상상을 자극하는 사회

1.
니들이 왜 거기서 나와

예비군 훈련에 다녀온 경험이 있는 사람들은 잘 안다. 군복을 입으면 멀쩡한 사람도 아무 데나 오줌을 갈겨 싸고, 질서를 지키지 않고, 욕도 서슴지 않는 인간으로 변한다는 것을.

어떤 행사나 장소에서 그에 맞는 복장을 갖추는 것을 '드레스 코드'라고 한다. 보수를 자처하는 사람들의 집회가 있을 때면 어김없이 등장하는 소품과 드레스 코드가 있다. 바로 태극기와 성조기, 그리고 군복이다. 태극기는 그들의 가장 기본적 소품이 됨에 따라 '태극기부대'[46)]라는 별칭에 결정적 영향을 미쳤다. 태극기만큼은 아니지만 성조기와 군복 역시 그들의 이미지를 형성하는 데 있어서 없어서는 안 될 항목이다. 아마도, 그 소품과 드레스 코드에는 한국전쟁 이후 가장 중요한 우방 국가인 미국과의 동맹을 강화하여 북한의 핵무장 위협에 대응하자는 의미가 있을 것이다. 뿐만 아니라, 북한의 위협이든 그들이 말하는 소위 빨갱이의 위협이든 전시 상황의 군인들처럼 결연한 의지로 대처하겠다는 의미도 동시에 담겨져 있을 것이다.

정치적 의사를 표현하는 집회에서 나이든 사람들이 군복을 입은 채로 미국의 성조기를 펄럭거리는 모습은 대단히 이질적이다. 솔직히 다른 나라 사람들이 볼까봐 좀 부끄럽기까지 하다. 예비군 훈련에 다녀온 경험이 있는 사람들은 잘 안다. 군복을 입으면 멀쩡한 사람도 아무 데나 오줌을 갈겨 싸고, 질서를 지키지 않고, 욕도 서슴지 않는 인간으로 변한다는 것을. 그러니 군복, 그 중에서도 해병대 군복을 입은 노인들의 입과 행동은 점점 거칠어질 수밖에 없다. 자칭 보수 세력이라고 한다면 전통의 유지와 법치주의에 대한 존중, 나와 타인의 자유에 대한 인정 등 보수적 가치를 실천하고자 하는 의지와 품격이 필요하다. 그런데, 어찌된 일인지 그들에게는 폭력적 극우 이념주의자의 모습이나 고집 센 꼰대 할아버지의 이미지만 어른거린다.

소위 태극기부대원들은 북한을 옹호하거나 미국에 대하여 중립적 태도를 보이기만 해도 빨갱이로 몰아세우고, 박정희 전 대통령이라는 신화에 이의를 제기하는 사람도 타도의 대상으로 삼았다. 그들의 일방적인 미국 찬양과 빨갱이 혐오에는 더 이상 타인의 자유나 다양한 의견을 존중하는 민주주의에 대한 최소한의 이해를 구할 여지가 없어 보인다. 극과 극은 통한다고 했던가. 진보를 자처하는 소위 '양념부대'[47)] 역시 자신들과 다른 견해를 보이는 모든 이들을 토착왜구로 몰아세우며 증오와 혐오의 비수를 꽂기는 마찬가지이기 때문이다.

다 그런 것은 아니지만 40대와 50대 중 일부는 '양념부대'를 만들어 반대진영과 중립 진영의 모든 사람들까지 파시즘적 광기로 공격하고 있다. 반면, 60대 이상의 노인 중 일부는 '태극기부대'를 창설하여 허구한 날 빨갱이 타령을 하며 폭력적 반공주의를 휘두르고 있다. 그나마 이 나라에서 극단적 세력으로 변질되지 않은 것으로 보이는 유일한 세대는 20대와 30대의 젊은 층일 것이다. 그들은 이데올로기에 상대적으로 자유로워서 어느 특정 진영에 휘둘리지 않았다. 뿐만 아니라 실용적이지 않거나 합리적이지 않은 것으로 보이면 관심을 가지지도, 지지하지도 않는 경향이 강했다.

그런 의미에서 지금의 젊은 세대는 다른 세대보다 자유를 더 사랑하는 것으로 보인다. 자유를 사랑할 줄 아는 그들이 주역이 될 대한민국의 미래는 지금보다는 훨씬 희망적이다. 다만, 철학자 하이데거가 "인간은 자기 의지와 상관없이 세상에 내던져진 존재들이라, 태어나면서 속하게 된 집단이 생산한 논리를 지속적으로 학습하면서 성장한다."라고 말했던 것처럼, 인간이란 일정 연령의 세대가 되고 나면 또 오랫동안 유지되어 온 그 세대만의 '밈'에 동조 또는 동화되는 경향이 있는 것 또한 부인할 수 없는 사실이다.

따라서 희망적이라고 믿었던 MZ세대들도 향후에 지금의 나이든 세대들의 특성과 문화를 따라 하지 않으리라는 보장 또한 없다. 그래서 아직은 낙관도 비관도 이른 평가일지 모른다. 그럼에도 생명체는 지속적으로 진화하고 있고, 인류 문화도 조금씩 발전하고 있는 만큼 우리 사회도 종국에는 더 성숙한 곳으로 넘어갈 수 있으리라는 것만큼은 확실하다.

2.

적대적 공생자들도 가해자다

서로를 적대시하고, 혐오하고, 증오할 세력이 없다면 자신들의 존재감 자체마저 상실될 수 있기 때문에 극단의 반대세력은 서로를 위해서도 반드시 필요하다.

프리드리히 니체는 "적과 싸우기 위해 사는 자는 그 적을 살려둘 이해관계가 있다."라는 말을 했다고 한다. 그는 적대관계에 있는 것처럼 보이는 자들 간에 적대적 공생관계를 유지하기 위한 명시적 · 암묵적 이해관계 또는 거래가 있다는 점을 일찍이 간파했던 것으로 보인다. 우리나라에서도 수십 년째 겉으로는 싸우는 척하면서도 뒤로는 사이좋게 도와주고 끌어주는 적대적 공생관계의 끝판 왕들이 이 땅의 주류 세력으로 자리 잡고 있다. 바로, 허구한 날 빨갱이 타령과 토착왜구 타령을 하는 세력들 말이다.

소위 '태극기부대'로 상징되는 세력은 반대 진영의 사람들 모두를 빨갱이, 좌빨[48], 공산주의자 등으로 지칭하면서 증오와 혐오를 쏟아낸다. 해방 이후 한국전쟁기간까지 벌어졌던 좌 · 우익 간 대립 속에서 북한의 직접적 개입이든, 간접 지원을 통한 것이든, 또는 그들을 추종하는 세력들에 의한 것이든 그들과 관련하여 무고한 사람들이 죽거나 다친 사건들이 다수 발생한 것은 사실이다(물론, 미군 또는 우리나라 군인이나 경찰에 의한 학살사건도 허다한 것으로 알려져 있다).

이름만 사회주의를 표방할 뿐 실질적으로는 전제 왕조국가인 북한을 추종하면서 대한민국의 체제와 안보를 현실적으로 그리고 실질적으로 위협하는 세력이 있다면 그에 대하여는 실정법에 따라 엄중하게 처벌하면 될 일이다. 그러나 이론 사회주의에 대하여 지지하거나 동경하는 사람들이 있다면 그 또한 본인들의 정치적 · 사상적 양심의 자유의 영역에 속하는 것도 사실이다. 그렇기 때문에 그에 대하여는 민주주의 국가라면 마땅히 존중해 줄 필요성도 존재한다. 그런 것이 바로 다양성을 인정하는 사회의 척도이기 때문이다. 그럼에도 불구하고, 자본주의 체제의 문제점을 지적하는 수준의 문제제기라도 하면 그런 사람들까지 모두 빨갱이라는 주홍글씨 딱지를 붙여 비난하는 것을 보면 아직도 우리나라의 민주주의의 토대는 대단히 미약하다는 것을 알 수 있다.

소위 '양념부대'로 지칭되는 또 다른 세력은 자본주의의 혜택과 과실을 마음껏 누리는 기득권층이 되었으면서도 항상 약자 코스프레를 하는 경향이 있다. 그들은 니체가 말한 '르상티망'(일반적으로 '르상티망'은 약자가 강자에게 품는 질투, 원한, 증오, 열등감 등이 뒤섞인 감정으로 해석한다)의 개념을 변형 · 왜곡시켜 사용하는 데 있어서 매우 능숙하였다. 자신들이 이미 기득권 세력이자 체제 내 강자가 되었으면서도 힘이 없고 약한 존재라고 규정한 후 약한 존재는 항상 선하고, 도덕적이고, 윤리적이라는 주장을 반복한다. 반면, 반대 진영 사람들에 대하여는 강자라고 규정한 후 그들이야말로 악하고, 부패하고, 비도덕적 집단이라고 매도하는 것을 당연시한다. 최근에는 그것도 모자라 반대진영 사람들을 '토착왜구'라고 지칭하며 혐오의 대상, 처단의 대상으로까지 악마화하고 있다.

특히, 자신들의 생각과 다른 의견이나 주장을 말하면 문자폭탄 등 사이버 폭력을 휘두르면서도 반성은커녕 정의로운 행동이라고 정당화하기까지 한다. 진보적 세계관과는 전혀 어울리지 않는 수구적 민족주의에 빠져 반대진영 전체를 토착왜구로 매도하는 인종주의적 행태마저 서슴지 않는다. 어느 순간 그들도 극우세력으로 전화(엄밀하게는 애초부터 극우였던 것으로 보이지만)하고 말았다. 인종주의를 표방했던 나치즘의 부활이라고 봐도 전혀 어색하지 않을 것 같은 장면들이다.

'태극기부대'의 극우적 반공주의와 '양념부대' 세력의 극우적 파시즘은 그래서 겉보기에는 타협이 불가능한 적대세력으로 보이지만, 실질적으로는 극우적 극단세력인 점에서는 서로 통하는 같은 편이라고 말할 수 있다. 더구나, 서로를 적대시하고, 혐오하고, 증오할 세력이 없다면 자신들의 존재감 자체마저 상실될 수 있기 때문에 극단의 반대세력은 서로를 위해서도 반드시 필요한 존재다. 그런 적대적 공생관계를 이용하여 유튜브, 오프라인 집회 등을 하면서 돈(투쟁기금, 후원금, 유튜브 수퍼챗 등)을 버는 사람도 아주 많다. 그것을 밑천 삼아 정치권에 입문할 수 있는 경력을 키우려는 사람들도 많다. 그런 사람들은 오늘도 더 자극적인 콘텐츠와 거짓말로 어리석은 백성들을 혹세무민하고 있을 가능성이 많다.

강준만 교수는 그의 저서 『정치를 종교로 만든 사람들』에서 "어떤 대의를 위해 헌신하거나 희생하는 것은 자신이 믿는 대의가 훌륭해서가 아니라, 자신의 열정적인 집착에서 안전감이 비롯되기 때문이다. 목적 없이 표류하는 삶으로 고통 받던 사람에게 증오의 대상은 얼마나 반갑겠는가."라고 하며 증오를 부추기는 양쪽 진영의 극단 세력을 비판한 바 있다.

어쩌면 그들의 부추김에 속아 증오의 행동대원으로 직접 나선 사람들이야말로 가장 불쌍한 사람들일 것이다. 그 불쌍한 백성들은 극단의 극우 세력, 정치 무당들, 특정 지역 출신의 죽은 대통령을 신격화한 패권세력들에 의해 속는 줄도 모르고, 이용당하는 줄도 모르고, 시간과 돈과 양심과 영혼마저 털리는 줄도 모르고 프레임 기획자들의 지시대로 움직이는 로봇과 같은 존재로 전락해버렸기 때문이다.

철학자 장 자크 루소는 『사회계약론』에서 "그들이 자유로운 것은 오직

의회의 의원을 선출하는 기간뿐이다. 선거가 끝나는 순간부터 다시 노예가 되고, 아무 가치가 없는 존재가 되어 버린다."라고 말했고, 영국 시인 세실 데이루이스는 그의 시에서 "정직한 꿈을 꾸며 살았던 우리가 나쁜 사람들을 더욱 나쁜 사람들과 비교하여 옹호한 것은 우리시대의 논리다."라고 하지 않았던가.

확증편향과 선악의 이분법 논리에 빠져 있는 어리석은 백성들은 오늘도 진보적이지도 보수적이지도 않은 권력자들에게 세뇌되고 가스라이팅 되어 보고 싶은 것만 보고, 듣고 싶은 것만 들으며 살고 있다. 세뇌당하고 속고 산다는 사실 조차를 인지하지 못한 채 자기 일보다 더 열성적으로 그들의 돈벌이 수단으로, 그들의 출세도구로 쓰이는 것마저 흔쾌히 받아들인다.

자유로운 인간으로 태어났다면 우리는 자신의 생각과 의지에 따라 자유롭게 의사결정을 할 수 있어야 한다. 절대 누군가에 의해 조종당하고, 이용당하고, 속고 살지는 말아야 한다. 그런 의미에서 니체가 『선악의 저편』에서 철학자에게 한 "오늘날 철학자는 불신해야 할 의무가 있으며, 의심의 심연에서 가장 악의적인 곁눈질을 해야 할 의무가 있다."라고 한 말과 프랑스 소설가 폴 부르제의 "생각하는 대로 살지 않으면, 사는 대로 생각하게 된다."라는 말은 '방황하고 탐험하는 자들'에게도 여전히 유효한 명언이다.

저들에게 속아 노예로 살지 않으려면 우리는 세상에 대하여 끊임없이 곁눈질을 하며 의심하고 또 의심해야 한다. 그렇게 하지 않으면 저들에게 세뇌당한 지도 모른 채 노예로 살아 갈 것이고, 노예처럼 그렇게 사는 대로 생각하게 될 것이기 때문이다.

3.

그들에게는 유독 관대한 사람들

자유롭고 안전하게 그리고 풍요롭게 먹고 살고자 하는 인간의 그 원초적 욕망을 충족시켜주지 못한다면 더 이상 국가라고 할 수 없다.

그들은 한 번이라도 자기 것을 내려놓은 적이 있을까? 봉건적 전제왕정에서나 찾아볼 수 있는 직계비속에게 국가의 권력을 승계하는 모습에서 한계가 없는 인간의 욕망을 읽을 수 있다. 거창하게 사회주의를 지향한다고 하여 근대적 의미의 국가라고 부를 수는 없다. 어떤 권력이라도 국민들의 자유와 인권을 억압하고 탄압한다면 단호하게 비판받아야 한다. 그 권력을 폭압적 통치기구에 의해 세습까지 한다면 더 더욱 비판받아 마땅하다.

대한민국의 경우에도 4.19 혁명부터 6월 항쟁까지의 지난한 과정을 통해 조금씩 민주화를 앞당기면서 민주주의에 대비되는 개념으로 자유와 인권을 억압하는 독재를 떠올리게 되었다. 그렇게 독재는 나쁘다는 인식이 사회 전반적으로 공유되었다. 반독재 투쟁을 하면서 독재정권에 대하여는 그토록 가열찬 투쟁을 했으면서도 북한 정권의 독재성이나 북한의 정권 세습에 대하여는 유난히 침묵하거나 동조하는 사람들이 아직도 많이 있다. 그 노선의 출발은 NL로 불리는 민족해방주의 운동권 세력이라고 할 것인데, 독재와 세습에 관하여도 선택적 반응을 보이는 부분은 아이러니다.

마르크스나 엥겔스의 이론에서 나오는 것 중의 하나가 공산주의 전 단계로서 프롤레타리아 계급이 사회주의 완성을 위해 독재를 행하는 과도기라는 것이 있다. 이를 '프롤레타리아 독재'라고 한다. 아마도 그들은 위 이론에 근거하여 중국이나 북한정권이 현재 독재를 하는 것은 불가피하다고 옹호하는 것으로 보인다. 그러나 소련과 동유럽 국가가 붕괴되면서 '현실' 사회주의의 '프롤레타리아 독재' 실험은 사실상 실패로 귀결되었다. 일찍이 러시아의 철학자 바쿠닌은 "프롤레타리아 독재 역시 억압적 국가체제에 불과하다."라고 일갈하지 않았던가.

사회주의 실패의 원인에 대하여는 다양한 이론과 의견이 제시되고 있다. 개인적으로는 인간의 욕망이라는 변수를 너무 가볍게 취급한 것이 가장 큰 원인이라고 생각한다. 일반 프롤레타리아도 남들보다 조금이라도 더 많이 소유하고 싶은 욕망이 본능적으로 끊임없이 발동하기 마련이다. 하물며 절대 권력을 위임받은 소수 지배계급의 권력과 돈과 그 모든 것에의 욕망은 말할 나위가 없을 것이다. 자신들은 무한 욕망을 끊임없이 추구하면서도 인민들에게는 소유 욕망을 금지시켰으니, 처음부터 지속가능한 체제가 될 수 없었을지도 모른다.

권력과 부의 맛을 본 권력집단에게 그것을 내려놓으라고 하면 흔쾌히 내려놓을 사람은 없을 것이다. 소수에 의한 권력의 독점이 계속되면 그 체제의 유지를 위해 불가피하게 발생하는 수많은 모순이 쌓일 수밖에 없다. 종국에는 누적된 모순들이 폭발하여 파멸될 수밖에 없는 운명이다. 그래서 영국의 저명한 정치가인 존 달버그 액튼의 "권력은 부패하는 경향이 있으며, 절대 권력은 절대 부패한다."라는 말은 진부하지만 여전히 위대한 말이다.

소수의 특권층만 대대손손 권력과 부를 독점하며 다수의 사람들을 억압하고 착취하는 구조임이 명확함에도 불구하고 사회주의의 외피만 둘렀다고 하여 그 체제를 국제사회의 보편적 규범을 준수하는 국가의 반열로 인정할 수 있을지에 대하여 의문이 생길 수밖에 없다. 자유와 인권을 얘기하고 민주주의를 주장하는 사람들이 북한의 독재권력이나 폭압적 권력유지 장치에는 눈과 귀를 감는 것 역시 이율배반이 아닐 수 없다. 북한의 경우 3대를 넘어 4대 세습까지 하려는 의도를 노골적으로 드러내고 있다. 그럼에도 불구하고 그에 대하여 비판적 목소리를 거의 내지 않는 것을 보면 과연 민주주의에 대한 보편적 인식을 공유하고 있는지, 세습

독재라는 최악의 권력집단마저 암묵적으로 지지하고 있는지 솔직히 알 길이 없다(다만, 그런 침묵이 정치 · 사상 · 양심의 자유라고 주장한다면 할 말은 없다).

따지고 보면 북한에 거주하는 우리 민족만큼 기구한 사람들이 또 있을까 싶다. 전 세계 어느 나라 어느 민족에게 이렇게 장기간 이보다 더한 고통이 연속적으로 가해진 사례가 있었는지 모르겠다. 조상 대대로 북한 땅에 뿌리를 내리고 성실하게 살았을 뿐인 사람들에게 그 대가는 너무나 참혹하고 잔혹했다. 부패한 조정과 탐관오리에 의해 부당한 수탈을 당한 조선 말기, 일본 경찰과 그에 부역하는 한국인에 의해 수탈을 당한 일제 강점기, 목숨 자체가 위태로웠던 한국전쟁기, 사회주의 혁명이네 고난의 행군이네 하며 3대 세습까지 이어져 온 북한 독재정권의 폭압통치 시기가 대표적이다. 그 모든 시기를 거치며 용케 살아남았다 하더라도 고통의 끝이 어디인지 아무도 모른다. 고통과 수탈의 세습화만큼 삶에 있어서 절망적인 것이 또 있을지 모르겠다.

자유롭고 안전하게 그리고 풍요롭게 먹고 살고자 하는 인간의 그 원초적 욕망을 충족시켜주지 못한다면 더 이상 국가라고 할 수 없다. 그러기에, 북한에서 권력을 차지하고 있는 자들은 자신들의 무능력을 고백하고 하루 빨리 인민의 심판을 받는 것이 최소한의 예의일지 모른다. 그런 쓰레기에 불과한 이데올로기를 무기로 자행되는 폭압정치는 언젠가는 수명을 다할 수밖에 없다. 그렇지만, 하루하루가 지옥인 사람들에게 그래도 좋은 날이 찾아올 테니 희망을 가지고 살라는 위로만큼 잔인한 말은 없을 것 같아 미안할 따름이다.

4.

'중꺾마'는 좋지만 '꼰대'는 싫어

그들이야말로 어느 특정 진영의 노예가 되어 확증편향에 빠져 있는 사람들이 아니고, 인생을 자유롭게 살기를 원하는 사람들이다.

그들도 공자님 말씀을 좋아한다는 사실은 신선한 충격이었다. '중꺾마' 신드롬을 보니 MZ세대도 공자님이나 맹자님 말씀을 무조건 거부하는 것은 아니었다. 2022년 카타르 월드컵에서 국가대표 축구선수 손흥민이 '중꺾마'라는 용어를 사용하면서 16강 진출의 의지를 다졌다는 취지의 뉴스가 나왔다. 처음에는 그 말이 무슨 의미인지 몰랐으나, 나중에 찾아보니 '중요한 것은 꺾이지 않는 마음'의 약칭이라고 한다.

'중꺾마'라는 말을 들으니 여러 가지 관련 용어 및 사람들이 떠올랐다. 불굴의 투혼, 한다면 한다, 헝그리 정신 등 70년대 및 80년대에 산업화를 이루는 과정에서 많이 들었던 소리의 변형이 아니었던가. 홍수환 선수의 4전5기 신화, 라면 먹고 달리며 아시안 게임 금메달을 땄다는 임춘

애 선수의 스토리는 '중꺾마'의 전형이었다.

우리는 부모나 선배 세대로부터 '중꺾마' 정신을 인생살이의 중요한 지침이나 되는 것처럼 자주 전해 들었다. 그와 같은 이유 때문인지 치열한 경쟁사회에서 살아남기 위해서는 그런 정신이 꼭 필요하다고 느끼는 사람들도 많았다. 그러나, 요즘의 소위 MZ세대들은 인생의 성공에 대한 가치관 자체가 다르다 보니 세속적 성공보다는 워라벨을 더 중시하는 것으로 알려져 있다.

그런데, '중꺾마'가 요즘 젊은 세대에게 인기란다. 이거야말로 전형적인 70~80년대식 헝그리 정신을 변형시킨 것이고, 취업이나 시험을 준비하는 젊은 세대에게 기성 세대가 꼭 해주고 싶은 핵심적인 말이 아니었던가. 그러나, 그런 말을 하는 순간 시대에 뒤떨어진 꼰대 교장선생님의 훈화말씀 수준으로 경멸당할 것임에 틀림없다. 그런데, 동년배의 프로게이머나 축구스타가 그와 같은 말을 했더니 꼰대스럽게 받아들이지 않는다고 한다. 우리 같은 기성세대로서는 조금 억울하게 느껴질 수밖에 없다.

유행도 돌고, 문화라는 것도 돌고 돈다. 세상은 변화무쌍하여 예측이 어렵다. '중꺾마' 신드롬을 보면서 특정 세대에 대한 편견을 가져서는 안 된다는 것을 다시 한 번 느낀다. 그들은 절대 그렇게 생각하거나 행동하지 않을 것이라는 편견은 절대적으로 틀린 생각이다. 다만, '중꺾마'에 대한 MZ세대들의 공감대가 자신이 아닌 국가대표라는 타자에게만 강요함으로써 자신들의 1회성 즐거움만을 추구하겠다는 의미인지, 자신들에게도 동일하게 적용하여 사회와 조직에 대한 일원으로서 열정적 삶을 살아가겠다는 의지인지에 대하여 정확히는 알 수 없다.

그와 같은 것을 쉽고 빠르게 이해할 수 있는 단계에 접어들어야 MZ세대들과 소통을 잘 하는 기성세대라고 말할 수 있다. 그런 점에서 나의 경우 아직은 갈 길이 먼 것 같다. 어쩌면 그들이야말로 어느 특정 진영의 노예가 되어 확증편향에 빠져 있는 사람들이 아니고, 인생을 자유롭게 살기를 원하는 사람들이다. 그래서일까? 진영논리에 사로잡혀 있는 기성세대들보다 더 쉽게 소통을 할 수도 있고, 공감을 할 수도 있을 것 같은 엉뚱한 희망마저 생긴다. '중요한 것은 꺾이지 않는 마음'이라고 하니, 내친 김에 MZ세대들과의 소통 노력도 '중꺾마' 정신으로 한번 시도해보려고 한다.

5.

경박한 자들의 얼굴을 대하는 자세

이런 점잖은 이야기를 우아하고 품격 있게 하고 있는 와중에도, 얼굴 가지고 조롱하는 천박한 자들이 반드시 튀어 나올 것이다.

남의 얼굴 가지고 함부로 떠들지 말자. 인간이 가지고 있는 편견 중에서 가장 크게 작용하는 것이 얼굴이라 한다지만, 그놈의 얼굴이 뭐 길래 그 사람의 모든 것을 뭉뚱그려 평가하는 것일까? 얼굴로 인한 혜택과 불이익만큼 천차만별인 것은 없다. 얼굴이 잘생기고 얼굴이 이쁜 사람들은 좋은 첫인상을 무기로 원하는 것을 얻기도 하고, 남들과의 경쟁에서 승리하는 일이 다른 사람들에 비하여 훨씬 많다. 그러다 보니 요즘에는 취업이나 결혼을 준비하는 사람들도 좋은 인상의 얼굴을 가지기 위해 성형수술을 마다하지 않는다고 한다.

그도 그럴 것이, 얼굴로 인해 상처받지 않은 사람들이 거의 없을 정도로 우리 사회에는 얼굴에 대한 평가, 비난, 조롱 등이 일상화된 지 오래

되었다. 특히, 초·중·고등학교에서 친구들끼리 벌이는 외모에 대한 비난과 조롱은 갈수록 심해지고 있다. 그 비난과 조롱의 아수라장에서 살아남기 위해서는 나도 거칠게 비난하고 조롱해야 하는 악순환 구조가 형성된다. 그 과정에서 마음이 여리고 쉽게 상처받는 사람들은 결국 그 전투의 최종 패배자가 되어 더 많은 상처를 받는 일도 늘어난다.

학교에서 벌어지는 그와 같은 일들의 근원에는 결국 그들의 부모가 자리 잡고 있을 것이다. 그 부모 역시 학교 다닐 때, 더 정확히는 지금 현재도 계속 남의 얼굴이나 어떤 세속적 가치를 기준으로 조롱하고 비난하는 습관을 가지고 있을 가능성이 크다. 자신이 원하는 대로 일이 풀리지 않을 때, 자신보다 많은 것을 가진 사람과 갈등을 겪을 때, 경쟁관계에서 패배의 쓴 잔을 마시게 될 때마다 습관적으로 "얼굴도 못생긴 것이…."라는 말을 달고 사는 사람일 가능성이 많다. 아마도 가장 쉽게 남을 공격할 수 있는 것이 얼굴과 외모라고 생각하는 사람들일 것이다.

사람과의 관계 속에서 본인이 잘났든 못났든 상대방이 잘하는 것이 있으면 인정해주고, 상대방으로부터 배우기도 하고, 스스로 겸허하게 반성하고 성찰하는 모습이 필요하다. 그런데, 상대방을 무조건 비난하는 것부터 시작하는 사람들이 의외로 많다.

문제는 그렇게 얼굴이나 외모를 비하하고 조롱하는 사람 중에 얼굴이 정말 잘생겼거나 여타의 실력이 출중하거나 인성이 올바른 자가 없다는 점이다. 그들은 왜 스스로 누워서 침 뱉기 식의 자폭테러를 그토록 용감하게 수행하는 것일까? "최선의 방어는 공격이다."라는 말이 있듯이 그들은 선제공격을 함으로써 자신에게 돌아올 비난이나 책임을 미리 차단하고 싶어 하는 자들이다. 스스로 열등감에 시달린 자들의 전형적 생존 방법 중 하나이다.

알고 보면 그런 자들도 불쌍하고 가련한 사람들이다. 자신에 대한 가벼운 농담에도 부르르 떨면서 남들에게 대하여는 비난과 조롱을 일삼는 자들은 승리의 경험을 제대로 맛보지 못하여 항상 패배감과 열등감에 휩싸여 있는 사람들이기 때문이다. 그들의 열등감과 패배의식이 점점 심해질수록 상대적으로 얼굴이 두껍지 못하고, 남들에게 싫은 소리를 못하고, 마음이 여리고 착한 사람 중 누군가는 그들의 먹잇감이 되고 만다. 그리고 그들에게 커다란 상처를 받고 평생을 살아갈지도 모른다.

그런 의미에서 '방황하고 탐험하는 자들'은 이 세상을 여전히 살만한 곳으로 만들어주는 보석 같은 존재들이다. '자유로운 영혼들'은 자신에 대한 자부심을 가지고 있고, 자신을 사랑하는 마음이 충만하여 열등감이나 패배감에 휩싸여 살지 않기 때문이다. 남이야 뭐라든 꿋꿋하게 자신의 길을 갈 줄 아는 방탐자들처럼 모든 사람들이 제 멋에 즐겁게 살 수는 없는 것일까? 왜 잘난 것도 없는 사람들이 남의 얼굴을 가지고 이래저래 말들이 많은지 모르겠다. 진지함이라고는 1도 없는 얼굴, 거친 언어만을 내뱉을 줄 아는 주둥아리, 부끄러움을 몰라 두꺼울 대로 두꺼워진 낯짝을 가지고 있는 그들과 대화하는 것은 그래서 항상 고역이다. 특히, 나이를 먹은 후에도 변하지 않는 정신 수준의 제자리걸음에는 실망을 넘어 절망이다.

미국의 링컨 대통령은 "마흔이 넘으면 자기 얼굴에 책임을 져야 한다."는 말을 하였다. 그 말에 공감을 한다는 것은 나이를 먹었다는 의미이겠지만, 인생의 이치를 잘 표현한 말임에는 틀림없는 것 같다. 자신의 의지와 무관하게 부모로부터 물려받은 얼굴은 어쩔 수 없지만(물론, 현대 의학의 발전으로 얼굴마저 고칠 수도 있지만, 소위 말하는 유전적 본판은 절대 고칠 수가 없다), 중년 이후에는 얼굴에서 풍기는 여유, 부드러움, 따스함, 포용력, 미소를 가질 수 있도록 인생을 진실하고 겸손하게 잘 살아야 한다는 교훈으로 읽힌다. 나이가 들어도 얼굴에는 탐욕과 심술만이 가득하고 품격이나 여유라고는 털끝만큼도 풍겨나지 않는 자들이 스스로를 뒤돌아보지 않고 여전히 남의 얼굴을 거들먹거리는 그 천박성은 죽기 전에는 절대 바뀔 가능성이 없어 보인다.

나이를 먹는다는 것이 곧 성숙을 의미하지는 않는다. 여전히 남의 얼굴을 비난하고 조롱하면서 즐겁다고 깔깔대는 저들을 볼 때마다 그들의 자식으로부터 피해를 볼지도 모를 착하고 여린 누군가를 떠올리게 된다. 그렇게 사악한 유전자도 개체의 소멸 없이 대물림되는 것을 보면 자연선택을 받을 수 있는 나름의 장점이 있다는 의미리라. 그런 의미에서 세상에는 권선징악을 주관하는 정의로운 절대자는 없다고 보아도 무방하다. 오직 치열하게 생존경쟁을 벌이는 유전자들 간의 싸움만 존재할지도 모른다.

수장선고(水長船高)라는 말이 있다. 물이 늘고 파도가 거칠어지면 위험하나, 배는 저절로 높이 올라간다는 뜻이다. 의역하면 내면에 물을 많이 채울수록 배라는 의식은 높이 올라갈 수 있다는 의미라고 한다.[49] 나잇값을 하지 못한 채 그저 시기와 질투심으로 가득 찬 고약한 인상으로 여전히 상대에 대한 비난을 통하여 자신의 존재감을 드러내고 싶어 하는 천박한 사람들이 많이 있다. 반면에 나이에 맞게 온화하고 편안한 인상으로 늙어가는 사람들도 많다. 나이에 맞는 온화하고 편안한 인상의 사람을 보게 되면 실로 경외감마저 생긴다. 나도 저런 인상으로 늙고 싶은데, 아직도 부족한 자기성찰의 내공 등을 생각하면 여전히 부끄럽기 짝이 없다.

요즘 얼굴 인상과 관련하여 우스갯소리가 있다고 한다. '인상이 좋으시네요.'나 '편안한 인상이네요.'라는 말은 얼굴이 못생겼다는 말을 우회적으로 표현하는 말이라고 한다. 다소 씁쓸하기는 하지만, 그럼에도 불구하고 이제는 '얼굴이 잘생겼다.'는 말보다는(실제로 그런 말을 들을 가능성은 없지만) '인상이 좋다.'는 말을 듣고 싶다. 얼굴에는 그 사람의 인격, 성품, 성격, 품격 등이 우러나올 수 있는 인생의 내공을 담아야 한다.

이런 점잖은 이야기를 우아하고 품격 있게 하고 있는 와중에도, 얼굴 가지고 조롱하는 천박한 자들이 반드시 튀어나올 것이다. 그러나 그네들을 걱정할 여유도 없고, 관심도 없다. 지금은 '자유로운 영혼들'에게도 나이에 맞는 자신의 얼굴을 가지기 위한 노력만이 필요할 뿐이다.

6.

발칙한 상상을 자극하는 사회

시시비비에 대한 보편타당한 가치기준을 인정하지 않고, 자기들만이 옳다는 도그마에 빠져 다양성과 법치주의마저 부정하는 사람들이 아마 거기에 해당될 것이다.

무명의 독립운동가들도 다 저마다의 사연이 있었다. 나라를 빼앗긴 일제 강점기 상황에서 누군가는 일본 고위 관료를 암살하는 데에 목숨을 걸었다. 누군가는 독립군이 되어 일본군과 직접 싸우다 전사하였다. 누군가는 상인이 되어 군자금을 대주다 붙잡혀 감옥살이를 하였다. 누군가는 신분을 숨기고 적의 내부에서 비밀첩보를 수집하여 제공하다 고문을 당하기도 하였다. 수많은 무명의 독립운동가들의 그러한 다양한 활동들이 초석이 되어 1945년 8월 민족해방을 이루었다고 우리는 믿고 있다.

독립운동을 하였더라도 후대에 기억되는 정도는 저마다 달랐다. 공식적인 독립운동 조직이나 일정한 무장투쟁을 하는 등 군사력을 갖춘 조직의 지도부가 된 사람들은 비교적 쉽게 이름을 후대에 남길 수 있었다. 당시의 신문, 책, 여타 문서에 그들의 활동 행적이 기록되었기 때문이다. 비록, 공식 기록은 없더라도 개인적인 사진이나 기타 활동자료가 있는 사람들도 독립운동가로서의 지위가 부여되는 데는 지장이 없었다. 그러나 문제는 그런 대우를 받는 사람보다 아무런 대우를 받지 못하는 독립운동가들, 존재감조차 없이 목숨을 잃은 이름 없는 민초들이 훨씬 많다는 점이다.

신분제의 그늘이 완전히 가시지는 않았지만 이름 없는 민초들도 세상에 태어날 때 나름 큰 꿈과 포부를 가지고 있었을 것이다. 그런데, 어느 순간 나라를 잃고 난 후 인생 자체가 바뀌었다. 독립운동의 조직에서 말단 실무자, 단순 조력자, 또는 총알받이로 활동하면서 일본군의 총에 맞아 죽은 사람, 감옥에서 고문을 받다 죽은 사람, 부상당한 후 치료를 제대로 못 받아 죽은 사람 등 쓸쓸히 역사의 무대에서 사라진 사람들은 이루 말할 수 없을 정도로 많았다.

대부분의 경우 그들의 가족마저 그와 비슷한 양상으로 살다 광복 전후로 죽은 경우가 태반이었다. 그렇다 보니, 그들과 그들 가족을 기억하고 추모하고 예우를 하는 것 자체가 불가능하였다. 이렇듯 명예도 부도 아무 것도 얻지 못하였음에도 오직 나라를 구하기 위해 목숨마저 기꺼이 내놓은 무명의 그들을 발굴하여 기억하고 예우하는 것이야말로 살아남은 자들이 할 수 있는 최소한의 예의이다.

지난 수십 년간 자신들만이 이 땅의 민주주의를 지키기 위해 투쟁해온 도덕적 순결주의자라고 포장하면서, 반대편 정치세력 및 그 지지자들에 대하여는 민주주의를 퇴행시킨 기득권 부패세력이라고 악마화하는 프레임을 만든 사람들이 있었다. 위선으로 가득 찬 사람들이 직접 쓴 그럴싸한 제목의 책과 SNS를 통해 내뱉은 말들을 보노라면 이 땅의 민주주의를 지키기 위해 투쟁해온 사람들은 정말 그들밖에 없는 것으로 보일 정도다. 그래서인지 끊임없이 '방황하고 탐험하는 자'가 아닌 뭇 백성들은 여전히 저들의 위선적인 글과 말에 '울컥하며' 감동하기도 한다. 그들이 주최하는 행사 등에 직접 참가하기는 것은 물론이고, 금전적 후원마저 아끼지 않는다.

그런데, 눈만 뜨면 민주주의, 정의, 인권, 평등 등을 외치며 어리석은 백성들을 엄하게 조롱하고 훈계했던 조 모 전 법무부장관 일가가 서류를 위조하는 등 방법으로 입시 비리를 저지르고도 일말의 반성이나 사과를 하지 않는 뻔뻔함이 여과 없이 드러났다. 그런 사건을 포함한 다수의 위선과 부패행위에 대해 비판하는 사람들을 친일세력, 반민주주의 세력으로 비난하는 그 지지자들의 소위 '내로남불' 행태도 확인되었다. 역설적으로 그런 일련의 일들이 그들의 민낯을 볼 수 있게 해주는 계기가 되었다. 이제 평범한 사람들마저 저들의 실체를 알기 시작했다. 저들도 탐욕으로 가득 찬 수많은 부패 기득권 세력 중 하나일 뿐이라고 인식하기 시작했다.

이렇듯 민주화 운동 투사, 진보적 지식인, 행동하는 양심 등으로 자칭 · 타칭 불리며 정치권, 시민단체, 학계, 언론계, 문화예술계에서 기득권 세력으로 자리 잡은 사람들의 위선이 하나둘씩 만천하에 드러나는 사건들을 일반 국민들이 직접 목격하게 된 것은 매우 의미 있는 현상이었다.

이런 위선은 비단 오늘날에만 있었던 것은 아닐 것이다. 우리가 알고 있는 위인들이나 독립운동가라고 하는 사람 중에서도 실체적 진실과는 정반대의 이미지로 기억되는 사람들도 충분히 있을 것이라는 의심은 지극히 합리적이다. 위선적인 그 누군가처럼 책이나 서류에 뭔가 독립운동을 한 것처럼 기록만 해놓고 실제로는 친일행위를 한 사람도 있을 것이다. 친일까지는 아니더라도 자기 생계를 위해 살았을 뿐인데 그런 행위를 독립운동의 일환으로 포장하거나, 기록을 남겼을 수도 있을 것이다. 이런 발칙한 상상 역시 위선이 판치는 21세기 대한민국 사회의 씁쓸한 자화상의 반영이기도 하다.

세상은 착한 사람들만이 살아가는 곳이 아니다. 다수의 착한 사람들이 소수의 악한 사람들에게 피해를 보는 경우가 허다하다. 악한 사람들은 착한 사람에게 피해를 입히는 것으로 결코 만족하지 않는다. 어떤 상황에서도 자기 잇속을 챙기는 사람들이기 때문이다. 특히, 글을 잘 쓰거나 말을 잘 하는 사람들은 더욱 자신의 민낯을 숨기고 도덕적으로도, 능력면으로도 대단한 사람으로 치장할 줄을 안다. 오늘날 지식인을 참칭하며 자기가 민주주의와 정의, 인권을 위해 투쟁하며 살아온 성스러운 족속들이라고 세상을 속였던 것처럼, 조선시대 경제적으로나 인격적으로나 무능했던 선비들, 일제 강점기에 독립운동에 소극적이었던 식자층 중 일부는 어리석은 백성들은 잘 모르는 화려한 한자와 언변으로 혹세무민을 하였을 가능성이 충분히 있다.

강준만 교수는 그의 저서 『쇼핑은 투표보다 중요하다』에서 진영논리의 해악에 대하여 "진영 내부에서 아무리 옳은 지적을 하더라도 그것이 당장 진영을 조금이라도 해롭게 하는 것이라면 용납해선 안 될 '내부의 적'이 되고 만다."라고 지적했다.

철저한 진영논리에 빠져 있는 대한민국에는 아직도 조 모 전 법무무장관 등 부패범죄나 지역 토착비리를 저지른 사람들에게 아무런 죄가 없다고 확신하는 사람들이 의외로 많다. 시시비비에 대한 보편타당한 가치기준을 인정하지 않고, 자기들만이 옳다는 도그마에 빠져 다양성과 법치주의마저 부정하는 사람들이 아마 거기에 해당될 것이다. 그들은 민주주의를 일반인이 생각하는 것과 다른 기준으로 이해하고 있는지도 모를 일이다. 범죄행위를 옹호하고 형사재판 결과마저 인정하지 않는 사람들이 여전히 민주주의와 법치주의를 얘기하고 있다면 애당초부터 민주주의에 대한 의지나 가치관을 가지고 있지 않았던 사람들이라고 볼 여지도 충분히 있기 때문이다.

민주주의는 결코 쉽게 이루어지지도, 쉽게 유지되지도 않는다. 형식적이든 실질적이든 민주주의를 어느 정도 이루어냈다 하더라도 국민들의 민주주의에 대한 인식수준이 뒷받침되지 않는다면 전체주의나 중세시대의 종교관 수준으로 떨어지는 것은 순식간에 일어날 수 있다. 그런 유사한 사례를 최근의 우리 사회 현실에서 우리는 직접 목격하기도 하였다. 그래서 알렉시스 드 토크빌의 '모든 민주주의에서 국민은 그들의 수준에 맞는 정부를 가진다.'라는 말은 대한민국의 미래를 더욱 불안하게 만드는 족집게 명언으로 다가온다.

5장

입으로만 자유를 말하는 사람들

---

1. 그럼 나도 유공자다!
2. 확증편향에 빠진 사람들
3. 사의재의 2023년 버전
4. '선 점거 후 대책' 정신의 상속자들
5. '양념'의 변신은 무죄?
6. 일관성을 지켜야 신뢰도가 높아짐에도

1.

그럼 나도 유공자다!

대부분의 일반 학생들은 더 큰 희생을 한 사람들에 대한 부채의식에서 비롯된 도덕적 의무감으로 기꺼이 일어나 행동하였다.

전 재산이 29만원밖에 없다고 자랑스럽게 공언했던 사람. '전두환' 전 대통령만큼 특정인이 그렇게 수많은 사람들의 인생을 바꾸어 놓은 사람이 또 있을까? 육군사관학교나 군대에서 누군가는 잘 나가는 그에게 승진에서 밀려나 좌절하였을 것이다. 계엄령사령관 이후 대통령의 자리에까지 오름에 따라 군대에서 그 휘하에 있던 부하들은 순식간에 벼락출세를 하였다. 민주화를 요구하는 민간인에게 총을 쏘라고 명령함으로써 수많은 광주 시민들이 죽거나 다쳤고, 그 가족들은 아직까지 울분과 슬픔을 겪고 있다. 광주의 시위진압에 투입된 특전사 등 군인들 또한 인생에서 충격적인 경험을 한 후 트라우마에 시달리는 사람도 많다. 광주항쟁의 정신이 87년 민주화운동으로 확산될 때를 전후하여 누군가는 분신투쟁으로 목숨을 잃었다. 6월 항쟁 데모에 참석했던 속칭 '386 세력'(지금은 세월이 흐르고 나이가 들어 '586'으로 불리지만)들이나 '넥타이부대'들은 독재에 항거했다는 자부심으로 자칭 진보주의적 가치관을 가진 중산층이 되었다. 이렇게 전두환에게 직 · 간접적으로 영향을 받은 사람들은 숫자로 셀 수 없을 만큼 많다.

그중에서도 당시 전대협(전국대학생대표자협의회) 등 학생운동의 지도부에 있던 사람들만큼 인생의 큰 변화를 겪거나, 혜택을 받은 사람들은 아마도 없을 것이다. 그들의 상당수가 학생운동을 하던 당시의 직위와 지위를 훈장 삼아 국회의원이 되었다. 다른 쪽에서는 대학교수, 언론인, 시민운동가, 노동운동가 등이 되어 우리 사회의 권력의 핵심세력으로 자리 잡았다.[50] 그들은 또한 경제적으로도 우리 사회의 상층부에 속하는 사람들이 되었다.

그런데, 소위 '586 국회의원들'이 주축이 되어 80년대 민주화운동을 했던 사람들과 그 가족들을 예우하겠다며 가칭 『민주화운동 예우법』이라는 것을 제정하려고 여러 차례 시도한다는 뉴스를 접했다. 물론 그 당시 민주화운동을 했던 사람 중 육체적으로 병을 얻거나 경제적으로 어려운 이들이 아직도 많이 있는 것은 사실이다. 그러나, 그 법이 민주화운동을 하다가 육체적 · 경제적 어려움에 처해 있는 사람들만을 위한 법이라고 믿는 국민들은 많지 않은 것 같다.

자신의 철학과 소신에 따라 민주화운동을 하였는데, 그러한 자기희생적 행위에 대하여 법을 제정하여 보상을 해줘야 하는지에 대한 근본적 의문을 제기하는 사람들도 많다. 80년대의 민주화 투쟁은 본인의 철학, 가치관, 열정에 의해 이루어진 것이지 타인의 강요나 법적 의무감에서 비롯된 것이 아닐 것이다. 그럼에도 그에 대한 보상을 바란다면 당초 행위에 과연 순수성이 있었는지부터가 의문이 들기 때문에 더욱 논란을 낳을 수밖에 없는 법률안이다.

특히, 법안에서 얘기하는 민주화운동의 범위를 어디부터 어디까지 인정할지, 민주화운동을 했더라도 혜택을 받거나 받을 수 있는 대상을 어떤 기준으로 선정할지 등에서 논란이 될 것이 뻔하다. 그럼에도 불구하고, 사회적 합의 없이 그 법안을 국회에서 통과시킨다면 결국에는 지금도 많은 특혜를 받고 있는 정치인 등 기득권 세력이 그들과 유대관계 있는 관변 시민단체 간부와 그 자식들에게까지 취업 등 각종 혜택을 물려주기 위한 셀프 혜택법이라는 의구심을 지울 수 없다.

그들이 그 법안을 제정하려고 여러 번 시도할 때마다 자괴감에 빠지는 사람들은 생각보다 많다. 그들은 아마도 머릿속으로 그 법안의 혜택을 받을 수 있는 사람들을 그룹핑하였을 것이다. 그 사람들만이 민주화운동 유공자라고 한다면 지도부가 아니면서도 남대문로와 종로에서 벌어진 데모에 매일같이 참여하고, 같이 짱돌을 던졌던 우리 같은 일반 학우들은 유공자가 아니란 말인지 모르겠다(일반 학우라고 하는 사람들도 다치는 경우도 많았고, 정신적 트라우마에 시달리는 사람도 있었다).

우리도 남들 공부하는 시간에 수업거부를 하면서 거리로 나갔고, 학점상 불이익을 감수하면서도 집회에 참석하였다. 가두시위 현장을 오가며 교통비 등 각종 개인 비용을 써 가며 반독재 투쟁을 하였다. 굳이 따지자면 그런 자발적 행위들은 경제적 · 시간적으로 엄청난 자기희생 없이는 안 되는 것이었다. 일반 학우라 불리는 단순 참여자 개인만의 희생도 아니었다. 허구한 날 데모한다고 싸돌아다니는 아들 · 딸이 구속되기라도 할지, 그렇게 다른 것에 열정을 쏟다가 인생을 망치지는 않을까 노심초사하던 수많은 부모님과 가족들의 정신적 고통까지 포함하면 관련된 사람들의 희생의 양과 질은 상상을 초월한다.

그 당시 시위에 참여하고 짱돌을 던졌던 대부분의 일반 학생들은 그런 행위를 시대적 사명이라는 자부심으로 알았다. 더 큰 희생을 한 사람들에 대한 부채의식에서 비롯된 도덕적 의무감으로 기꺼이 일어나 행동하였다. 아무도 그런 행동을 민주화를 위한 유공행위라고 생각하지 않았다. 누구처럼 자신의 출세의 도구나 훗날 있을지도 모를 경제적 보상에 대한 보험으로 생각하지도 않았다. 정말이지 피 끓는 청춘들의 본능적 · 자발적 행동이었다.

인간의 욕망은 끝이 없다고 하는데, 우리 사회의 최상층 기득권 세력으로 변모한 사람들이 지금 받고 있는 유 · 무형의 혜택에 이에 또 다른 혜택을 더 달라고 아우성이란다. 당시에 무슨무슨 의장, 위원장, 회장 등 크고 작은 투쟁조직 및 학생회 조직의 각종 감투를 차지한 경력으로 이미 그들은 국회의원 등 특권계층이 되었다. 그럼에도 아직도 뭐 그리 배가 고픈 것인지, 민주화유공자 혜택을 더 달라고 한다니 그저 기가 막힐 노릇이다.

과연 그들은 당시에 민주주의를 위해 진정 싸웠는지조차 의심스럽다. 세상에 공짜란 없으므로 희생한 만큼 내 몫을 반드시 챙기겠다는 심산인지, 미래의 내 자식들 몫까지도 챙기기 위해 미리 다 투쟁의 계획을 세웠다는 것인지 모르겠다. 위선적인 도덕군자들에게 니체는 『차라투스트라는 이렇게 말했다』에서 "너희들은 아직도 보상을 바라고 있구나. 너희들은 덕에 대한 대가로 보답을, 지상에서의 삶에 대한 대가로 천국을, 그리고 오늘에 대한 대가로 영원한 것을 소망하고 있는가?"라고 말했다. 수많은 기득권을 가지고 있으면서도 여전히 배고프다고 소리치는 그들에게 가하는 위대한 일갈이다.

당시 시내 도로를 가득 점거하면서 독재정권이 놀랄 만한 사람 수를 채워준 무보직 자발적 참여자들의 피 끓는 열정이 없었다면 1987년 6월 항쟁은 결코 성공하지 못했을 것이다. 규모와 열정에서 압도하는 학생들과 회사원들의 집결이 있었기 때문에 결국 군사독재정권도 무릎을 꿇고 말았다. 그와 같은 엄연한 사실을 잊은 채 민주화유공자 예우 법안 제정을 무리하게 시도하는 것을 보면 민주화 투쟁의 공을 소수의 사람들이 독차지하겠다는 사악한 욕심으로밖에 보이지 않는다.

소위 리더라고 하는 사람들이 어떤 성과에 대하여 무명의 용사들에게 공을 돌리지 않고 자신들의 공으로만 돌리려 하는 것은 볼썽사나운 일이다. 그런데 민주화 투쟁의 모든 과실을, 특히 세속적 과실을 이미 충분히 가져간 것도 모자라 아직도 혜택이 부족하다고 투정하는 모습을 보인다. 그런 모습을 보고 있자면 그때 내걸었던 그 거창한 명분이나 힘껏 던졌던 짱돌들이 결국 자기 잇속 챙기기의 수단 그 이상도 그 이하도 아니었다는 생각이 든다. 이는 나 혼자만의 의심이 아닐 것이다. 민주주의든 자유든 입으로만 떠든다고 이루어지는 것이 아니라는 사실은 평상시 우리의 말과 행동에 무한한 책임감과 무게감을 가져야 함을 다시 한번 일깨워준다.

2.

확증편향에 빠진 사람들

폭력적 극우 세력이면서도 진보적 민주투사라는 양립할 수 없는 명예와 욕망에 끊임없이 집착하려 한다. 끝없는 집착의 근저에는 과시적 지식인의 욕망 말고 또 어떤 욕망이 자리 잡고 있을까?

청담동 술자리 의혹의 첼리스트는 잘 살고 있을까? 최근에 발표된 여론조사 중 다소 충격적인 것이 있었다. 대통령과 한 모 법무부장관이 모 법무법인 변호사들과 청담동의 모 술집에서 함께 술을 마셨다는 소위 '청담동 술자리 의혹'에 대한 것이다. 남자친구라는 사람에게 해당 내용을 처음 전화로 얘기한 것으로 알려진 여성 첼리스트가 경찰 조사와 언론과의 인터뷰에서 자신이 위기를 모면하기 위해 거짓말을 한 것이라고 명백히 밝힌 사건이었다. 그녀의 휴대폰 위치추적 결과 등 경찰 조사상으로도 그 시각에 청담동이 아닌 다른 곳에 있었음이 확인되기도 하였다. 객관적 증거에 의해 사실관계가 확인되고, 경찰 수사가 종결되었음에도 불구하고 모 정당 지지층의 약 70%는 여전히 대통령과 법무부장관이 그 술

자리에 참석한 것은 사실일 것이라고 믿고 있다는 여론조사 결과였다. 보고 싶은 것만 보고, 듣고 싶은 것만 듣는 전형적인 확증편향의 사례라고 할 수 있다.

최근 몇 년 동안 발표된 수많은 여론조사 결과에서 일부 국민들은 객관적 사실관계보다는 그것이 자기 진영에 유리한지 불리한지에 대한 판단을 한 후에 평가하는 양태를 보여 왔다. 보고 싶은 것만 보고, 듣고 싶은 것만 들으면서 조금이라도 불편한 내용에 대하여는 애써 외면하거나, 아예 모르쇠로 일관하는 소위 '확증편향'의 모습이 사회 곳곳에서 나타나고 있다. 그래서 진중권도 그의 책 『진보는 어떻게 몰락하는가』에서 "디지털 시대의 대중은 진위가 아니라 호오의 기준으로 세상을 본다. 지루한 사실보다는 신나는 거짓을 선호한다. 듣고 싶은 것만 듣는 대중은 확증편향에 빠져 제 믿음에 배치되거나 제 견해에 위배되는 사실과 견해를 배척한다."라고 하지 않았던가.

이렇게 확증편향에 빠진 사람들이 많을수록 가장 기뻐하는 사람들은 권력을 가진 사람들이다. 권력자들은 자신들이 일방적으로 조종하기 쉬운 확증편향에 빠진 국민들이 필요하기 때문이다. 권력자들은 확증편향에 빠진 사람들이 솔깃할 만한 가짜뉴스를 생산하여 던져주기만 하면 된다. 그러면 모든 것이 자신들에게 유리하게 전개된다. 확증편향에 빠진 그 순진한 노예들은 굶주린 늑대가 먹잇감을 낚아채듯 아무런 검증 없이 냉큼 받아먹는다. 문제는 거기에 그치는 것이 아니라, 다시 살을 붙이고 양념을 쳐 더 세고 더 자극적으로 확대 재생산하는 것마저 마다하지 않는다는 점이다. 아무리 팩트와 전후사정이 확인되어도 그 내용이 우리 진영에 유리하지 않으면 절대 인정하려들지 않는 그 강력함은 나라가 망한다 해도 결코 변하지 않을 것처럼 보인다.

이런 확증편향의 악습은 그것의 또 다른 모습인 소위 '내로남불'이라는 형태로 전화되었다고 볼 수 있다. 김욱 교수는 그의 책『아주 낯선 선택』에서 "누구라도 정치적 주의 · 주장을 펼치는 순간, 자신의 주장은 고상한 진리를 설파하는 것이지만, 상대의 주장은 단지 사악한 프로파간다일 뿐이라고 우기기 십상이다."라고 주장한 바 있다. 우리 편이 한 것은 설령 범죄행위에 해당하더라도 착한 범죄가 되고, 고상한 범죄가 되고, 또는 단순 실수에 불과하여 비난 가능성이 낮다고 평가한다. 그러나 상대편의 작은 과오나 실수는 절대 용서할 수 없는 중대범죄가 된다. 이제는 상대편의 그 행위자마저 악마화시키는 일이 비일비재해졌다.

그들은 자기 진영 사람들이 저지른 범죄행위에 대하여 대법원 판결로 유죄가 확정되어도 절대 그 결과를 수용하지 않는다. 역사의 진실, 역사의 법정 운운하며 법치주의마저 무력화하는 일이 빈번해졌다. 3권분립을 무시하고 법치주의를 형해화하면서도 그들은 민주주의를 주장한단다. 아마도 그들이 말하는 민주주의는 적어도 보통 사람들이 생각하는 그것이 아닐지도 모른다.

반면, 그들은 반대 진영에 속하는 사람들이 작은 말실수라도 하면 인간 말종 행위라도 한 것처럼 비난을 쏟아낸다. 급기야 친일파 · 토착왜구라는 낙인마저 찍어 버린다. 그것으로도 성이 차지 않으면 특정 행위를 한 사람에게 좌표를 찍어 문자폭탄을 가하거나, 신상정보를 공개하는 사이버 폭력마저 서슴지 않는다.

그러면서도 정작 그들은 스스로를 깨어 있는 시민, 진보적 지식인, 정의로운 민주주의 수호 세력이라고 진정으로 생각하고 있다고 하니 그 또한 충격이긴 하다(사실 이 부분이 모든 갈등과 비난의 출발점이다. 인종주의적 파시즘 형태를 보이는 것은 스스로 탈민주주의, 탈정의를 선언했다고 볼 수도 있기 때문에 자신들이 민주주의를 지지하는 진보 세력이 아님을 인정하면 '위선적'이라는 비난에서는 최소한 자유로워질 것 같은데, 그들은 폭력적 극우 세력이면서도 진보적 민주투사라는 양립할 수 없는 명예와 욕망에 끊임없이 집착하려 한다. 끝없는 집착의 근저에는 과시적 지식인의 욕망 말고 또 어떤 욕망이 자리 잡고 있을까?). 루쉰의 소설 『아Q정전』에 나오는 주인공 아Q의 정신승리법이 따로 없다. 그래서 진중권도 위 『진보는 어떻게 몰락하는가』에서 그들의 정신승리 비결에 대하여 "그들은 비리만 저지르는 것이 아니라, '윤리기준'을 건드린다. 아예 기준 자체를 바꿔버림으로써 하나도 잘못이 없는 대안 세계를 만든다. (중략) 상상계 속에서 그들은 여전히 과거의 정의로운 민주투사다."라고 지적한 바 있다. 21세기가 시작된 지 한참이 지났지만, 그들은 80년대라는 대안 세계에서 아직도 정의로운 민주투사로 활동하고 있다고 착각하고 있는 것이다.

신에 대한 절대적 믿음과 존엄에 반하는 언행이라도 하면 바로 악마화되었던 중세시대의 이분법적 사고와 일체의 다른 생각을 허용하지 않는 전체주의적 광기가 21세기 대한민국에서 한때 민주화 투쟁을 했다고 자처하는 민주투사들에 의해서 벌어지고 있다고 해도 과언이 아니다. 그런 것을 보면 민주주의란 모든 나라의 모든 국민에게 쉽게 허용되는 제도가 아니라는 것을 다시 한번 뼈저리게 느끼게 된다.

경제적 부와 성장은 단기간에라도 이룰 수 있지만, 정신적 성숙을 동반해야만 하는 민주주의는 결코 단기간에 이룰 수 있는 것이 아니었다. 그래서 유럽의 선진국들도 민주주의를 이루는 데 그렇게 긴 시간이 필요했던 모양이다.

문제는 이런 식의 무지하면서도 목소리만 큰 집단의 폭력이 계속될수록 민주주의의 종언을 맞이할 날도 멀지 않을 것 같은 불길한 예감이 싹튼다는 점이다. 종교학자 오강남은 그의 책 『예수는 없다』에서 "절대적인 확신과 독단은 무지한 자의 특권이다. 우리만 진리를 알고, 우리 교회만 진리교회라는 착각과 오만은 무지한 사람만의 신성불가침 특권이다."라고 말했는데, 지금의 한국사회에서 목소리를 크게 내고 있는 세력들의 현 주소를 종료를 비유해서 보여주는 말이 아닌가 싶다.

자신들만이 옳고, 자신들만이 선하고, 자신들만이 깨끗하다는 오만과 착각에 빠져 있는 사람들을 볼 때마다, 어떤 절대적인 것에 대하여도 항상 의문을 제기하고, 분석하고 검증하려 드는 우리 같은 '방황하고 탐험하는 자들'의 존재감은 그 어느 때보다 더욱 빛을 발한다. 이렇게 어지러운 세상에서도 삶의 주인으로 살아가는 '자유로운 영혼들'이 그 사회의 변화를 이끌어간다면 서로의 자유를 보장하며 확증편향에 빠지지도 않고, 증오와 폭력도 없는 아름다운 민주주의가 충분히 가능할 수 있기 때문이다.

3.

사의재의 2023년 버전

아이러니하게도 고전에서 얘기하는 옛 성현들의 말씀이나 용어가 본래의 뜻을 잃어버리고, 전혀 다른 의미로 완벽하게 오염된 사실은 전혀 우연이 아니다.

'조선'은 죄인들을 참 귀찮게 대했다. 어차피 '니 죄는 니가 알렸다!'라고 꾸짖으며 원님 재판을 할 거라면 이미 귀양 가 있는 사람에게는 좀 편하게 대해줄 것이지. 순조 1년인 1801년 11월 경북 포항으로 유배되었던 정약용과 전남 신지도로 유배되었던 형 정약전은 황사영 백서사건에 연루되자 재차 서울로 압송된 후 전라도 강진으로 다시 이배된다.[51] 전라도 나주에서 형과 헤어진 후 강진으로 온 정약용은 어느 주막집 주인의 배려로 유배생활 첫 4년 동안 기거하며 제자를 가르칠 수 있는 거처를 마련하였는데 그곳이 바로 '사의재(四宜齋)'라고 한다. '사의재'란 맑은 생각, 엄숙한 용모, 과묵한 말씨, 신중한 행동 등 4가지를 마땅히 행해야 할 방이라는 뜻으로서, 다산 선생이 유배생활 중에도 몸과 마음가짐을 반듯하게 하겠다는 다짐을 반영한 공간이었다.

다산 선생의 그 사의재가 220년이 지난 2023년에 다시 화제가 되었다. 보도되는 뉴스에 따르면, 문재인정부 시절 장 · 차관과 청와대 고위 참모를 지낸 사람들이 지난 정부의 정책성과를 계승하고 극복해야 할 한계가 무엇인지 성찰한다는 명분의 정책포럼 이름을 '사의재'로 정했다고 한다. 구심점을 잃은 친문세력이 정치적 영향력을 확대하고, 정권교체 이후의 사법적 리스크에 공동 대응을 하려 공부모임이라는 명분의 단체를 만들었다는 것이 언론의 일반적인 평가였다. 그럼에도 불구하고 그들은 정치행정, 경제 일자리, 사회, 외교 안보 등 4개 분과에서 더 나은 대한민국을 위한 대안 발굴을 하겠다는 의지를 표명하기도 했다.

그들이 정말 학습 및 연구 활동을 열심히 하든 안하든 별로 관심을 갖고 싶지 않지만, 유독 시선을 끄는 것은 '사의재'라는 그들 모임의 이름이었다. 또 인문학적 감성팔이를 하려고 이름을 그럴듯하게 지었다고 생각하니 웃음밖에 나오지 않았다. 순진한 백성들 또 누군가는 역시 인문학적 소양이 대단한 사람들이라며 감탄사를 연발(그들의 추종자들이 좋아하는 표현으로 '울컥하며')할지도 모른다.

그 사람들은 혹세무민할 때마다 정조대왕의 학문, 다산 선생의 애민사상, 김구 · 안중근 등의 독립운동, 고구려 발해 만주정복 등 영토 확장 민족주의, 한민족, 통일 관련 용어 내지 구호를 던지며 인문학적 유희를 즐기거나 국뽕을 강요한 전력이 많이 있었다. 민주주의와 인권, 통일을 위해서 뭔가 대단한 일을 하는 것처럼 포장을 그럴싸하게 하는 데는 일가견이 있다는 평가를 받는 사람들이었다. 부동산 문제나 민생 경제 모두 초라한 성적표를 남겼을 뿐만 아니라, 펀드 · 태양광 등 각종 부패의 카르텔을 공고히 했던 정부라는 비판적 평가에도 불구하고 반성이나 사과는 없었다. 그런데 느닷없이 자신들의 정책 성과(?)를 계승하겠다고 전면으로 나섰다.

그러면서 다산 선생의 '사의재' 정신도 계승하겠다고 하니 조금은 어리둥절하다. 호남을 표 찍는 기계로 수단화하고 PK세력 중심의 권력패권주의를 꿈꾸었던 사람들이 '맑은 생각'을 가지겠다고 한다. 틈만 나면 가짜 뉴스를 생산하고 음모론을 양산하며 유튜브나 SNS마다 욕설과 저주의 언어로 도배하던 사람들이 '과묵한 말씨'를 쓰겠다고 한다. 온갖 불법, 위법, 탈법을 저질러도 우리 편이면 어떤 것도 용서가 된다고 옹호하는 소위 '내로남불' 신봉자들이 '엄숙한 용모'를 얘기한다. 표가 된다면 선거에서 현금 살포도 마다하지 않겠다는 포퓰리즘의 옹호자들이 '신중한 행동'을 실천하겠다고 선언했다.

언제 서울로 복귀할지 모르는 참혹한 유배지 생활 속에서도 올바른 마음가짐을 실천하고자 다산 선생은 그 집을 '사의재'로 작명했다. 그런데 '사의재'의 본뜻을 이토록 처참하게 조롱하고 욕보이는 사람들이 과거에

나 미래에 또 있을지 의문이다. 아무리 작명하는 것은 자유라지만 그간의 자신들의 언행에 대한 일말의 부끄러움도 모른 채 모임 이름을 다산 정신 운운하며 '사의재'로 짓는 것을 보면, 새삼 『논어』에 나오는 '정명(正名)'의 의미를 다시금 떠올리게 한다.

2023년에 사의재를 들고 나온 그 사람들이 언론, 학계, 출판계, SNS에서 발언권이 세지기 시작할 때부터 우리 사회에서는 아이러니하게도 고전에서 얘기하는 옛 성현들의 말씀이나 용어가 본래의 뜻을 잃어버리고, 전혀 다른 의미로 완벽하게 오염된 사실은 전혀 우연이 아니다. 다산 선생의 '사의재'라는 이름도 그러한 오염된 언어의 한 사례이다. 어리석은 백성들이 좋아할 만한 용어를 무기로 그들은 또 얼마나 혹세무민을 하고, 또 얼마나 많은 사람들의 눈과 귀를 속이며 기득권 사수를 위해 애를 쓸지 지켜보는 것도 나름 재미있지 않을까 싶다.

2023년에 불쑥 튀어나온 '사의재'를 보면서 독일 철학자 벤야민의 "억압받는 사람들에게 역사는 진보한 적이 없고, 오직 억압하는 자들만이 진보를 주장한다."[52)]라는 말이나, 유발 하라리가 그의 책 『사피엔스』에서 "역사란 다른 모든 사람이 땅을 갈고 물을 운반하는 동안 극소수의 엘리트들이 해온 무엇이다."라고 한 말이 생각났다. 권력을 가진 자들이 진보나 민주주의 등 그럴싸한 말로 우매한 백성들을 현혹한 역사는 유사 이래 나열하기 힘들 정도로 많았다. 아니, 인류의 역사 그 자체라고 해도 과언이 아니다. 역사가 권력을 가진 자들에 의해 그들의 입맛에 따라 쓰였던 것은 부인할 수 없는 사실이기 때문이다.

아무리 세상사의 법칙이 그러하다지만, 다산 선생을 존경하는 사람들이라면 다산 선생의 철학이나 애민사상에 누가 될 만한 행동은 하지 않는 것이 도리일 것이다. 2023년 버전 '사의재'를 작명한 그들에게 그런 도리를 바라거나, 수치심을 바란다면 사막에서 고래를 발견하는 일보다 어려울 거란 생각은 나만의 상상은 아닐 것이다.

낯이 두꺼운 사람들의 홍수 속에서 갑자기 '수치심'이라고 하는 것이 과연 일반적 인간의 정체성을 설명하는 중요한 특성 중 하나인지도 솔직히 의심이 든다. 두꺼운 낯으로 무장한 채 고개를 뻔뻔하게 쳐들고 살고 싶어도 작은 잘못에도 자책하며 부끄러워하는 '양심적 자유주의자들'만이 수치심을 느끼는 이 인격과 양심 불균형의 세상은 그래서 불공정해도 한참 불공정하다. 그럼에도 수치심을 알고 부끄러움이 무엇인지 아는 양심적인 사람들이 소수라도 존재하니, 세상이 이 정도라도 균형을 유지한다고 우리는 믿고 있다.

4.

'선 점거 후 대책' 정신의 상속자들

악마는 타도해야 하고, 타도하려면 그들의 공간부터 점거하고 집기를 들어내면 그만이었다.

일단 저지르고 보는 것은 그들의 주특기였다. 80년대 총학생회나 ○○투쟁위원회에서는 대학본부나 총장실을 점거하거나 사무실 집기를 다 끌어내는 일을 자주 하였다. 소위 '선 점거 후 대책' 투쟁방식이라고 하는 것이었다. 무슨 문제가 생기면 특정 장소를 점거하거나 집기를 끄집어내는 것부터 시작하였다. 사태 해결을 위한 절차나 대화는 그 다음 순서였다. 고등학교 때까지 선생님들을 존경까지는 하지 않았어도 기본적 예의는 지켜야 한다고 생각했었다. 그런데, 교수든 나이든 교직원이든 안중에 없이 막무가내로 무례하게 일을 벌이는 대학 학생회 조직의 투쟁방식에 충격을 받았던 적이 많았다.

불법으로 탄생한 정권은 정당성이 없으므로 타도의 대상이었다. 그 정권으로부터 지원과 비호를 받는 대학교 당국 역시 타도의 대상이라는 지극히 조악한 수준의 선악의 2분법에 그 당시 학생운동을 하는 사람들 모두 동화되어 있었다. 요구가 받아들여지지 않을 경우에는 상대를 악마화하면 문제는 쉽게 해결되었다. 악마는 타도해야 하고, 타도하려면 그들의 공간부터 점거하고 집기를 들어내면 그만이었다.

실제로 많은 경우 학생들이 총장실이든 대학본부를 먼저 점거하고 나면, 학교를 정상적으로 운영해야 하는 학교 당국의 양보가 있을 수밖에 없었다. 결국 그런 방식으로 문제 해결이 되는 경우가 반복되었다. 그러다 보니, 학생 운동권에서는 더 신속하고 광범위하게 '선 점거 후 대책' 투쟁방식을 사용하게 되었다. 다소 명분이 없거나, 지나친 주장과 요구라 하더라도 '선 점거 후 대책' 투쟁을 하다 보면 결국에는 문제가 해결되는 경우가 많았다.

대학이라는 학문의 전당에서 우리는 대화와 토론이라는 민주주의적 문제해결 방식을 배우는 대신, 떼법 또는 폭력적 해결방법부터 먼저 배우고 말았다. 그때 학생운동을 했거나 학생운동을 보고 배운 세대들은 이후 직장에서 노동조합 활동을 하게 되었다. 80년대의 투쟁방식을 계승한 '선 파업 후 대책' 공식은 여전히 유효했다(물론 모든 노동조합이 그러한 방법으로 투쟁하는 것은 아니었다). 이런 투쟁방식은 사회 전반에 확산되었다. 누구는 촛불을 들고, 누구는 태극기를 들고, 누구는 확성기를 들고서 거리를, 관공서를, 건설공사 현장 등을 점거하는 것은 필수 코스 중 하나였다. 소위 '떼법' 문화는 어느덧 많은 국민들 속에서 '밈'을 형성하며 세대에서 세대로 전수되고 있었다.

권위주의적 독재정권에 저항하고 민주주의를 이룩하기 위해 학생운동이 시작되었는데, 우리는 저항의 방식이나 투쟁의 결과물에만 집착할 뿐이었다. 정작 민주주의 과정이나 의미에 대하여는 아무런 관심이 없었다. 대화를 통한 해결이나 타협을 주장하면 배신자로 낙인이 찍히거나 투쟁의지가 약한 어용분자로 몰리기도 하였다. 그와 같은 환경에서 다양한 목소리가 나올 리가 없었고, 다른 의견을 인정하는 마인드나 문화 자체도 없었다.

스스로 민주주의를 파괴하면서도 민주주의를 위해 싸운다고 믿으며 자부심을 갖고 있는 그 위대한 정신승리자들만 우글거렸다. 그들의 목소리가 주류를 형성하였다. 악마를 쫓아내려다 자신마저 악마가 되어 버리는 아이러니가 계속되고 있었다. 어쩌면 그들은 학생운동을 시작할 당시부터 민주주의자가 아니라 전체주의자였을지 모른다. 진보주의 또는 양성평등주의자가 아니라 앞뒤 꽉 막힌 권위적 가부장주의자였을지 모른다. 청렴한 도덕주의자가 아니라 돈에 미친 부패한 기득권 세력이었을지도 모른다.

민주주의가 지속되려면 더 엄격한 도덕성으로 자기를 성찰하고, 나와 다른 의견도 존중할 줄 아는 등 민주주의적 가치를 실천하는 소위 '민주시민'이 양산되어야 한다. 민주시민의 대가 끊어질 것 같은 위기가 찾아온 우리 사회에서 그런 희망을 기대하는 것은 과욕인지도 모르겠다는 생각이 든다. 홍세화 선생이 「관제 민족주의의 함정」이란 칼럼(2019년 8월 8일 〈한겨레〉 칼럼 중)에서 말한 내용에는 우리 사회에서 민주주의든 진보든 자유를 말하는 사람들의 조악한 정신 상태에 대한 평가가 담겨 있는데, 우리나라 민주주의의 미래가 더욱 암울함을 느끼게 된다.

홍세화는 위 칼럼에서 "학습을 게을리하여 실력이 부족하면서도 지적 우월감, 윤리적 우월감으로 무장한 '민주 건달'이 되지 않을 것을 자경문의 하나로 삼고 있다. (중략) 우월감으로 무장한 민족주의자에게서 자기 성찰이나 '회의하는 자아'를 기대하는 것은 연목구어와 같다."라고 쓴 바 있다.

5.

'양념'의 변신은 무죄?

80년대의 물리적 폭력에서 21세기의 사이버 폭력으로 폭력의 공간과 수단만 변경되었을 뿐, 문제해결을 위한 투쟁방법을 그대로 물려받은 것이다.

"치열하게 경쟁하다 보면 있을 수 있는 일들이다. 경쟁을 더 흥미롭게 만들어주는 양념 같은 것이다." 모 정당 대선후보 경선 과정에서 상대 후보와 그 지지자들에게 문자폭탄과 악성댓글을 단 것을 사과하라는 요구에 대하여 모 후보가 2017년 4월 4일 직접 밝힌 사과문의 일부 내용이다. 이것은 대통령 후보가 되겠다고 나선 정치인이 80년대에 유행했던 '선 점거 후 대책' 투쟁방식보다 더 폭력적이고 더 잔인한 행동을 공개적으로 승인 · 장려한 기념비적인 사건으로 기록될 만하였다.

대화와 토론보다는 폭력적 문제해결 방법을 몸으로 체득한 사람들에게는 그런 것이 익숙한 투쟁방식일지 모른다. 따라서 그들은 반대 의견을 가진 사람들에게 투하하는 문자폭탄이나 저주의 악성댓글이 그리 놀랄 일도 아니라고 말할 것이다. 온 · 오프라인을 통하여 상당한 영향력을 발휘하고 있는 정치인의 입에서는 절대 공개적으로 나와서는 안 될 말이었다. 그럼에도 폭력을 용인하고 조장하는 교시가 결국 내려지고 말았다. 80년대의 물리적 폭력에서 21세기의 사이버 폭력으로 폭력의 공간과 수단만 변경되었을 뿐, 문제해결을 위한 투쟁방법을 그대로 물려받은 것이다.

진보적인 것의 가장 핵심은 다양성에 있다. 다양성을 인정하지 않는 진보는 거짓말이다. 김규항은 그의 저서 『B급 좌파』에서 "가장 올바른 노선을 좇는 건 세상을 변화시키려는 모든 진보적 노력의 본능이다. 그러나 가장 올바른 노선은 언제나 그 노선에 기본적으로 합의하는 작은 이견들의 도움으로 완성한다."라고 하였다. 민주주의를 지향하거나 진보적 가치를 지키고자 하는 사람들이라면 자신과 다른 이견을 허용하지 않고, 우리 편만 선하고 반대파는 악하다는 선악의 2분법으로 사이버 폭력이나 테러를 자행하는 일을 절대로 해서는 안 된다는 의미이기도 하다.

그럼에도 우리 사회에는 목적이(그들이 말하는 목적이 정당한지도 의문이지만) 정당하면 어떤 수단과 방법도 합리화된다고 믿는 사람들이 너무나 많다. 이것이 우리나라 민주주의의 슬픈 현실이다. 권력의 최정점에 있는 사람부터 사이버상에서 테러의 행동대원으로 활동하는 일개 지지자에 이르기까지 누구 하나 그런 행위가 민주주의를 저해하는 폭력이라고 인정하거나 반성하는 사람이 없다. 그런 와중에 가장 영향력이 큰 정치인 중 한 명이 그런 폭력행위를 하지 못하도록 훈계하거나 설득하지는 못할망정 '양념'이라고 부추기며 용인 · 조장을 하였다고 하니, 그저 말문이 막힐 뿐이다.

이런 '양념' 폭력이 다양성을 존중하는 민주주의를 파괴한다는 것은 너무나 상식적인 얘기다. 그보다 더 큰 해악은 정말 아무 것도 가진 것이 없는 약자 중의 약자가 쓸 수 있는 최후의 카드인 폭력적 수단마저 약자도 아닌 사람들이 일상적으로 휘두른다는 점이다. 그들로 인해 약자들의 설 자리마저 더더욱 좁아져 버렸다. 그런 의미에서 러시아의 정치가이자 혁명가였던 트로츠키의 "테러리즘의 문제는 소외당한 사람 모두의 몫이어야 할 저항의지를 소수의 비밀결사가 그릇되게 독차지하는 것이다."라는 말 역시 벼룩의 간마저 빼먹는 586 기득권 세력의 파괴적 테러리즘을 비판하는 것처럼 보인다.

언제부터인지 일부 정치 지도자도 아이돌 스타처럼 열성적으로 지지하는 팬덤층을 가지게 되었다. 그러다 보니 팬덤 지지층이 좋아할 만한 말과 행동만을 행하는 현상이 나타났다. 이런 팬덤현상에 대하여 사회평론가 박권일은 「정치 팬덤이라는 증상」이라는 칼럼[53)]에서 "매개가 약한 사회에서는 정치효능감이 내깃돈이 된다. 효능감이 많은 사람이 정치에 참여할 수 있게 하는 동력이 되지만 내용과 방향이 없다는 게 문제다. 비도덕적 행위, 심지어 범죄를 저질러도 강한 효능감을 느낄 수 있다."라고 분석하기도 하였다.

이 '양념' 발언 역시 팬덤정치의 부산물이다. 팬덤들에게 잘 보이기 위해서 그들이 저지른 소위 '선 점거 폭력'을 감싸고자 노력한 것으로밖에 보이지 않는다. 더 놀라운 것은 민주주의, 인권, 진보를 입에 달고 사는 사람들 중에서 그 발언의 중대성과 심각성을 모르거나 애써 외면하는 사람들이 우리 사회에 대단히 많다는 점이다. 폭력을 미화 · 조장하면서도 민주주의, 인권, 평등을 얘기하는 사람들이 꿈꾸는 사회는 과연 어떤 곳인지 꼭 한번 확인하고 싶다.

6.

일관성을 지켜야 신뢰도가 높아짐에도

개인 차원의 과시적 환경보호에 그치는 것이 아니라, 환경운동을 하는 단체나 정당 차원에서도 과시적 환경보호 수준에서 크게 벗어나지 못한다는 것이다.

붉은 노을을 감상하듯 먼발치에서 지구의 종말을 바라볼 수 있을까? 앞으로 약 30억 년에서 50억 년 사이에 우주에서는 태양이 에너지를 거의 연소한 후 적색거성으로 변하여 지구를 삼키게 될 것이고, 지금도 서로를 향해 돌진하고 있는 우리 은하와 이웃인 안드로메다은하가 충돌하는 초대형 이벤트가 발생할 것이라고 과학자들은 예측하고 있다.[54] 그런 얘기를 들을 때마다 그때까지 과연 지구가, 더 구체적으로는 인간이 존속할 수 있을까라는 근본적 걱정과 불안이 앞섰다. 그럼에도 지구 멸망의 시계는 12시를 향해 서서히 다가가고 있다. 아름다운 푸른 별 지구를 지켜야 한다는 경고의 메시지가 커지면서 환경문제에 관심을 가지는 사람들도 많아졌다.

부르주아적 사치와 소비를 줄이고, 세속적 욕망을 줄이며 기층 민중처럼 소박하고 검소하게 살아야 한다는 그 지독한 세뇌와 부채의식으로부터 파생된 생활태도 및 가치관은 환경에 대한 관심과도 자연스럽게 연결되었다. 그러던 와중에 등장한 녹색 정당은 지지할 정당이나 투표할 후보도 없어 무효표를 만들어야 했던 '정치적 무당파'에게는 희소식이었다. 지구를 지키고 인류의 생존가능 시간을 늘리자며 등장한 정당인지라, 무당파 신분을 벗어나게 해 줄 수 있는 좋은 명분이자 기회였다. 그런 과정을 거치며 환경운동을 하는 시민단체의 회원이 되었다. 대통령 · 국회의원 · 지방자치단체 선거 때가 되면 (녹색 정당 후보가 출마를 할 경우에는 항상) 녹색 정당의 지지자가 되었다.

미국의 행동경제학자인 '스티브 섹스턴'과 '앨리슨 섹스턴'이 명명한 '과시적 환경보호 개념'이라는 것이 있다. 친환경 제품을 소비하고, 녹색 정당을 지지하는 이유 중 하나가 진보적이면서 친환경적인 자신의 성향을 과시하기 위한 본능에서 비롯되었다는 취지의 주장이다. 나름 일리 있는 말이다. 나 역시 '과시적 환경보호'에서 자유롭지 못하였음을 고백하지 않을 수 없다.[55)]

문제는, 개인 차원의 과시적 환경보호에 그치는 것이 아니라, 환경운동을 하는 단체나 정당 차원에서도 과시적 환경보호 수준을 크게 벗어나지 못한다는 점이다. 그로 인하여 환경단체나 녹색 정당에 대한 실망도 그만큼 커져만 갔다. 기대가 크면 실망은 더 크다고 했던가. 그 단체와 정당은 지구환경 파괴의 속도를 최대한 늦추고 무분별한 소비를 억제하여 이산화탄소의 배출을 낮추자는 시민들의 참여로 만들어졌다. 그런데 조직이 커지고 후원금액도 많아지면서 당초의 설립 목적을 의심하게 만드는 일들이 하나 둘씩 터지기 시작했다.

그 어떤 기관보다도 강한 도덕성과 윤리성이 요구되는 곳이 환경 관련 시민단체일 것이다. 그럼에도 불구하고 해당 단체 간부의 공금 횡령 사건이나 회계장부의 투명성이 의심되는 사건이 벌어진다는 것은 그만큼 순수했던 초심이 사라지고 돈과 권력이라는 세속적 욕망만을 추구하는 집단으로 타락했음을 보여준다. 더 큰 문제는 도덕성의 타락에 그치는 것이 아니라는 점이다. 결정적으로 나를 실망시킨 부분은 그들의 위선적 태도였다.

환경운동이야말로 지구환경을 지키기 위한 활동이므로 정부와 국민들에게 일관된 기준에 따라 일관성 있게 주장하고 행동하는 것이 맞다. 그럼에도 그들은 소위 '진보' 진영이라 불리는 정권의 환경 정책에는 반대하거나 반발하는 정도가 매우 약했다. 반면, 소위 '보수' 진영이라 불리는 정권의 환경 정책에는 반대의 정도가 매우 심하고 행동의 수위도 크게 거칠어지는 모습을 노골적으로 나타내기도 하였다.[56] 환경운동을 한다는 사람들 역시 정파적 논리, 진영논리를 가지고 우리사회를 편 가르거나 차별을 하였다. 국가나 지방자치단체의 보조금으로 운영되는 관변 시민단체가 정치단체로 변질되는 것이 어제오늘의 일은 아니다. 그렇지만, 지구환경을 지키겠다고 나선 대표적인 진보 단체인 환경 단체나 정당마저 특정 정권에 대하여는 무슨 2중대라도 된 듯 옹호하거나 정책비판을 회피하는 등 편파성을 띤다면 그 단체의 존립근거는 이미 상실되었다고 평가받을 만했다.

위선적이라고 평가되는 그들의 행동을 모르거나 속고 있는 사람들은 (아마도 그들 역시 과시적 환경보호운동을 하고 있는 것이겠지만….) 여전히 지구환경을 지키는 일에 일조하였다는 뿌듯함으로 후원을 계속할 것으로 보인다. 그러나, 권력자들이든, 사이비 종교인들이든, 아니면 그럴싸한 지식과 감언이설로 혹세무민하는 사람들이든, 그들에게 속고 살지 않기 위해서 끊임없이 의심하고, 검증하고, 감시해 온 '양심적 자유주의자'로서는 더 이상 양심에 반하는 행동을 할 수 없었다. 결국 10년 넘게 후원하던 그 단체에서 탈퇴하고 말았다. 녹색 정당에 대한 지지도 철회하였다. 이후 각종 선거에서 녹색 정당 후보가 설령 출마하더라도 그들에게 표를 주지 않았다. 그리고 예전처럼 다시 무효표의 생산 주역인 '무당파 방탐자'로 복귀하였다(엄밀하게는 복귀할 수밖에 없었지만).

그렇다고, 푸른 별 지구를 지키기 위한 개인적 노력마저 포기하고 싶지는 않다. 자본주의적 소비생활에 익숙해져 있는 내 모습을 발견할 때마다 새삼 놀라기도 하고, 양심의 가책을 느끼지도 한다. 특히, 지구온난화로 인한 환경재앙이 현실로 다가오는 지금, 우리에게 정말 시급한 일은 작은 소비습관이나 생활습관부터 바꿔나가는 것이다.

담비사 모요는 그의 저서 『승자독식』에서 "정기적 선거주기를 갖는 민주주의 국가에서 정부관리(또는 정치인)들이 눈앞의 위험에만 초점을 맞추는 것은 슬픈 현실이다. 정부는 현재의 유권자에만 신경을 쓸 뿐 미래세대는 안중에도 없다."라고 말한 바 있다. 선거라는 형식적 민주주의 하에서 눈앞의 이익에만 몰두하는 정치인들은 선거라면 무조건 이겨야 하고, 이긴 후에는 다음 선거만을 생각할 뿐 당초부터 지구환경이나 민주주의에는 관심이 없다는 것을 비판한 글이라고 할 수 있다.

정치인들이란 오직 표가 되는 개발과 경기활성화에만 관심을 가지는 존재들이다. 그런 개발이 돈만을 좇는 개발업자, 토지 소유자들의 탐욕을 부추긴다 하더라도, 그들과 함께 춤을 추며 해당 정치인을 열렬히 지지하는 일반 유권자들이 공존하는 현실에서는 우리 모두 다 같이 죽음의 구렁텅이로 뛰어드는 길밖에 다른 대안이 없어 보인다. 그러나 어찌하랴, 이 푸른 별에서 어리석은 사피엔스 종으로 태어난 업보이거늘.

죽여야 할 것들을 다 죽여서

세상이 스스로 세상일 수 있게 된 연후에 나는

내 자신의 한없는 무기력 속에서 죽고 싶었다.

– 김훈, 『칼의 노래』 중에서

잃어버린 것을 찾고자 하는 너에게

1장

자유 회복의 비법

1. 자기애

2. 남들이 뭐라든 제 갈 길을 가는 사람들

3. 방탐자가 '중용'을 만났을 때

4. 승자로 살고 싶은 사람을 위한 마법 공식

5. 세속적 욕망에 대한 긍정

1.

자기애

'자기애'가 쌓이고 쌓이다 보면 '자유로운 영혼들'이 이 세상의 변화를 위해 몸소 행동을 개시할 최적의 타이밍을 만날 수 있다.

마르크스가 "지금까지 철학자는 세계를 이리저리 해석만 했으나, 문제는 세계를 바꾸는 것이다."라고 말했더니, 쇼펜하우어는 "세상을 바꾸려는 시도 자체가 웃긴다."라고 비판했다는 일화가 있다.[57] 쇼펜하우어의 말대로 한낱 철학자 또는 개인이 세상을 바꾸는 것이란 현실적으로 불가능할지도 모른다. 그러나 그 불가능에 도전하며 세상을 진짜 바꿔버린 '방황하고 탐험하는 자들'이 실제로는 많이 있었다. 소크라테스, 예수, 스파르타쿠스, 베토벤, 에디슨, 빌 게이츠, 스티브 잡스 등 수많은 영웅들이 바로 그들이다.

이들 넘사벽[58] 영웅들은 타고난 천재적 능력도 있었겠지만, 그 누구보다도 더 많이 사유하고 시도하고 도전하고 다시 일어서는 과정을 통해 그들의 이상, 자유, 목표를 달성했다고 보는 것이 정확하다. 그럼으로써 그들은 개인적 수준의 욕망이나 자유를 뛰어 넘어 인류를 위한, 세계를 위한 위대한 선물이 될 수 있었다. 그리고 수많은 사람들에게 혜택과 위로와 감동을 주었다.

이들 영웅 방탐자들은 인류를 위한 위대한 사상이나 물건, 작품 등을 창조했다. 그 과정에서 충분히 있었을 것으로 보이는 지난한 도전과 모험의 여정은 분명 보통사람들과는 차원이 달랐을 것이다. 그럼에도 불구하고 그들에게는 위대한 결과물이 잔존하기 때문에 그들로 인한 주변 사람들의 고통이나 피해는 다 용서가 되고, 다 묻힐 수 있었다. 그 점이 불멸의 영웅 방탐자들과 우리와 같은 평범한 방탐자들 간의 극명한 차이임에는 틀림이 없다.

그렇다고 끊임없이 도전하고 모험하는 기질 말고는 특별할 것이라고는 전혀 없는 평범한 방탐자들이 다 죽어야만 하는 것은 아니다. 영웅 방탐자들만큼 위대한 업적을 남기지는 못할지라도, 그들만큼의 천재적 역량은 조금 떨어지더라도 세상을 변화시킬 수 있는 방탐자 유전자를 가지고 태어난 것만으로도 충분히 쓸모가 있기 때문이다. 단지, 아직 최적의 타이밍과 최적의 역할을 부여받지 못했을 뿐이라고 우리는 자위하고 있다.

평범한 방탐자들이 우선적으로 가져야 할 자세는 무엇일까? 바로 자기를 사랑하는 것이다. 왜냐하면, 자기를 사랑하는 사람만이 진정한 자유인이 될 수 있고, 자기를 사랑하는 사람만이 타인을 사랑할 수도 있기 때문이다. 임제종의 창시자인 임제 선사는 『임제어록』에서 "수처작주 입처개진(隨處作主 立處皆眞); 어느 곳에서나 주인이 된다면 자신이 있는 곳이 모두 참되어 외부 대상도 그것을 바꿀 수 없다."라고 하면서 자신을 사랑하라고 강조하였다. 임제 선사의 이 말을 철학자 강신주는 그의 책 『강신주의 다상담 3』에서 "오직 자기를 사랑하는 사람만이 주인으로서 살아가겠다는 결의를 다질 수 있다."는 의미로 해석하였다.

니체 역시 그의 저서 『선악의 저편』에서 "고귀한 인간은 자신 안에 존재하는 강력한 자를 존중하는바, 이 강력한 자란 자신을 제어할 힘을 가지고 있으며, 말하고 침묵하는 법을 알고 있고, 자기 자신을 엄격하고 혹독하게 다루는 데서 기쁨을 느끼며…"라고 하였다. 즉, 니체는 모든 인간이 추구해야 할 이상인 '고귀한 인간' 또는 '위버멘쉬(Übermensch)'가 되도록 노력하라고 우리에게 강조하면서도, 자기 자신을 사랑하고 존중하라는 말도 잊지 않았다.

우리 같은 평범하기 그지없는 '도전하고 모험하는 자들'이 고귀한 방탐자로 한 단계 진화하려면 우선 자기 자신을 사랑하고 존경해야만 한다. 타인으로부터 사랑과 칭찬을 받을 만한 자질을 타고났기 때문에 '자유로운 영혼들'은 스스로에게 칭찬을 아끼지 말아야 한다. 설령, 비난을 하는 누군가가 있다 하더라도 방탐자들은 그에 구애받지 말고 스스로를 사랑하고 존경해야만 한다. 그와 같이 '자기애'가 쌓이고 쌓이다 보면 '자유로운 영혼들'이 이 세상의 변화를 위해 몸소 행동을 개시할 최적의 타이밍을 만날 수 있다. 그 타이밍에 맞춰 아직 세상을 향해 꺼내지 않은 잠재력까지 발휘한다면 넘사벽 영웅 수준에는 미치지 못한다 하더라도 작은 수준의 세상의 변화는 충분히 이끌어낼 수 있다.

니체도 자유 정신으로 충만한 방탐자들을 이렇게 예찬하지 않았던가. "위대한 일은 위대한 사람을 위해 있으며, 심연은 깊이 있는 사람을 위해 있고, 상냥함과 전율은 예민한 사람을 위해 있다. (중략) 우리 자유로운 정신의 소유자여!"[59]라고. 위대한 일이나 귀한 일은 자유로운 정신을 소유하고 있는 '방황하고 탐험하는 자들'을 위해 항상 존재할 것이다. '자유로운 영혼들'은 그저 스스로를 사랑하고 존경하면 된다.

2.

남들이 뭐라든 제 갈 길을 가는 사람들

도덕이나 규범 같은 잔소리나 남들의 눈치 따위는 신경 쓰지 말고 자신의 생각대로 행동하면 그만이다.

남들 눈치 때문에 주저한 적이 있는가? 호기심과 모험심이 충만한 방탐자임에도 불구하고 타인에 대한 배려심과 양심 수준이 높은 천성 때문에 언행을 할 때 주저했던 경험을 해본 적이 있을 것이다. 할 말을 하지 못하고, 마땅히 얻어야 할 것을 얻지 못하고 오히려 손해까지 보는 경우도 허다했을 것이다. 가장 많이 자유를 사랑하고, 가장 많이 자유를 열망하는 자유주의자들이 스스로 자유를 억압하고 통제하는 슬픈 모순은 인류 역사 이래로 항상 존재하였다. 그것은 '양심적 자유주의자들'의 숙명이기도 하였다.

내 자유가 중요한 만큼 타인의 자유에 대하여도 동일하게 존중을 한다면 우리는 남들에게 부담을 덜 가지게 된다. 주저하거나 후회하는 일 없이 즐겁게 의사표시를 하고 의사결정을 할 수도 있다. 그러나, 자기 것만 을 중요하게 여기고 타인을 배려하거나 존중하지 않는 반칙자들이 생겨나면서 배려심과 양심의 수준이 높은 자유주의자들만 손해를 볼 수밖에 없는 악순환 구조가 형성되었다.

거기에다 뻔뻔한 사람들이 만든 부채의식이라는 이데올로기에 멘탈이 무너지며 퇴행적 형태의 방황과 탐험을 하기에 이르렀다. 끊임없이 의심하고 질문하면서도 또 다른 한편으로는 시대정신이라고 거창하게 포장된 유치한 도그마 앞에서 스스로의 자유마저도 헌납하는 '양심적 자유주의자들'은 그로 인한 부채의식에 시달리며 정의로운 의인의 길을 걸어야만 했다.

그러나 그 결과는 참담했다. 부채의식을 부추겼던 자들은 탐욕을 쫓아 이미 그 대열에서 쥐도 새도 모르게 이탈해 버렸다. 부채의식에 시달리는 자들에 대하여 모니터링을 하는 자는커녕 관심조차 보이는 사람도 없었다. 저마다 먹고 살기에 바빴다. 시대정신이라는 낡은 레토릭에 아무도 실질적 관심이 없는데 '양심적 자유주의자들'만 세속적 욕망조차도 절제하며 의인의 길을 가는 척했는지 모른다. 양심의 가책 때문에 그 수렁에서 빠져나오지도 못하고, 이도 저도 아닌 회색지대에서 방황하고 고뇌하는 시간이 많았다. 정작 아무도 부채의식을 직접적으로 강요하지 않았는데 우리는 남들의 눈과 허약한 양심을 의식하면서 스스로 자유를 억압하고 말았다.

시대적 소명이든 타인과의 인간관계든 일말의 부채의식으로 인하여 하고 싶은 말을 하지 못하고, 하고 싶은 일을 하지 못하는 '자유로운 영혼'이 있다면 지금부터라도 눈치 보지 말고 실천해보기를 권한다. 우리는 스스로 억압했던 자유부터 지금 당장 회복해야만 하기 때문이다. 변화의 주체로 태어난 소중한 자신을 먼저 사랑하고 존경하자. 자신에 대한 사랑과 존경을 강조했던 니체도 『권력에의 의지』에서 "오히려 맨 먼저 자신을 존경하는 것부터 시작하라. 아직 아무 것도 하지 않은 자신을, 아직 아무런 실적도 이루지 못한 자신을 인간으로서 존경하는 것이다."라고 강조하지 않았던가.

자신을 사랑한 후에 하고 싶은 것이 있으면 남들이 뭐라든 과감히 도전하고 실행해보자. 니체가 그의 저서 『즐거운 학문』에서 "규범이나 도덕, 상식 따위의 잔소리에 얽매이지 않고 자신이 진심으로 원하는 일을 굳건히 관철해나가라. (중략) 그 누구의 눈치도 볼 필요가 없다. 그저 굳게 결심하고 열정적으로 행동하라."고 말한 것처럼, 도덕이나 규범 같은 잔소리나 남들의 눈치 따위는 신경 쓰지 말고 자신의 생각대로 행동하면 그만이다. 남들이 뭐라든, '양심적 자유주의자'의 생각과 가치관대로 말하고 행동한다면 우리가 꿈꾸던 자유를 회복하는 일은 결코 어렵지 않을 것이다. 막혔던 10년 체증이 한방에 뚫리는 기분을 금방 경험하게 될 것이다.

그러나, 곧바로 허탈감을 느끼게 될지도 모른다. 가슴 졸이며 과감하게 남들 눈치 안 보고 나아갔는데, 정작 '방황하고 탐험하는 자들'에게 신경 쓰거나 관심을 가지는 사람이 없다는 것을 목격하게 될 테니 말이다. 그동안 우리는 지나치게 남들 눈치를 봤다는 것을 그제야 깨닫게 된다. 남들의 눈치를 살피는 것이 예의이고, 배려이고, 인격이고, 타인에 대한 사랑이라고 생각했을 것이다. 그러나 그것은 너 혼자만의 착각이라고 보면 된다.

남들에게 해를 끼치지 않고 남들의 자유를 충분히 존중한다는 신뢰 정도만 줄 수 있다면 우리는 자신의 생각대로 밀고 나가면 된다. 도덕이든, 시대정신이든 의미 없는 잔소리로 생각하면 그만이다. 이렇게 타인들에게 해를 끼치지 않으면서, 이렇게 양심적이고 배려심이 많은 사람들이 이 세상에 또 어디 있었는지 반문하고 싶다. 그래서 '양심적 자유주의자들'은 이 세상에서 가장 착하고 가장 거룩한 존재들이다. '자유로운 영혼들'이 남들의 눈치를 보지 않고 남들이 뭐라든 자신의 길을 간다면, 이 세상은 '자유를 사랑하는 사람들'이 서로 신뢰하고 존중하며 행복하게 살 수 있는 곳으로 변하고 말 것이다. 호기심과 모험심이 많은 방탐자들이여, 나중에 후회하는 일이 없도록 남들 눈치 보지 말고 자신의 생각대로 말하고 행동해보자. 가슴이 뻥 뚫리는 자유는 원래 '방황하고 탐험하는 자들'의 전유물이 아니었던가?

3.

방탐자가 '중용'을 만났을 때

어느 한 극단에 치우쳐 다른 면을 바라볼 줄 모르는 사람이라면 그는 더 이상 중용의 도에 맞춰 세상의 변화를 이끌어 가는 것 자체가 불가능하기 때문이다.

『주역』의 「역전편」에 '여시구진(餘時俱進)'이라는 말이 나온다. 중국의 역사학자 이중톈에 의하면 이 말은 "시대의 맥락을 파악하고 시대의 조류에 순응하라. 시세의 변화야말로 객관적 규율을 가장 잘 반영하므로 그 시세의 조류에 순응하는 길이 최선이다."라는 의미라고 한다.[60) 『주역』에서 말하는 '시대의 조류에 순응하는 것'은 결국 다윈이 『종의 기원』에서 얘기하는 '자연선택론'과도 일맥상통한다. 동양철학과 서양과학이 결국 하나로 통할 수 있다는 의미이기도 하지만, 중요한 것은 '방황하고 탐험하는 자들'이 먼저 시대의 조류에 그리고 세상의 변화에 적응해야 한다는 점이다.

이중톈은 변화와 중용에 대하여 "모든 사물은 변화, 발전한다. (중략)

일상적으로 사용할 수 있는 보통의 '도'가 중용의 도다. 중용은 그것이 평범하고 적중해서 실행할 수 있는 것이기 때문이다."라고 얘기한 바 있다.[61] 세상의 변화는 필연적이고, 변화가 있어야 또 발전할 수 있다는 『주역』의 가르침대로 자유주의자들은 세상의 변화를 이뤄내기 위해서라도 스스로 변해야 한다. 그리고 세상의 변화에 또 적응해야 한다. '도전하고 모험하는 자들'이 지향하는 변화의 방향은 '중용의 도'에 따라 평범하고 적중할 필요가 있다. 즉, 극단으로 치우치지 않고 일상적으로 실천할 수 있는 실용적이면서도 합리적인 '중용의 도'에 맞추어 변화를 추동하는 것이 필요하다.

일찍이 철학자 니체도 그의 책 『선악의 저편』에서 "더욱 더 많은 것을 자기 아래로 내려다보기 위해 언제나 더 창공 높이 날아오르는 새처럼 탐욕적으로 멀고 낯선 세계에 매달려서는 안 된다. 그것은 비상하는 자의 위험이다."라고 하면서 탐욕적인 새들처럼 극단으로 치우치지 말라고 경고한 바 있다 즉, 변화를 이끌고자 한다면 극단으로 치우치지 말고 중용의 덕을 활용해야 한다는 의미이다.

'자유로운 영혼들'이 변화에 잘 대처하려면 항상 극단으로 치우치지 않으면서도 신중하고, 사려 깊고, 의심할 줄 아는 소위 '중도파' 또는 '무당파'가 되는 것이 오히려 순리이다. 제 아무리 도전과 모험을 잘 하고 많이 하였더라도 어느 한 극단에 치우쳐 다른 면을 바라볼 줄 모르는 사람이라면 그는 더 이상 중용의 도에 맞춰 세상의 변화를 이끌어 가는 것 자체가 불가능하기 때문이다.

제레미 리프킨은 그의 저서『한계비용 제로사회』에서 "공감의 문명 속에서 다른 사람들과 함께 살아가는 것은 연민으로 서로를 돕고 불완전한 세상에서 번창하기 위해 벌이는 서로의 분투를 계속 축하함으로써 우리가 일시적으로 존재할 수밖에 없는 현실을 인정하는 것이다."라고 얘기한 바 있다. 이것은 '자유로운 영혼들'이 세상의 변화라는 사명을 완수하려면 타인의 감정에 대하여 공감할 줄 알아야 한다는 의미이다. 또한, 타인과 함께 살아가는 법을 배워야 하고, 타인에게 베풀 때에는 내 모든 것을 아낌없이 나눠줄 줄도 알아야 한다는 의미이기도 하다. 타인의 고통, 슬픔, 즐거움 등에 대하여 공감을 할 줄 모르거나 사랑할 줄 모른다면 제아무리 순결한 방탐자 유전자를 보유하고 태어났다고 하더라도 세상의 변화를 이끌 주체로까지 성장할 수는 없기 때문이다.

결론적으로 '자유로운 영혼들'이라면 중용의 덕을 알아야 하고, 타인의 감정에 대하여도 공감할 줄도 알아야 하며, 자연선택이 되도록 세상에 적응할 줄도 알아야 한다는 의미이다. '방황하고 탐험하는 자'인 듯 '방황하고 탐험하는 자'가 아닌 듯 우리는 때로는 무겁게, 느리게, 신중하게 세상을 대해야 한다. 그러나 때로는 가볍게, 빠르게, 즐겁게 세상을 살아야만 한다. 그렇게 하는 것이 곧 일상생활에서 중용의 덕을 실천하는 길이리라.

4.

승자로 살고 싶은 사람을 위한 마법 공식

이겨도 승리자이고, 져도 승리자가 되는 필승의 구조를 그들의 유전자는 본능적으로 알고 있는지도 모른다.

정치적 무당층[62]이야말로 '카멜레온'이라고 부를 만하다. 여론조사를 발표할 때마다 특징적인 것 중의 하나가 대통령이나 국회의원 선거 일자가 다가올수록 특정 정당들을 지지하지 않는 무당층이 줄어들고, 선거가 끝난 후 일정 시일이 지나거나 다음 선거가 한참 남아 있는 경우에는 기성 정당에 실망하여 무당층이 늘어나는 경향이다. 그런 무당층은 가장 적을 때는 약 5% 정도에 불과하지만, 많을 때에는 30%를 훌쩍 넘기기도 한다.

중도층이라고 부르기도 하고, 정치적 무관심층이라고 부르기도 하는 이런 무당층에 대하여 기존 정당의 강력한 지지층들은 개념이 없는 집단들이라고 하거나, 줏대가 없이 왔다 갔다 하는 회색분자라고 폄하와 조롱을 일삼기도 한다. 그러나, 한 표라도 더 많이 얻는 사람이 당선되는 선거의 생리를 아는 정치인들은 최종적으로 그 무당층을 자기편으로 끌어와야 선거에서 승리를 할 수 있기 때문에 무당층들의 마음을 잡는 것에 정치적 사활을 걸고 뛰어들기도 한다.

이러한 선거 승리의 메커니즘을 알고 나면 선거라는 민주주의 장치를 도입한 나라에서 그 국가를 사실상 지배하는 사람들은 집권당이나 다수당의 정치인이나 그 지지층이 아니라, 자신들의 필요에 의해 지지정당을 언제든지 바꿀 수 있는 무당층일 가능성이 높다. 그들은 모든 선거에서 항상 승리하는 승리자들이고, 자신들에게 필요한 정책을 공약으로 내세우도록 압박할 수 있는 지시자 또는 지휘자들이기도 하다. 이번에는 이 당을, 다음번에는 저 당을 지지하는 것이 줏대 없이 그냥 왔다 갔다 하는 것이 아니라, 실용적이면서도 계산된 고도의 정치행위라고 볼 수 있기 때문이다.

그들은 어느 특정 당에 대한 맹목적 지지나 맹목적 비토를 하는 사람들이 아니다. 그들은 지역이나 진영의 논리에 따라 움직이는 것이 아니라, 자신의 삶에, 자신이 속한 세대에 얼마나 긍정적 이익과 영향이 있는지를 기준으로 판단한다. 그러기 때문에 그들은 정치인이나 정치 공약을 평가할 때 매우 유연하고 합리적이다.

우리나라의 경우 지역적으로는 충청도가 이와 같은 스윙보터 또는 캐스팅보터 역할을 하는 것으로 알려져 있다. 그쪽 지역 사람들 특성상 절대 속내를 드러내지 않음에 따라 뚜껑을 열어 봐야 선거 결과를 알 수 있는 경우가 많았다. 역대 각종 선거에서 그들은 절대 특정 정당에 몰표를 주거나 올인한 적이 없었다(이것은 반대로 특정 정당을 완전히 푸대접하거나 비토한 적도 없었다는 얘기다). 이 정당을 지지하다가도 다른 정당을 지지하기도 하고, 양 정당을 비슷하게 지지하기도 하면서 정치인들의 애간장을 태우는 지역으로 유명하다.

그러다보니, 충청도 표심을 얻으려 정치인들은 선거 때마다 행정수도 이전 공약부터 시작해서 셀 수 없이 많은 소위 '충청도 맞춤형 공약'을 제시하며 구애를 하였다. 그러한 구애 현상은 현재도 진행 중이다. 왜냐하면, 그들 지역 유권자의 선택에 따라 각종 선거에서 승자와 패자의 운명이 갈리는 경우가 대부분이었기 때문이다.

아예 처음부터 어느 정당도 지지하지 않거나 무효표를 만드는 본래 의미의 정치적 무당층은 자신들의 정치적 양심이나 가치관에 자부심과 차별성을 느낄 수 있을지 모른다. 그러나 그 수가 많지 않고 조직적으로 힘을 발휘하지 못함에 따라 선거에서 실질적인 영향력을 행사하지는 못하는 것이 현실이다.

충청도의 경우처럼 선거 때마다 언제든지 지지정당을 바꿀 수 있는 이런 유연한 무당층이야말로 진정한 선거의 승자라고 불릴 수 있는 사람들이다. 어느 정당에 몰입하거나 구속되지 않고 어느 쪽이든 자유롭게 넘나들 수 있는 열린 마음의 소유자이자, 정치적 자유를 추구하는 이들 무당층 역시 정치행위에 있어서는 '자유로운 영혼들'이라고 볼 수 있다.

어느 특정 정당에 과도하게 몰입하거나 관여하지 않고 바깥에서 제3자가 되어 관조하면서도 실제 선거에서는 캐스팅보트를 행사한 후 결국에는 최종 승자가 되고 마는 조용하고 은밀한 작업들. '자유로운 영혼들'이 아니고서는 할 수 없는 고도의 정치적 결단행위이다. 그런 의미에서 그들을 '진정한 자유인'이라고 불러도 손색이 없다.

선거라고 하는 제도에서는 언제든지 이 당 저 당을 왔다 갔다 할 수 있는 유연한 무당층만이 진정한 승리자가 될 것이고, 특정 정당을 과도하게 몰입하여 지지하는 자들은 패배자가 될 것임은 자명하다. 승리자처럼 보이는 사람들은 그 작은 정신승리를 위한 기회비용만 엄청 지출했을 뿐 그들이 실질적으로 받은 물질적 혜택은 거의 없다. 반면, 승패와 무관한 제3자로 보이는 사람들이지만 캐스팅보트를 행사한 사람들은 자신이 선택한 정치인이나 정당이 승리하면 함께 승리의 기쁨을 맛볼 수 있다. 뿐만 아니라, 승리한 정치인들을 통해 자신들에게 이익이 되는 세속적 욕망까지 덤으로 얻을 수 있다.

특히, 자신들이 선택한 정치인이나 정당이 이번 선거에서 승리를 하지 못하더라도 그들이 다음 선거에서 이기기 위해서는 무당층에게 지속적인 구애작전을 할 수밖에 없다는 점에서 언제든지 지지 정당을 변경할 수 있는 무당층이야말로 선거에서 항상 승리하는 사람들이다. 이겨도 승리자이고, 져도 승리자가 되는 필승의 구조를 정치적 무당층의 유전자는 본능적으로 알고 있는지도 모른다.

이것을 단순하게 보면 무당층 방탐자들의 정치적 · 세속적 생존 비결일 수도 있겠으나, 좀 더 심오하게 보면 방탐자 유전자를 후대에게 대량 복제하기 위한 자연선택의 일환일 수도 있다. 즉, 이기적인 방탐자 유전자가 그의 생존기계에 불과한 무당층 방탐자 개체에게 정치적 투표행위에서 유연하게 왔다갔다하는 것이 생존에 훨씬 유리하고 실질적으로도 더 이익이 많다고 은밀하게 지시할 가능성이 높다고 볼 수 있다.

세상을 살아가는 것이 힘들고, 자기 마음대로 되지 않고, 돈 · 출세 등 세속적 욕망이 충족되지 않아 마음의 상처를 받고 우울하게 살고 있는 '방황하고 탐험하는 자들'이 있다면 최소한 정치적 무당층이 되어 보는 것을 적극 추천하고 싶다. 그러면 누구든지 항상 승리의 기쁨, 승자의 쾌감을 누리며 살 수 있기 때문이다.

그 어떤 결과가 나와도 승리자가 되는 이 '마법의 공식'이자 '불변의 승리 공식'을 '자유를 사랑하는 사람들'이라면 반드시 활용할 필요가 있다. 특히, 매번 특정 정당에게 몰표를 주고도 조롱과 멸시를 받는 것도 모자라, 아무런 세속적 이익을 챙기지 못면서도 정신승리로 겨우 연명하며 살아가고 있는 '특정 지역' 사람들에게는 정말 강력 추천하는 바이다.

5.

세속적 욕망에 대한 긍정

단지 물질적 부 자체를 목적시하는 탐욕에 눈먼 고깃덩어리가 아니라, 세상의 변화와 자유를 향한 거룩한 정신에 그 출발점이 있다.

모든 것을 다 가진 사는 사람은 자유인이 아니다. 하나도 가지지 못한 사람 역시 자유인이 아니다. 부르주아적 욕망 추구는 기층 민중을 배반하는 것이므로 욕망을 억제하고 절제하며 사는 것이 척박한 시대 지식인의 지향점이라고 가르친 시절이 있었다. 지금도 무소유의 정신으로 물질에 대한 탐욕과 집착을 버리며 살라고 주장하는 사람들도 많다. 어떠어떠한 삶이 올바른 삶이고 바람직한 삶이라고 강요받고 나면 마음이 순수하고 여린 '양심적 자유주의자들'은 내적 갈등을 하며 많지도 않은 자유마저 포기하기도 한다. 그러나 우리는 자유를 즐기기 위해, 자유를 만끽하기 위해 이 세상에 태어났기 때문에 자유로운 삶을 결코 포기해서는 안 된다.

그렇다고 자유를 확장하기 위하여 아무런 제약 없이 행동하거나, 물질적 욕망을 끊임없이 추구하는 것이 필요하다고 얘기하는 방탐자는 없다. 오히려 '양심적 지식인', '정의로운 방탐자'라는 강요된 프레임에 갇혀 최소한의 세속적 욕망 추구마저도 양심의 가책을 느끼거나 부끄러워하는 '자유로운 영혼들'이 많을 것이다. 그러나 우리는 자유를 옥죄는 그 프레임을 깨고 나와야 한다. 과감히 세속적 욕망 추구를 긍정해야 한다. 자유를 사랑하는 자들에게는 자유를 즐기기 위해 필요한 최소한의 세속적 욕망이 절대적으로 필요하다. 그렇기 때문에 우리는 당당하고 떳떳하게 세속적 욕망을 추구해도 좋다.

세상 사람들은 부채의식으로 고뇌하는 '양심적 자유주의자들'이 무엇을 하든 아무런 관심이 없다. 모두들 저마다의 욕망을 채워 담느라 여념이 없을 뿐이다. 더 많은 것을 가지기 위해 순진하고 영혼이 맑은 자들을 속이고 현혹하는 일도 서슴지 않는 사악한 자들도 많다. 그러나 '자유로운 영혼들'은 설령 세속적 욕망을 추구하더라도 타인의 자유를 해치지 않는 범위에서만 조용히 움직일 따름이다.

'방황하고 탐험하는 자들'에게 '세속적 욕망'이란 사람들과 교류하면서 자유인으로서의 적정한 품위를 유지할 수 있는 최소한의 경제적 자유를 의미한다. 경제적 자유가 없는 방황과 탐험의 여정은 사실상 지속 가능성이 희박하다. 물질적으로 헝그리한 상태에서는 자유를 얻을 수도, 즐길 수도 없다. 종국에는 정신마저 헝그리한 상태가 되어 세상의 변화를 위한 자유를 추구하기는커녕 제 한 몸 건사하기도 힘든 노예 신세로 전락할지도 모른다.

자유롭게 방황하고 탐험하기 위해서는 최소한의 경제적 장치를 마련하는 것이 그래서 중요하다. 죽는 날까지 자유롭게 도전하고 모험하기 위해서는 노년에도 주눅 들지 않고 당당하게 앞으로 나아갈 수 있는 경제적 바탕이 필요하다. 젊은 시절 모아 놓은 것이 많이 있든, 국가 등으로부터 받을 수 있는 연금소득이 많이 있든, 아니면 나이 들어서도 계속적으로 소득을 올릴 수 있는 직업을 가지든 우리는 최후의 순간까지 자유를 즐길 수 있는 최소한의 토대를 구축해야만 한다. 이것이 바로 '자유로운 영혼들'이 세속적 욕망을 긍정하는 진정한 이유다. 단지 물질적 부 자체를 목적시하는 탐욕에 눈먼 고깃덩어리가 아니라, 세상의 변화와 자유를 향한 거룩한 정신에 그 출발점이 있다.

젊은 시절부터 방황과 탐험의 여정을 보냈음에도 불구하고 지속 가능한 도전과 모험을 위해 일찌감치 최소한의 경제적 장치를 마련한 사람들은 그래서 현명한 자들이다. 그렇다고 방황과 탐험에만 진심이어서 경제적 장치를 충분하게 만들지 못한 '양심적 자유주의자들'이라고 하여 실망할 필요까지는 없다.

우리에게는 아직도 시간이 많이 남아 있으니까. '나이는 숫자에 불과하다'는 말이나, '가장 늦다고 생각할 때가 가장 빠르다'는 말은 우리에게 충분한 위로가 된다. '자유로운 영혼들'은 원래부터 시도하고 도전하는 것을 좋아한다. 실패를 하더라도 '처음부터 다시'를 외치며 금방 일어서는 사람들이기 때문에 크게 걱정되거나 염려되지는 않는다. 혹여라도 나이가 많다고, 몸이 약하다고, 머리가 나쁘다고 미리 포기할 생각일랑 하지 말기를 바란다.

다만, 지속 가능한 자유를 위하여 최소한의 경제적 토대를 미리 준비하자는 말을 경제적 토대 자체를 목적으로 삼으라는 말로 오해하면 곤란하다. 자유를 상실한 채, 자유를 저당 잡힌 채 경제적 실탄 마련을 위해 인생을 올인할 수밖에 없다면 '자유로운 영혼'으로서의 자격은 이미 상실했다고 봐도 틀리지 않는다. 그 진지했던 방황과 탐험정신으로 잠시 또는 틈틈이 경제적 토대 마련을 위한 일에 몰두한다면 당초 목표했던 바를 충분히 이룰 수 있다. 우리는 나이가 많아서, 머리가 나빠서 못하는 것이 아니라, 도전과 모험을 할 때의 열정, 진지함, 집중력을 그 곳에 쏟아붓지 않아서 못하는 것뿐이다.

'자유로운 영혼들'은 방황하고 탐험하며 자유를 즐기기 위해 태어났다. 방탐자들에게는 그저 최소한의 경제적 자유가 있는 육체와 정신으로 자유롭게 도전하고 모험할 수 있는 여건이 필요할 뿐이다. 자유를 향한 의지, 자유를 사랑하는 열정, 자유를 즐길 줄 아는 호기심을 죽는 날까지 유지하며 '자유로운 영혼'으로 남고 싶은 것이다.

그렇게 죽는 날까지 자유롭게 도전하고 모험할 수 있는 행복을 누릴 자격이 있는 사람들이라면 세속적 욕망을 추구하는 것에 대하여 부끄럽게 생각하거나, 남들에게 들킬까봐 노심초사 걱정할 필요가 전혀 없다. '도전하고 모험하는 자들'은 자유를 사랑하기 때문에 애당초 물질적 부 자체에 집착하지 않는다. 세속적 욕망을 적절하게 관리하거나 통제할 능력도 갖추고 있는 것은 '자유로운 영혼들'에게 커다란 장점이자 혜택이다.

과거에도, 현재에도, 미래에도 여전히 자유롭고 행복한 방탕자의 삶을 위하여 우리는 매일 매일 최선을 다하는 것이 필요하다. 그렇게 성실하게 조금씩 조금씩 앞을 향해 나아가다 보면 자유의 문이 열리는 날은 반드시 올 것이기 때문이다. 최소한의 경제적 토대 마련을 위해서 최선을 다한 후, 도전하고 모험하는 삶에도 최선을 다할 때 우리는 진정한 자유를 즐길 경제적 자유와 가식 · 부채의식으로부터의 정신적 자유를 동시에 누리게 될 것이다. 그것이 바로 우리가 진정으로 원했던 자유가 아니었던가?

2장

방황하는 자들의 이기적 진화

1. 결국 성찰인가?
2. 재탄생을 위한 조건
3. 자연선택과 이기적 진화
4. 자유인들은 자신의 삶을 스스로 개척한다
5. 진화하는 자는 불멸한다

1.
결국 성찰인가?

이 점이 자연선택의 법칙 앞에서 '자유로운 영혼들'이 더욱 겸손해야 하고, 자신을 객관적으로 뒤돌아보아야 하는 가장 큰 이유이다.

"소리에 놀라지 않는 사자와 같이, 그물에 걸리지 않는 바람과 같이, 흙탕물에 더러워지지 않는 연꽃과 같이, 무소의 뿔처럼 혼자서 가라." 숫타니파타 경전[63]에 나오는 말이다. 이 말에 대하여 종교학자 오강남은 그의 저서 『불교, 이웃 종교로 읽다』에서 "밖을 보지 않고, 남을 보지 않고, 자신의 길을 가라. 홀로 수행하고 성찰하라."는 의미로 해석했다. '성찰'이란 무릇 인간이라면 삶에 대하여 가져야 할 기본 예의 중 하나이다. 아무리 '자유로운 영혼'을 소유한 자라고 하더라도 무소의 뿔처럼 혼자서 가기 위해서는 홀로 조용히 생각하고, 수행하고, 성찰하는 시간이 필요하다. '자유로운 영혼들'이라고 하여 제멋대로 즉흥적으로 쾌락만을 좇으며 나아간다면 그는 결국 스스로의 정체성과 자유를 상실한 노예 신세로 전락하고 말 것이기 때문이다.

그래서 니체도 그의 책 『선악의 저편』에서 "그대들의 주위에 있도록 하라. 멋진 고독을. 어떤 의미에서 스스로에게 여전히 잘 사는 권리를 부여하고는 자유롭고 변덕스러우며 경쾌한 고독을 선택하라!"고 말하지 않았던가. 니체는 성찰하려는 사람에게 우선적으로 고독이 필요함을 일관되게 강조하였다.

평범함을 거부하고 '방황과 탐험'이라는 특별한 성향의 유전자를 가지고 태어난 것은 세상을 변화시킬 역사적 책임을 이미 내재하고 있다는 의미임을 앞에서도 언급한 바 있다. 그 점에 관한한 '도전하고 모험하는 자들'은 자부심을 가져도 좋다. 그러나 아무리 인류 역사의 혁신과 변화에 있어서 위대한 소명을 가지고 태어났다고 하더라도, 진화론에서 얘기하는 자연선택을 받을 만한 능력, 장점, 호감이 없다면 '자유로운 영혼들'도 자연 도태되어 소멸의 길을 걸을 수밖에 없는 냉혹한 현실을 인식할 필요가 있다.

'방황하고 탐험하는 자' 중에는 자연선택을 받아 후손들을 대량 복제하여 진화의 단계를 완성하는 것이 방탐자로서의 자존심을 해치는 일이라고 생각하는 이들도 아마 있을 것이다. 그들은 후손을 대량 복제하지 못하고 자신의 대에서 개체가 소멸된다 하더라도, 그 길을 장렬하게 가겠다고 선언할지도 모른다.

그러나 세상을 변화시킬 역사적 사명을 안고 태어났다면 그 사명을 완수할 의무도 있다. 보다 특화된 '도전하고 모험하는 자'로서의 형질을 후대에게 대물림하는 것은 진화론의 관점에서 가장 중요한 사명 중 하나다. '방황하고 탐험하는 자들'이라면 형질의 대물림이라는 사명을 결코 가벼이 여겨서는 안 된다. 방탐자로서 마땅히 지켜야 할 의무라고 인식하는 자세가 필요하다.

그렇다면, 도전하고 모험하는 유전 형질을 후대에게 안전하게 대물림할 수 있는 방법은 무엇일까? 그것은 당연히 인류라고 하는 자연환경에서 자연선택을 받는 길이다. '방황하고 탐험하는 자들'이 자연선택을 받기 위해서는 우선 환경에 적응할 필요가 있다. 리처드 도킨스도 그의 저서 『눈먼 시계공』에서 말하지 않았던가. "돌연변이는 궁극적으로 새로운 변종이 만들어질 수 있는 유일한 길이다. 자연선택이 할 수 있는 일은 어떤 새로운 변종을 수용하고 다른 것을 도태시키는 일이다."라고.

자연선택의 법칙은 그래서 무섭고 잔인하기까지 하다. 멋진 방탐자가 되어 자연선택을 받은 후 후손에게 더 멋진 방탐자 형질을 대물림할 가능성은 항상 열려 있다. 그러나 남들에게 손가락질을 받으며 불명예만 뒤집어쓴 채 '자유로운 영혼' 자신의 개체 지속성을 이어나가지 못하고 소멸할 수도 있는 것이 현실이다. 이 점이 자연선택의 법칙 앞에서 '자유로운 영혼들'이 더욱 겸손해야 하고, 자신을 객관적으로 뒤돌아보아야 하는 가장 큰 이유이다.

모든 인간은 후회하는 동물이듯이 '방황하고 탐험하는 자들'도 마찬가지다. 후회를 통하여 반성할 수도 있고, 후회를 통하여 성찰할 수도 있기 때문에 후회를 할 줄 아는 능력과 그 후회에 반응할 줄 아는 능력은 '자유로운 영혼들'에게도 절대적으로 필요하다.

다니엘 핑크가 그의 저서 『후회의 재발견』에서 "우리가 후회를 경험하는 능력은 시간을 거슬러 과거로 돌아가 사건을 다시 쓰고, 원래보다 더 행복한 결말을 만들어내는 상상력에 달려 있다."고 말한 바처럼, 성찰의 결과 후회를 경험한 방탐자들이라면 그것에 빠르게 반응할 줄 알아야 한다. 그래야만 후회 이후의 결말을 상상하고 모색할 수 있기 때문이다. 그와 같이 후회 이후 신속한 반응의 결과물들이 쌓이고 쌓이면 '도전하고 모험하는 자들'이 자연선택을 받을 가능성은 점차 높아질 수밖에 없다.

'자유로운 영혼들' 중에는 홀로 수행하고 성찰할 줄을 모르는 친구들도 많이 있다. 일정한 나이가 들기 전까지는 오직 자유만 알고 성찰을 모르고 살았기 때문이다. '도전하고 모험하는 자들'이 성찰의 필요성을 느끼는 시점까지는 주변 사람들에게 상처와 고통을 주었을 가능성도 배제할 수 없다. 상처와 고통으로 인한 갈등 과정에서 방탐자 본인의 자아도 상처를 받았을 것이다. 한편으로는 그들의 성격과 행동 또한 더욱 괴팍해지기도 하였을 것이다. 운이 좋아 결혼을 하여 2세를 낳았다 하더라도 성찰하지 않는 1세 방탐자를 보고 자란 2세 역시 보다 성능 좋은, 좀 더 업그레이드 된 '자유로운 영혼'으로 성장하리라는 보장 또한 없다.

오히려, 아이의 엄마는 2세라도 자연선택을 잘 받을 수 있도록 철저히 진화의 법칙에 따라 양육할 가능성이 크다. 그래서 괴팍한 1세 방탐자를 닮게 하지 않으려고 '자유로운 영혼들'에게 그나마 있는 장점마저 모두 없애는 방향으로 양육을 할 가능성이 많다. 그런 우여곡절을 거치게 되면 그 2세는 '방황하고 탐험하는 자'이기도 하고 아니기도 한 애매한 형질의 인간형으로 길러질 것이다. 그럴 경우 자유와 세상의 변화를 향한 방탐자 유전자는 더 이상 그 2세에게 온전하게 복제되지 못하고 소멸할지도 모른다. 그런 점에서 자연선택의 법칙은 그만큼 무섭고 매정한 것이기도 하다.

진정 자유롭고 발랄하고 유쾌한 방탐자 고유의 유전자가 후대에까지 복제되길 원한다면 '도전하고 모험하는 자들'은 우선 성찰하는 법부터 배워야 한다. 아울러 자연선택이라는 자연법칙 앞에 겸손할 줄 아는 법도 터득해야 한다. 성찰은 결코 '자유로운 영혼들'이 최고의 가치로 여기는 '자유'를 해치는 것이 아니다.

오히려 성찰을 통해 진정한 자유의 의미를 터득할 수 있다. 성찰을 하지 않는 '자유로운 영혼들'은 자유롭게 도전과 모험을 한다는 것의 의미가 무엇인지 모른다. 그저 기존 질서에 지질하게 반항하며 사회의 불만 세력으로 살아 갈 수밖에 없다. 그처럼 지질하게 무개념으로 살다가 '도전하고 모험하는 자'로서의 아무런 역할도 하지 못한 채, 방황과 탐험의 진정한 묘미를 경험하지도 못한 채, 그리고 그 특별한 유전자의 복제도 이루지 못한 채 조용히 생을 마감한다면 방탐자 본인에게도, 이 세상에게도 비극으로 다가올 수밖에 없다.

2.

재탄생을 위한 조건

나를 상실할 때 나보다 더 유능한 복제물로 재탄생할 수 있다면 '도전하고 모험하는 자'로서는 기꺼이 그 거래를 성사시키려 할 것이다.

세상의 변화를 이끌어 갈 자들은 누구인가? 바로 끊임없이 세상에 도전하고, 저항하고, 모험을 거는 운명으로 태어난 '자유로운 영혼들'이다. 그들이야말로 세상의 변화라는 새로운 것을 탄생시킬 수 있는 유전적 능력을 가졌다고 말할 수 있다. '도전하고 모험하는 자들'은 새롭게 시작하는 능력도 보유하고 있다. 그래서 그들은 도전과 모험의 시작, 중간, 끝 지점 어디서든 더 멋진 자유주의자로 재탄생하거나 진화를 모색할 모멘텀을 가질 수 있다.

물론, 재탄생을 하거나 진화를 하기 위해서는 역설적으로 스스로를 파괴할 줄도, 스스로를 아무 것도 없는 무의 세계로 만들 줄도 알아야 한다. 니체도 『차라투스트라는 이렇게 말했다』에서 "너는 너 자신의 불길로 네 스스로를 태워버릴 각오를 해야 하리라. 먼저 재가 되지 않고서 어떻게 거듭나길 바랄 수 있겠는가! 고독한 자여, 너는 창조자의 길을 가고 있다."라고 말하지 않았던가. 새로워지기 위해서 스스로를 불태우라고 강조한 니체는 위 책에서 "창조의 놀이를 위해서는 거룩한 긍정이 필요하다. 정신은 이제 자기 자신의 의지를 원하며, 세계를 상실한 자는 자신의 세계를 획득하게 된다."라고도 얘기했다.

하나를 얻으면 다른 하나를 잃는 것이 우리 삶의 법칙인지도 모른다. '자유로운 영혼들'이 새로운 시작을 위해 자기 자신을 불태우거나 파괴할 줄 알아야 한다는 것은 자연선택을 받기 위한 전략적 선택이기도 하다. 그러나, 실제로는 더 유능한 복제물로 재탄생하기 위한 불가피한 선택이다. 나를 상실할 때 나보다 더 유능한 복제물로 재탄생할 수 있다면 '도전하고 모험하는 자'로서는 기꺼이 그 거래를 성사시키려 할 것이다.

'방황하고 탐험하는 자들'은 새로운 시작, 새로운 창조를 위하여 오늘의 나, 현재의 나를 극복하려는 노력이 필요하다. 현재의 자신을 극복하려는 노력은 고독 속에서 자신을 뒤돌아보는 성찰의 시간에서 시작된다. 그런 의미에서 '도전하고 모험하는 자들'에게 '고독'은 아무리 강조해도 지나치지 않는다. 성찰도 고독에서 시작되고, 새로운 시작과 창조도 고독에서 시작되고, 종국에는 방탐자 유전자의 이기적 진화도 고독에서 시작되기 때문이다.

그렇기 때문에 니체가 『차라투스트라는 이렇게 말했다』에서 "그대의 창조와 함께 그대의 고독 속으로 들어가라. 그러면 나중에 가서 정의가 다리를 절며 그대를 뒤따라올 것이다. 나의 형제여. 그대의 눈물과 함께 고독 속으로 들어가라."라고 말한 것처럼, 우리 '자유로운 영혼들'은 고독을 어느 것보다도 사랑해야 한다.

한편, 자유주의자들은 고정되거나 정체되는 것, 변하지 않는 것에 대하여 저항하기도 하고, 거부하기도 하고, 도전하기도 한다. 그런 저항과 도전 정신이야말로 '방황하고 탐험하는 자들'을 다른 사람들과 구분하는 결정적 요소이기도 하다. '도전하고 모험하는 자들'은 방탐자로서의 특별함을 유지하고 강화시키기 위해서라도 자유를 향한 투쟁을 계속할 것이다. 그리고 끊임없이 세상에 저항하고 도전할 것이다.

다만, 그 투쟁과 저항과 도전이 단지 '자유로운 영혼들' 개인적 차원의 욕망 수준에 그치고 만다면 그들은 저 파우스트가 외쳤던 "순간아 멈춰라. 너는 너무나 아름답구나."라는 정도의 절대 감탄사를 결코 내뱉지 못할 것이다. 그저 자신만을 사랑하면서 자기만족에 매몰되고 마는 이기주의자가 되거나, 타인들로부터 눈총과 비난만 받는 욕심쟁이 방탐자로 전락할 수도 있다. 따라서, '자유로운 영혼들'이라면 항상 이것을 명심하자. '방황하고 탐험하는 자'라는 특별하고 소중한 유전자를 가지고 태어난 것은 세상에 대한 개인적 한풀이나 속물적 욕망의 충족을 위한 것이 아니라, 이 세상의 변화를 이루기 위한 것이라는 점을.

자유를 사랑했던 천재 작가 조지 오웰은 관상용 장미나무를 심은 뒤 "우리가 해야 할 일은 우리에게 단 하나뿐인 이 지상에서의 삶을 살 만한 것으로 만드는 것이다."라고 말했다고 한다.[64] '방황하고 탐험하는 자들'이 이 세상을 어떻게 바라보고, 어떻게 살아야 하는지를 가르쳐 주는 멋진 말로 들린다. '자유로운 영혼들'이라면 이 세상 사람들의 삶을 살 만한 것으로 충분히 변화시킬 수 있다.

'도전하고 모험하는 자들'은 세상의 변화를 위해 태어난 것을 자각하는 능력과 자질을 가진 사람들이다. 그러기에 그들은 일상의 변화를 통해 이 세상을 살 만한 곳으로 만들고자 기꺼이 동참할 것이다. 일상에서의 작은 변화를 위한 방탐자들의 그런 노력이 누적될 때 세상은 더 살기 좋은 곳으로 변할 것이다. 그 변화를 위해 '자유로운 영혼들'의 탐험과 도전 역시 각자가 자신의 자유를 충분히 누릴 수 있을 때까지 계속될 것이다.

3.

자연선택과 이기적 진화

방탐자 유전자의 복제를 염두에 두지 않는 '도전하고 모험하는 자들'의 일탈 행동이 있다면 리처드 도킨스가 말한 소위 '도킨스의 법칙'을 정면으로 위배하는 것으로 해석할 수 있다.

찰스 다윈은『종의 기원』에서 "인간을 포함한 생물이 진화를 하기 위해서는 우선적으로 (돌연)변이가 생겨야 한다."라고 말했다. 즉, 돌연변이가 생겨야 자연선택을 거쳐 대물림(복제)이 가능하다는 의미이다. 진화론의 관점에서 볼 때 '방황하고 탐험하는 자들'은 진화 · 변화 · 혁신을 위한 필요조건을 갖추었다고 할 수 있다. 평범함 속에서는 진화 또는 변화 자체가 불가능한데, 특별함으로 상징되는 '자유로운 영혼' 유전자는 돌연변이로 분류될 수 있기 때문이다. 다만, 방탐자 유전자로 태어났다 하더라도 그 형질이 진화의 다음 단계인 자연선택을 받을 수 있도록 환경에 잘 적응할 수 있는 유리한 형질의 돌연변이어야 한다. 그런 의미에서 자연선택을 받을 수 있는 돌연변이 여부는 '자유로운 영혼들' 각각의 유형

또는 개인 간 특성에 따라 다를 수밖에 없다.

남이야 뭐라든, 눈치를 보지 않고 제 갈 길을 걸어왔던[65] '도전하고 모험하는 자들'이지만, 이 시점에서는 중대한 결단의 용기가 필요하다. 즉, 남들이 뭐라고 하든 자신(개체)의 자유만을 찾아 제 갈 길을 갈 것인지, 자연선택의 가능성을 높이기 위해 성찰과 고독의 시간을 가질 것인지 결단이 필요하다.

세상의 변화를 꿈꾸는 자유주의자들은 자기가 사는 동안 세상의 변화를 이끌기 위해 잠깐의 열정을 불태울 수는 있겠으나, 세상의 변화란 하루아침에 이루어지는 것이 아니다. 진화의 속도가 느리듯 이 세상의 변화 또한 매우 천천히, 매우 느리게 진행될 수밖에 없다. '도전하고 모험하는 자들'은 이렇게 느리게 진행되는 환경에 대응하기 위해 전략적 선택이 필요할지도 모른다. 세상을 변화시킬 수 있는 방탐자 유전자를 후손에게 대물림하는 장기 프로젝트에 대한 대비가 필요하다는 말이다.

여기서 '자유로운 영혼들'에게는 일종의 딜레마가 발생한다. 장기 프로젝트를 성공시키기 위하여 자신들의 최고 가치인 '자유'를 일부 희생하면서 세상의 질서에 순응할 것인지, 그 어떤 것과도 교환이 불가한 '자유'의 가치를 추구하려 인류환경에 적응하는 행위를 포기할 것인지 선택의 순간을 맞이할 수밖에 없다. 세상의 변화는 더디고 느리기 때문에 '도전하고 모험하는 자들'은 장기 프로젝트를 계획하는 것이 보다 합리적 선택이다.

그러기 위해서는 말 그대로 1보 전진을 위한 1보 후퇴 전략이 필요하다. 그래야만 자연선택을 받아 '자유로운 영혼' 주니어들을 대량으로 복제할 가능성이 그나마 높아지기 때문이다. 자연선택을 받지 못한다면 '방황하고 탐험하는 자들'은 본인의 대에서 개체의 소멸(여기서 말하는 개체의 소멸은 리처드 도킨스의 말대로 배우자를 만나지 못하거나 2세를 낳지 못하여 소멸한다는 의미가 아니라, 방탐자 유전자 자체를 복제하여 후대에 물려주는 것을 하지 못한다는 의미임을 알아야 한다)을 맞이할 수도 있다는 점을 반드시 기억하자.

그 전략을 실행하기 위해서 '도전하고 모험하는 자들'은 우선 자신을 뒤돌아 볼 필요가 있음은 이미 지적한 바 있다. 성찰이야말로 한 단계 업그레이드된 방탐자로 전화시킬 수 있을 뿐만 아니라, 환경에의 적응도를 높일 수 있는 길이기도 하다. 그 다음으로 '자유로운 영혼들'은 주변 사람들과 공존하는 법을 배워야 한다. 여기서 공존이란 단순히 함께 문제없이 살아가는 수준에 그쳐서는 안 된다. 주변사람들로부터 능력이나 인격 등 개체로서의 매력을 온전하게 인정받을 수 있는 정도까지 발전해야 한다. 그래야만 다른 사람들보다 이 세상에 대한 적응력을 높일 수 있고, 진화론적으로도 방탐자 유전자의 복제가 더욱 용이하게 이루어지기 때문이다.

그럼에도 불구하고 자연선택이 되도록 환경에 적응하는 것을 거부하거나 회피하거나 게을리하는 '자유로운 영혼들'이 있다면 그들은 방탐자로서의 사명을 망각하였다고 볼 수밖에 없다. 만약, 방탐자 유전자의 복제를 염두에 두지 않는 '도전하고 모험하는 자들'의 일탈 행동이 있다면 그와 같은 행위는 리처드 도킨스가 『이기적 유전자』에서 "우리는 생존기계다. 즉, 이 로봇 운반자들은 유전자로 알려진 이기적인 분자들을 보존하기 위해 맹목적으로 계획되었다."라고 말한 소위 '도킨스의 법칙'을 정면으로 위배하는 것으로 해석할 수 있다.

우리는 방탐자 유전자의 이기적 명령(이것의 의미에 대하여 리처드 도킨스도 그의 책 『이기적 유전자』에서 특별히 강조한 바 있다. 따라서 우리는 '방황하고 탐험하는 자'라는 개체의 행동이 이기적이라는 의미가 아니고, 대량복제하려는 유전자의 행동이 이기적이라는 의미임을 혼동하지 않아야 한다)에 따라 세상의 변화를 추동할 그 유전자를 대량 복제할 의무가 있다. 개체의 주인인 유전자의 입장에서는 '자유로운 영혼들'이 진짜 대충 살다가 의미 없이 사멸하는 개체가 되는 것을 바라지 않을 것이다. 그러나 "평양감사도 저 싫으면 그만"이라는 속담처럼 이기적 유전자의 명령을 거부하고 지속가능하지 않은 개체로 살다가 장렬하게 죽음을 맞이하겠다는 '도전하고 모험하는 자들'이 있다면 그것 또한 어떤 의미에서는 또 다른 의미의 방황과 탐험을 실천하는 자로 기록될 수는 있겠다. 그렇지만, 아무리 그래도 그것은 끊임없이 도전하고 모험을 하는 방탐자들의 일반적 지향점은 아닐 것이다.

4.
자유인들은 자신의 삶을 스스로 개척한다

자신을 사랑하고 존경하면서 자신의 소신을 관철하려는 노력을 하다 보면 멋지게 변화되고 진화된 방탐자로서의 자아가 완성될 수 있다.

"그 누구의 눈치도 볼 필요가 없다. 그저 굳게 결심하고 열정적으로 행동하라."고 니체는 일찍이 말했다.[66] 그의 위 말은 마치 위축되고 자신감을 상실한 평범한 방탐자들을 꼭 집어 위로하는 말로 들린다. 즉, 지금까지 그래왔던 것처럼 자신이 해야 할 일이라고 결심하였다면, 이 세상의 수많은 잔소리나 방해하는 소리에 흔들리지 말고 굳건하게 밀고 나가라는 소중한 가르침으로 읽힌다.

그 가르침 때문일까. '자유로운 영혼들'은 원래 자기의 세계관이 확고하여 웬만해서는 다른 사람들의 어떤 말과 행동에 주눅 들지 않고, 앞으로 전진하는 습성이 있다. 또한, '도전하고 모험하는 자들'은 세상에 대하여 반항하기도 하고, 거칠게 모험을 하면서도 그들만의 끈기와 고집을 유지하며 쉽게 포기하지 않는 습성도 갖추고 있다. 아무리 평범한 방탕자들이라도 최소한 자기 주관 또는 자기 소신 하나는 뚜렷하다. 그렇기 때문에 남들이 뭐라 해도 자기의 생각을 밀어붙이는 것만큼은 잘할 자신이 있다.

그와 같이 자신의 소신을 관철하기 위해 도전하고, 시도하다 보면 '자유로운 영혼들'의 삶도, 인생도, 세상을 바라보는 관점도 조금씩 변하기 시작하는 타이밍을 맞이할 것이다. 새롭게 시작하거나 새롭게 재탄생하기 위해서는 자기 스스로부터 변할 필요가 있기 때문이다. 니체가 저서 『권력에의 의지』에서 "그렇게 자신의 삶을 변화시키고 이상에 차츰 다가가다 보면 어느 사이엔가 타인의 본보기가 되는 인간으로 완성되어 간다. 자신의 인생을 완성시키기 위해 가장 먼저 스스로를 존경하라."고 했던 것도 자신을 사랑하고 존경하면서 자신의 소신을 관철하려는 노력을 하다 보면 멋지게 변화되고 진화된 방탐자로서의 자아가 완성될 수 있다는 점을 강조한 말이다.

"사람은 누구든지 자신의 삶을 자기 방식대로 살아가는 것이 바람직하다. 그 방식이 최선이어서가 아니라, 자기 방식대로 사는 길이기 때문에 바람직한 것이다."라고 철학자 존 스튜어트 밀은 말했다고 한다.[67] '자유로운 영혼들'이야말로 자신의 방식대로 사는 것에 최적화되어 있는 만큼 자신들의 장점을 최대한 발휘하는 것에도 일가견이 있다. 그들은 그런 장점을 살려 자기의 소신을 자기의 방식대로 밀고 나가는 추진력을 십분 활용해야 한다.

물론 세상일이라고 하는 것이 내 방식대로, 내 소신대로 추진한다고 하여 항상 원하는 대로 실현되거나 원하는 결과를 얻을 수는 없다. 그럼에도 불구하고 '방황하고 탐험하는 자들'은 포기하지 말고 도전하고 또 도전해야 한다. 그렇게 하는 것이 '자유로운 영혼들'의 특성이자 장점이기 때문이다.

그런 점에서 니체가 『선악의 저편』에서 "그러한 인간은 자기 자신을 향해서 그야말로 영원에 걸쳐서 물릴 줄 모르고, '처음부터 다시(da capo)'라고 부르짖는다."라고 한 말은 자유주의자들에게 인생을 긍정적으로 바라보며, 지칠 줄 모르는 도전정신으로 자신의 인생을 스스로 개척하라는 거룩한 가르침이었다.

아무리 실패하고 시행착오를 겪더라도 지칠 줄 모르고 '처음부터 다시'를 외칠 수 있는 그런 패기의 방탐자가 될 수만 있다면, '도전하고 모험하는 자들'은 이 험난한 세상에서 반드시 자연선택을 받아 더 멋진 '자유로운 영혼'으로 복제될 것이다. 그렇게 된다면 방탐자들은 죽지 않고 영원히 살 수 있을지도 모른다.

5.

진화하는 자는 불멸한다

진정으로 특별한 존재, 특별한 유전자로 남고자 한다면 역설적으로 더 이상 특별한 존재가 아니라고 인정하는 겸손과 성찰이 필요하다.

"정녕, 몰락이 일어나고 낙엽이 지는 그런 곳에서 생명은 자신을 희생한다. 힘을 확보하기 위해!" 니체가 『차라투스트라는 이렇게 말했다』에서 한 말이다. 새로운 시작, 새로운 탄생을 위해 생명체는 몰락의 시기가 되면 기꺼이 자신을 희생한다. 긴 흐름을 보면 죽음은 곧 새로운 시작이요, 탄생이기 때문에 두려워할 필요가 없음을 강조한 말이다. 그러나, 단편적으로만 보면 죽음은 '무'가 된다. 그래서 집착이 생기고, 욕망이 생기고, 두려움이 생긴다. 세상을 변화시키기 위해 존재하는 '방황하고 탐험하는 자들'이 변화의 주체로서 좌절하지 않고 끊임없이 도전하기 위해서는 미래에 대한 제반 두려움을 극복하는 것이 우선 필요하다.

밀란 쿤데라가 그의 저서 『느림』에서 "두려움의 원천은 미래에 있고,

미래로부터 해방된 자는 아무 것도 겁날 게 없는 까닭이다."라고 말한 것처럼 우리는 부, 명예, 권력 등 인간의 욕망과 집착으로부터 우선 자유로워져야 한다. 물론 성인군자처럼, 또는 수도사처럼 일체의 물욕을 금기시하며 금욕적으로 살아야 한다는 의미는 아니다. 뿐만 아니라, 일상의 행복을 좀 더 강화시켜주거나 유지시켜줄 수 있는 소박한 소비마저 죄악시하던 80년대의 유물 속으로 다시 들어가자는 말은 더더욱 아니다. 적정하게 필요한 소비는 해야겠지만 사치와 허영에 찌든 천박한 인격으로부터, 탐욕으로 가득 찬 눈빛으로부터 조금은 비켜 있을 때에만 '자유로운 영혼들'이 세상의 변화를 위해 두려움 없이 전진할 수 있다는 의미다.

그래서 니체가 그의 저서 『차라투스투라는 이렇게 말했다』에서 "보라, 이 재빠른 원숭이들이 기어오르는 꼴을! 그들은 서로 밀치며 기어오르고, 따라서 서로를 진흙탕과 심연 속으로 끌어내린다. (중략) 끝없는 욕망의 사다리에서 벌어지는 살기 어린 싸움의 결말을 우리는 충분히 예측할 수 있다."라고 한 말의 의미를 되새겨 봐야 한다. 욕망의 사다리 위에서 어리석은 인간들이 벌이는 난투극의 결말을 우리는 너무나 잘 알고 있지 않은가? '자유로운 영혼들'마저 범부들과 똑같이 욕망의 사다리 위에 올라탔거나, 올라타려고 애를 쓴다면 이 세상의 변화 가능성은 사실상 사라진다고 보아도 무방하다. 왜냐하면, 세상의 변화를 이끌고 갈 그 변화의 주체가 자격을 상실했기 때문이다.

존 스튜어트 밀은 그의 저서 『자유론』에서 남에게 해를 끼치지 않는 범위에서 개인의 자유는 보장되어야 하고, 개인의 자유가 보장될수록 다양성과 상대방의 자유를 인정하는 사회로 진화될 수 있다는 취지로 주장한 바 있다. 자유를 사랑하는 '방황하고 탐험하는 자들'이라면 당연하게 생각하는 내용의 명언이다. 그러나 세상에는 자신의 자유는 절대적으로 보장되어야 한다고 주장하면서도 타인의 자유에 대하여는 무관심하거나, 자신의 생각과 다른 의견을 인정하지 않으려는 사람들이 아직도 많이 있다. 인간 세상의 모든 갈등과 분란, 전쟁 등도 따지고 보면 자신의 자유만 추구하고 타인의 자유에 대하여는 인정하지 않는 데서 비롯되었다.

'자유로운 영혼들'이라면 타인을 사랑할 줄도 알아야 한다. 나의 자유가 소중한 만큼 타인의 자유도 소중하기 때문에 그들을 사랑하는 법을 터득하고 실천하는 것이 필요하다. 타인의 고통과 슬픔에 공감할 줄 알아야 하고, 매사를 타인의 탓으로 돌리거나 타인을 비난하는 습관도 모두 버려야 한다. 타인을 사랑하기 위해서 자신부터 뒤돌아보고 성찰하는 자세가 필요한 이유이기도 하다.

니체가 그의 저서 『즐거운 학문』에서 얘기했다는 "네 운명을 사랑하라(Amor fati). 이것이 지금부터 나의 사랑이 될 것이다. 나는 추한 것과 전쟁을 벌이지 않으려다. 나는 비난하지 않으려다. 나를 비난하는 자도 비난하지 않으려다. 눈길을 돌리는 것이 나의 유일한 부정이 될 것이다."라는 말은 그래서 우리 '자유로운 영혼들'에게도 울림을 준다. 내 운명을 사랑하고, 내 운명을 스스로 개척하는 과정에서 나를 비난하는 자에 대하여도 결코 비난하지 않겠다는 선언. 타인의 자유를 소극적으로 존중하는 수준을 넘어서 타인의 잘못마저도 다 용서하고 품겠다는 일종의 아가페적 '사랑의 서약'이었다.

인생을 달관한 사람이나 수행을 많이 한 도인이나, 또는 니체가 말한 '위버멘쉬(Übermensch)'의 경지에 있는 사람만이 그런 사랑의 약속을 할 수 있는 것은 아니다. '양심적 자유주의자들'도 충분히 타인의 고통과 슬픔에 공감할 수 있다. 타인을 비난하거나 타인의 탓으로 돌리지 않을 수도 있다. 그리고 타인을 용서하고 끌어안을 수도 있다. 그렇게 작은 변화를 위한 일상의 노력이 타인을 사랑하도록 이끌면 우리는 세상이 변하고 있다는 것을 직접 목격할 수 있을지 모른다.

방탐자들이 위와 같이 행동할 수 있게 된다면 일생동안 지겹도록 감행했던 방황과 탐험의 긴 여정이 결코 헛되지 않았음을 눈앞에서 경험하고 입증하게 될 것이다. 물론, 헛되지 않은 것으로 확인되더라도 '자유로운 영혼들'이라면 그 방황과 탐험의 여정을 거기서 멈추지 않을 것이다. 이 세상이 살만한 곳으로 여겨질 때까지, 그리고 이 세상에 사는 모든 이들이 행복해질 때까지 그들은 계속 나아갈 것이다.

김찬호는 그의 책 『모멸감-굴욕과 존엄의 감정사회학』에서 "삶이 특별해지는 순간은 자신이 더 이상 특별한 존재가 아니라는 것을 깨닫는 순간"이라고 했다. 모든 인간은 우주의 법칙처럼 종국에는 무로 돌아간다. '방황하고 탐험하는 자'라고 예외는 아니다. 세상을 변화시키기 위해 특별한 존재로 태어난 '자유로운 영혼들'이지만, 진정으로 특별한 존재, 특별한 유전자로 남고자 한다면 역설적으로 더 이상 특별한 존재가 아니라고 인정하는 겸손과 성찰이 필요하다. 그 겸손과 성찰은 자연선택이라는 진화의 법칙을 순응하게 될 때에, 탐욕이라는 사다리에서 내려와 타인의 고통과 슬픔에 공감할 줄 알 때에, 타인의 잘못마저도 용서하는 포용심과 사랑을 일상에서 실천하게 될 때에 시작된다.

그 시작과 함께 '도전하고 모험하는 자들'은 자유를 사랑하고 세상의 변화를 이끌 수 있는 주체로 자리매김을 할 수 있다. 그렇게 되면 '자유로운 영혼들'은 세상을 변화시킬 수 있는 특별한 유전자의 복제를 통하여 영원히 죽지 않는 불사조로 기억될 것이다. "모든 것은 가며, 모든 것은 되돌아온다. 존재의 수레바퀴는 영원히 돌고 돈다. 모든 것은 시들어가며, 모든 것은 다시 피어난다. 존재의 해(年)는 영원히 흐른다."[68]는 니체의 말처럼.

맺음말

니체는 『인간적인, 너무나 인간적인』이라는 책에서 "삶의 여로를 걷는 우리들은 여행자다. 가장 비참한 여행자는 누군가를 따라가는 인간이며, 가장 위대한 여행자는 습득한 모든 지혜를 남김없이 발휘하여 스스로 목적지를 선택하는 인간이다."라고 말했다. 자기의 의지와 생각과 결단으로 목적지를 향해 전진하고 또 전진하는 방탐자들의 방황과 탐험의 여정을 자유정신과 결부하여 표현한 말이다.

우리는 인생이라는 항로를 여행하는 노마드들이다. 사람들의 평균 수명을 생각할 때 짧다면 짧지만, 우리는 일생 동안 제법 긴 여행을 하며 살아야 한다. 긴 여행을 하는 동안 전혀 모르는 수많은 사람과 만나게 된다. 가보지 않은 길을 가거나 해보지 않은 일들을 하며 도전정신을 키우기도 한다. 그리고 수많은 시행착오를 겪기도 한다. 그 과정에서 때로는 눈물을 흘리기고 하고 때로는 웃기도 한다. 어찌되었든, 우리는 우리 자신만의 길을 찾아 여행을 떠나야 한다.

니체도 그의 저서 『차라투스트라는 이렇게 말했다』에서 "너희들의 길은 어디 있는가? 나는 내게 길을 묻는 자들에게 이렇게 대꾸해왔다. 왜냐하면, 모두가 가야 할 단 하나의 길이란 아예 존재하지 않기 때문이다."라고 말하지 않았던가? '방황하고 탐험하는 자들'이기 때문에 각자의 여행지는 다를 수밖에 없다. 그 여행지를 자유롭게 선택하는 것 역시 방탐자들이기 때문에 가능하다.

자유를 사랑할 줄 알고, 그 어떤 것보다 자신을 사랑할 줄 아는 '방황하고 탐험하는 자들'은 인생이라는 여행을 하는 동안 자유를 방해하는 사람들과 격렬하게 싸우거나 저항하기도 하였다. 그러나 자신을 우주의 중심에 놓으며 자기만의 세계 속에 빠져 살기도 하였으리라. 만약 그랬다면 그 과정에서 타인의 감정에 대하여 무관심했을 가능성이 있다. 그나마 지금 만나고 있는 사람, 지금 옆에 있는 사람들이 꿋꿋하게 그리고 든든하게 버텨주었기 때문에 자신이 이 세상의 주인공이라는 정신승리가 가능하였다. 그럼에도 불구하고, 그들 중 일부는 타인의 존재 없이도 본인 스스로의 능력과 자질, 또는 특별함으로 인하여 주인공이 될 수 있었다는 착각을 하고 살았을지도 모른다.

그러나 시간은 어김없이 흐른다. '자유로운 영혼들'도 세월의 흐름에 따라 나이가 든다. 이제 그들도 변한 세월과 세상에 적응해야 한다는 것을 느끼기 시작했다. 그것은 바로 성찰의 힘이었다. 그 성찰을 통하여 '자유로운 영혼들'은 자연선택의 법칙에 따라 적응하게 될 때에 영원히 살 수 있다는 불멸의 생명수를 발견하였다. '양심적 자유주의자들'이 타인을 배려하고 사랑하는 등 일상의 변화를 이룰 수 있는 작은 행동을 시작할 때 세상은 좀 더 따뜻해지고, 좀 더 살맛나는 곳으로 변화될 수 있다는 것을 모두들 인식하게 되었다. 이제 그 변화의 주체는 이 책을 읽는 모든 '방황하고 탐험하는 자들'이 될 것으로 확신한다.

지금까지 다소 황당하고, 다소 코미디 같기도 하고, 다소 난해하기도 한 이 글을 읽으면서 격한 공감이 되거나 수긍이 가는 장면들이 떠오르는 독자들이 있을 것이다. 당신들은 아마도 평소 법 없이도 살 수 있다는 말을 들을 정도로 심성이 착하고 성실하고 양심적이고 정의로운 성향의 '자유로운 영혼'일 가능성이 많다. 그러나 이 책의 내용을 자신을 향한 또는 자신이 지지하는 진영을 향한 비판이나 욕으로 받아들이는 독자들도 있을 것이다. 이런 분들은 자기만의 대안 세계에 푹 빠져 세상을 자기중심적으로만 바라보는 사람이 아닌지, 아니면 확증편향에 빠져 극단적 사고 성향을 가지고 있는 사람인지 조용히 자문해볼 필요가 있다.

자신의 자유를 소중히 여기는 사람이라면 타인의 자유도 소중하다는 것을 인정하고 존중할 줄 알아야 한다. 그리고 나와 생각이나 의견이 다르다고 하더라도 그것을 인정할 줄 알아야 한다. 그렇게 하는 것이 지극히 자연스런 인간사의 법칙이자, 민주주의의 기본 토대이기 때문이다. 타인의 자유와 타인의 의견을 존중하지 않는 자폐적 증상은 민주주의를 말살하는 폭력과도 같다. 최소한 남의 자유를 침해하지 않는 것을 철칙으로 아는 '양심적 자유주의자들'은 그래서 확증편향에 빠지거나 극단적 사고에 현혹되지 않는다. 당연히 권력과 부를 가진 자들에게 휘둘리거나 속고 살지도 않는다. 즉, 어떤 세력이나 진영에 빚을 진 것이 없기 때문에 그들에게 과몰입하거나 정신적 · 물질적 노예가 되지도 않는 존재들이다.

이렇게 유연하면서도 타인의 자유와 의견을 존중할 줄 아는 사람들이 이 세상을 가득 채우고 또 자연선택을 받아 그 복제자들마저 널리 퍼지게 한다면 이 세상은 지금보다 훨씬 자유로워질 것이다. 그렇게 모든 사람들이 지금보다 훨씬 평화롭고 행복하게 살 수 있도록 우리는 자유를 온전하게 만날 수 있는 시간인 '위대한 정오'를 유쾌하게 맞이하면 된다.

마지막으로, 세상 곳곳에서 지금도 벌어지고 있는 양심적이고 정의로운 방탐자들의 위대하면서도 고뇌에 찬, 그리고 눈물 나면서도 외로운 노력, 투쟁, 도전에 다시 한번 건투를 빈다.

참고 문헌

1. 요한 볼프강 폰 괴테, 『파우스트』, 정서웅 역, 민음사.
2. 셸리 케이건, 『죽음이란 무엇인가』, 박세연 역, 지식하우스.
3. 니코스 카잔차키스, 『그리스인 조르바』, 이윤기 역, 열린책들.
4. 리처드 도킨스, 『이기적 유전자』, 홍영남 역, 을유문화사.
5. 리처드 도킨스, 『눈먼 시계공』, 이용철 역, 사이언스북스.
6. 리처드 도킨스, 『만들어진 신』, 이한음 역, 김영사.
7. 리처드 도킨스, 『지상 최대의 쇼』, 김명남 역, 김영사.
8. 리처드 도킨스 외, 『신 없음의 과학』, 김명주 역, 김영사.
9. 리처드 도킨스, 『왜 종교는 과학이 되려 하는가』, 김명주 역, 바다출판사.
10. 프리드리히 니체, 『차라투스트라는 이렇게 말했다』, 정동호 역, 책세상.
11. 프리드리히 니체, 『선악의 저편 · 도덕의 계보』, 김정현 역, 책세상.
12. 프리드리히 니체, 『즐거운 학문』, 안성찬 · 홍사현 역, 책세상.
13. 클라우디아 호흐브룬, 『나를 힘들게 하는 또라이들의 세상에서 살아남는 법』, 장혜경 역, 생각의 날개.
14. 카레자와 카오루, 『또라이 질량보존의 법칙에서 살아남기』, 이용택 역, 니들북.
15. 김달진, 『산거일기』, 문학동네.
16. 강민혁, 『자기배려의 인문학』, 북드라망.
17. 김규항, 『B급 좌파』, 야간비행.

18. 김욱, 『아주 낯선 선택』, 개마고원.

19. 김욱, 『아주 낯선 상식』, 개마고원.

20. 밀란 쿤데라, 『참을 수 없는 존재의 가벼움』, 이재룡 역, 민음사.

21. 밀란 쿤데라, 『느림』, 김병욱 역, 민음사.

22. 유발 하라리, 『사피엔스』, 조현욱 역, 김영사.

23. 유발 하라리, 『21세기를 위한 21가지 제언』, 전병근 역, 김영사.

24. 강준만, 『쇼핑은 투표보다 중요하다』, 인물과사상사.

25. 강준만, 『정치를 종교로 만든 사람들』, 인물과사상사.

26. 박노자, 『거꾸로 보는 고대사』, 한겨레출판.

27. 제레미 리프킨, 『한계비용 제로 사회』, 안진환 역, 민음사.

28. 루쉰, 『아Q정전』, 정석원 역, 문예출판사.

29. 진중권, 『진보는 어떻게 몰락하는가』, 천년의상상.

30. 진중권, 『진중권의 생각의 지도』, 천년의상상.

31. 오강남, 『예수는 없다』, 현암사.

32. 대니얼 데닛, 『주문을 깨다-우리는 어떻게 해서 종교라는 주문에 사로잡혔는가?』, 김한영 역, 동녘사이언스.

33. 강신주, 『상처받지 않을 권리』, 프로네시스.

34. 강신주, 『강신주의 다상담 3』, 동녘.

35. 담비사 모요, 『승자독식』, 김종수 역, 중앙북스.

36. 다니엘 핑크, 『후회의 재발견』, 김명철 역, 한국경제신문.

37. 오강남, 『불교, 이웃 종교로 읽다』, 현암사.

38. 이중텐, 『이중텐, 사람을 말하다』, 심규호 역, 중앙북스.

39. 스튜어트 월턴, 『인간다움의 조건』, 이희재 역, 사이언스북스.

40. 유시민, 『어떻게 살 것인가』, 생각의길.

41. 김찬호, 『모멸감, 굴욕과 존엄의 감정사회학』, 문학과지성사.

42. 김병완, 『나는 도서관에서 기적을 만났다』, 아템포.

43. 우은정, 『방황은 아름답다』, 도서출판 한언.

44. 에드워드 사이드, 『권력과 지성인』, 도서출판 창.

45. 홍세화, 「관제 민족주의의 함정」 〈한겨레〉, 2019. 8. 8.

미주

1) 요한 볼프강 폰 괴테, 『파우스트』, 정서웅 역, 민음사.

2) 요한 볼프강 폰 괴테, 『파우스트』, 정서웅 역, 민음사.

3) 리처드 도킨스, 『눈먼 시계공』, 이용철 역, 사이언스북스.

4) 뒤에서도 언급되는 내용이지만 '방황하고 탐험하는 자' 중에는 자기 소신과 주관대로 꿋꿋하게 밀고 나가는 사람들도 있지만, 도덕적이고 양심적인 사람들처럼 타인과 세상의 요구와 명령에 상대적으로 쉽게 구속됨에 따라 고뇌하며 괴로워하는 부류도 있다. 그러나 양심적 자유주의자들 역시 세상에 도전하고 저항하는 성향을 기본적으로 가지고 있다.

5) 『나를 힘들게 하는 또라이들의 세상에서 살아남는 법』이라는 다소 긴 제목을 가진 책의 저자 '클라우디아 호흐브룬'은 의학적인 정신장애 관점에서 또라이를 9가지 유형으로 분류하였다. 첫째 피해망상 또라이로 불리는 편집성 인격장애형(상대의 중립적 행동은 물론이고 친절한 행동까지도 악의나 공격으로 받아들이는 특징을 보유), 둘째 자아도취 또라이로 불리는 자기애성 인격장애형(언제 어디서나 최고여야 한다. 자기가 질 것 같으면 즉시 핑계거리를 찾는 특징), 셋째 대마왕 또라이로 불리는 반사회성 인격장애형(남의 기분에 관심이 없고, 오직 자신과 자기의 안위만 생각하는 유형. 원하는 것이 있으면 수단과 방법을 가리지 않고 반드시 얻어내는 유형), 넷째 변덕쟁이 또라이로 불리는 경계성 인격장애형(끊임없이 정서불안에 시달림에 따라 상대방을 오직 좋거나 나쁘거나 둘 중 하나로만 판단하는 유형), 다섯째 원칙주의자 또라이로 불리는 강박성 인격장애형(규칙이 안전을 보장하므로 규칙은 무조건 지켜야 한다고 생각하고, 타인에게도 규칙의 준수를 요구하는 유형), 여섯째 겁쟁이 또라이로 불리는 회피성 인격장애형(자신에 대한 불신과 불안에 시달리며, 특히 거절당할지 모

른다는 두려움에 조바심을 내는 유형), 일곱째 우유부단 또라이로 불리는 의존성 인격장애형(남의 조언과 확인을 거치지 않으면 사소한 결정도 스스로 할 수 없는 유형), 여덟째 디바 또라이로 불리는 연극성 인격장애형(어디서든 주인공이 되고 싶어 하고, 한 사람에게 얽매이는 것을 싫어하는 유형), 아홉째 괴팍이 또라이로 불리는 분열성 인격장애형(자신의 감정을 남의 감정보다 더 모르고, 타인에 대한 공감능력이 없는 유형)이 그것이다. 한편, 『또라이 질량보존의 법칙에서 살아남기』의 저자 '카레자와 카오루'는 또라이를 성실형, 위선형, 지식인형, 선제공격형, 관종형, 비주류형, 허세형, 핑계형, 반정부형 등 무려 34가지 유형으로 세분하여 분석하기도 하였다.

6) 중국의 작가, 사회운동가로서 근 · 현대 중국문학을 대표하는 인물이다. 주요 작품으로는 『광인일기』, 『아Q정전』 등이 있다.

7) 진보적 지식인 · 정치인을 자처하면서도 유독 특정 지역을 폄하하고 조롱하는 말과 글을 많이 하고 썼기 때문에 그를 진보 정치인 또는 지식인으로 평가하지 않는 여론도 많았다. 정치활동을 중단하겠다는 선언을 한 이후에도 그는 수많은 책과 방송출연을 통해 지극히 편향적인 소양을 기반으로 독자들을 훈계해 왔다. 문재인 정부가 들어서자 진보적 어용지식인을 선언하는 해괴한 일까지 벌어졌다. 이것에 대해 문화평론가 손희정은 『페미니즘 리부트』에서 "유시민의 어용지식인론에 대해 진보와 어용과 지식인이 한 자리에 설 수 있다는 놀라운 광경은 반동적 지성주의의 가장 빛나는 순간이다."라고 일갈하기도 하였다.

8) 미군부대에서는 간식거리, 콜라, 커피, 담배 등을 판매하는 민간인들이 스낵카라 불리는 차량을 몰고 영내 근무지, 심지어는 영외 훈련지까지 찾아왔다. 카투사들은 돈이 없어 아주 특별한 경우 외에는 사먹지 못했는데, 친하게 지내는 미군들이 가끔 커피를 사주기도 하여 얻어 마신 적도 있었다. 아메리카노라는 이름처럼 미국에서는 아메리카노가 이미 오래 전부터 대중화가 된 탓인지 그 당시에도 이미 커피에 중독된 미군들을 많이 볼 수 있었다.

9) 나폴레옹 시대에 프랑스에서 정치가, 외교관, 가톨릭 성직자로 활동한 인물로 알려져 있다.

10) 그 노숙자는 무슨 볼 일이 있어서 내린 것인지, 많은 사람들이 보는 앞에서 누워 자는 것이 창피해서 내린 것인지 정확히 알 수 없었지만, 그 역에서 전철이 멈추자 황급히 일어나 사연이 많아 보이는 짐 꾸러미를 주섬주섬 챙겨 나갔다.

11) 코로나19의 확산으로 손 씻기와 마스크 착용이 생활화되면서 감기 등 호흡기 관련 질환이 80~90%가량 감소하였다는 뉴스 보도도 많은 점에서 위생적 습관은 매우 효과적인 것으로 알려져 있다.

12) 관심을 받고 싶어 하는 인간의 욕망이 날로 진화한 결과 요즘에는 안 좋은 일이나 자신에 대한

나쁜 평가에 대하여도 무조건 알리고 보는 사람들까지 생겨났다.

13) 조직의 규모나 기능에 관계없이 일반적으로 통용되는 직위나 직급이 명함에 표시됨에 따라 규모가 큰 조직의 중간 간부급 직원들은 소규모 영세 업체의 고위 간부직을 만나 명함을 교환할 때 불편함을 느끼는 경우가 있다.

14) 나의 경우 국민학교 3~4학년 때부터 역사적 인물들의 호에 대하여 관심을 가지기 시작했다. 가사 문학의 대가인 '송강 정철'을 시작으로 100명 이상 위인의 호와 이름을 줄줄이 암기했었는데, 어느 순간 나도 한번 내 호를 지어보고 싶었다. 아버지에게 조언을 구했더니, 40대의 젊은 나이였음에도 건강이 별로 안 좋았던 아버지는 소나 말처럼 튼튼하고 건강하라는 의미로 호를 '마우(馬牛)'로 지으면 좋겠다고 하였다. 의미 자체가 나쁘지는 않았으나 어린 마음에 동물이 들어가는 호는 마음에 들지 않아 습관이나 성격 등을 반영한 호를 직접 짓기로 하였다. 유난히 고구마를 좋아했기에 '고구마를 좋아하는 사람'의 약칭인 '마사'로 일단 정했다. 중학교에서 '한문' 과목을 배우게 된 후 호에 한자적 의미를 새롭게 부여하기로 마음먹고, '청렴결백한 선비'의 이미지를 담고 있는 '베옷 입은 선비'라는 뜻으로 한자 호인 '마사(麻士)'를 최종적으로 확정하였다. 다만, 20세기 현대사회에서 조선시대의 선비상을 정체성으로 하여 남들에게 알리기에는 어색함을 느꼈다. 이후, 세상 · 사회 · 인간을 바라보는 올바른 관점을 가지는 지식인(?)이 되고자 수많은 방황과 고뇌를 하고 있는 점에 착안하여 '마사'의 뜻을 '비판적 시각을 견지하려 재야에서 외로이 방황하고 탐험하는 지식인'이라고 최종 정의를 내렸다.

15) 누군가의 지적대로 유행을 따라 할 경제적 능력이 되지 않았기 때문에 소비를 단념하는 수밖에 없었다라고 볼 수도 있겠다. 그렇지만 그 당시 나로서는 남들이 하는 그 무엇을 하지 않는다(또는 못한다)고 하여 부끄럽거나 주눅 들거나 하는 마음이 전혀 없었다. 설사 누가 그런 물건을 사준다고 하더라도, 하고 다니지 않았을 정도였다.

16) 이 사건 외에도 아내가 큰아이를 낳을 때나, 큰아이의 다리가 골절되어 수술을 받는 날에도 모든 일을 아내에게 맡기고 나는 회사에 정상 출근하였다(물론 퇴근 후에는 병원을 찾았지만). 이런 식으로 정말 중요한 일이 아니라고 생각되면 아내나 아이들 관련 일에 대하여는 회사 일이 바쁘다는 핑계로 해당 행사에 참석하는 대신 회사에 출근하는 것을 선택하였다.

17) 큰아이의 고등학교 졸업식 날짜가 잡혔다. 여전히 그런 사유로 휴가를 낼 경우 회사에서 성실함이 저평가되는 요인으로 작용하지 않을까 소심한 염려를 하였지만, 이번에는 과감히 휴가를 냈다(사실 그동안 과감히 휴가를 내지 못한 이유 중 하나는 거의 비슷한 시기에 각 학교에서 졸업식이 이루어지고, 아이들 연령대도 비슷한 사람이 많아서 같은 날 휴가를 내는 사람들이 많았는데, 나마저 휴

가를 내면 사무실에 남아 있는 사람이 너무 적다 보니, 사무실을 지키기 위해서라도 휴가 얘기를 꺼내지 못한 경우가 많았다). 큰아이의 고등학교에서 온 가족들이 모처럼 웃으며 가족사진을 찍었다. 그런데, 큰아이와 세 살 터울인 둘째 아이의 고등학교 졸업 시즌에는 예상하지 못한 돌발변수가 생겨버렸다. '코로나19'의 확산으로 대면 행사가 전면 취소됨에 따라 고등학교 졸업식도 취소되었다. 졸업식장에 직접 가서 축하해주겠다는 둘째 아이와의 약속은 결국 지키지 못하고 말았다. 대학교 졸업식 때라도 휴가 내고 참석하겠노라고 했지만, 그때는 이미 퇴직 이후 시점이라 회사에 휴가를 내고 졸업식에 참석하는 것은 사실상 불가한 일이 되어 버렸다.

18) 최후 진술을 하면서 그럴싸한 언변으로 우리 같은 양심적 자유주의자들에게 부채의식을 안겨준 그들도 몇 년 간의 수감생활을 마친 후 세속적 욕망을 좇아 정치권에 어슬렁거리는 경우가 많았다.

19) 이것은 노무현과 문재인을 정치적 양분으로 삼아 특정 지역 출신 정치인 또는 그를 바탕으로 한 정치세력이 속칭 진보 진영의 권력을 독점하려는 것을 일컫는 용어로 사용된다.

20) 80년대 학교를 다녔던 60년대 생들이 처음에는 30대로 시작하다가 50대가 된 후부터 '586'이란 용어로 통칭되었는데, 탐욕과 허영으로 가득 찬 기득권 꼰대로 변질된 그들 집단을 비하하는 의미로 똥팔육이란 용어가 SNS에서 사용되기 시작하였다.

21) 그 친구는 사법시험에 합격한 후 현재 판사로 활동하고 있다.

22) 사복과 운동화, 그리고 하이바라 불렸던 헬멧을 쓴 경찰 체포조를 일컫는 말

23) 해태 타이거즈 선동열의 1986년 방어율은 0.99, 1987년 방어율은 0.89, 1988년 방어율은 1.21였다.

24) 내가 근무한 부대에서는 상병 이상 고참급들은 1인실을 사용하였지만, 일병과 이병들은 숙소 사정에 따라 2인실을 사용하는 경우도 있었다.

25) NL 운동권의 노선에 동의하지 않았지만 운동권의 주류였던 그네들에게 세뇌된 덕분인지, 미군과 함께 생활하는 특수성 때문인지 '미제축출'이라는 단어가 자연스럽게 나온 것 또한 의아할 뿐이다.

26) 내가 근무했던 부대에 배치되기 전에 미군들은 연세대학교 한국어어학당에서 집중적으로 한글과 우리말 교육을 받고 오는 것으로 알려졌다.

27) Private First Class의 약자로서, 우리 군대의 '일병'을 일컫는 말임

28) 흔히 '눈에는 눈, 이에는 이'라는 말로 표현되는 '동해보복법'을 의미한다. 고대 바빌로니아의 함무라비 법전에 최초로 이 법칙이 성문화된 것으로 알려져 있다.

29) 처음에는 좌우 엄지손가락의 지문만을 채취하다가, 1975년부터 열 손가락 전부의 지문을 날인

하도록 제도가 변경되었다고 한다.

30) 나는 그때 만 20세가 되어 인생 처음으로 투표권을 가지게 되었다.

31) 제14대 대선에서는 민중후보로 나온 백기완 후보에게, 15대 대선에서는 국민승리21 권영길 후보에게, 16대 대선에서는 사회당 김영규 후보에게 지지표를 던지기도 했으나, 17대 대선부터는 상대적으로 진보적이라고 평가받는 후보들에게도 염증을 느껴 무효표를 던지기 시작했다.

32) 물론 표를 찍은 후보가 당선되지 못한 경험은 대학교 때 과대표 선거, 총학생회장 선거에서도 마찬가지였고, 다른 지방자치단체 선거에서도 마찬가지였다. 많은 사람들이 김대중, 노무현 대통령을 통해 자기가 찍은 후보가 당선되는 경험을 하였다고 하는데, 나의 경우에는 예외였다.

33) '방황하고 탐험하는 자들'의 특성상 누구에게 잘 속고 살지 않았지만, 이 부분에서는 그들에게 속았음을 인정할 수밖에 없을 것 같다.

34) 논산훈련소와 평택 카투사교육대에서 훈련을 받던 시기에는 자대보다 훨씬 많은 통제를 받았기 때문에 〈한겨레〉 말고도 그 어떤 신문이나 책조차 볼 수 있는 기회는 제공되지 않았다.

35) 미군들에게 그 여성이 주로 배달한 신문은 미국의 군사전문 일간지인 〈Stars and Stripes〉였다.

36) 직업군인이었던 미군들은 아파트처럼 생긴 숙소에서 생활하면서 일반 직장인들처럼 신문이나 잡지, 우유 같은 것들을 배달시킬 수 있었고, 배달원들은 신청인의 숙소 문 앞에 해당 물건을 가져다주었다.

37) 찬물도 위아래가 있는 법이라 고참인 그 병장이 아침부터 점심시간 사이에 신문을 다 읽고 나면, 일과를 마친 저녁시간에야 나는 신문을 인계받아 읽을 수 있었다.

38) 그 당시 군 복무기간은 30개월이었지만, 대학교 1학년 문무대 기초군사훈련과 2학년 전방입소훈련을 이수한 사람들은 1개월 반씩 총 3개월의 복무기간 단축혜택이 있었다. 1988년 전국적으로 전방입소 거부 투쟁이 벌어졌는데, 우리 학교에서도 소수의 사람을 빼고 다 거부를 하였기 때문에 1개월 반의 복무기간 단축혜택을 추가로 받지는 못했다. 결과적으로 나는 28개월 반을 복무하고 제대하였다.

39) 이것은 〈한겨레〉만의 문제는 아니었다. 소위 진보언론이라고 자처하는 곳 모두 객관성과 공정성을 잃어가며 특정 진영의 대변지 노릇을 하는 것처럼 비춰지기는 마찬가지였다. 그들을 왜 '진보언론'이라고 칭하고 있는지는 여전히 의문이지만.

40) 다만, 특정 정당이나 그 구성원들이 어떤 비리와 불법을 저질러도 묻지마 몰표를 주는 횟수가 반복될수록 광주 시민의 그러한 정치적 의사표시를 '정의로움'과 '민주'라는 이름으로 부르기에는 부적절한 상황까지 오고 말았다.

41) 프리드리히 니체, 『선악의 저편』, 김정현 역, 책세상.

42) 나는 이 시기에 어느 특정 단체나 동아리에 가입 또는 등록하지 않고 일종의 무소속으로 나만의 고유한 활동을 하였기 때문에 공식적으로는 학생 운동권이 아니었다. 강준만 교수가 그의 책 『쇼핑은 투표보다 중요하다』에서 정치적 소비자운동의 특성을 언급하면서 "사람들은 제도화된 위계적 조직과 고정된 멤버십 구조에 참여하길 원하지 않을 뿐, 다른 형식으로 느슨하게 구조화되어 있고, 탈중심적 네트워크 체제, 가입 · 탈퇴가 자유로운 형식에는 참여한다는 것이다."라고 하였는데, 나는 그때 이미 멤버십과 위계질서가 뚜렷한 학생운동 조직에 가입하는 것을 원하지 않았다. 즉, 가입과 탈퇴의 자유가 있는 느슨한 공간에서 독자적으로, 그리고 내 방식대로 활동하는 것을 선호하였다.

43) 그 당시에는 일반 회사나 군대 모두 토요일에도 오전 근무를 하였다.

44) 유발 하라리, 『21세기를 위한 21가지 제언』, 전병근 역, 김영사.

45) 악보도 없이 음으로만 기존 노래들을 모방하여 만든 노래였음

46) 집회와 시위 때마다 태극기를 들고 나와 '애국'을 유독 강조함에 따라 그들을 언론과 SNS에서 '태극기부대'로 부르기 시작하였다.

47) 더불어민주당 모 후보가 2017년 4월 4일 지지자들이 상대 후보를 비난하고 욕하는 사이버 폭력 행위가 경쟁을 흥미롭게 만들어주는 '양념'이라고 표현하면서부터 그의 극렬 지지자들을 일컫는 말로 사용되고 있다. 속칭 '문빠'라고도 하였는데, 최근에는 또 다른 정치인의 팬덤 지지자 모임인 '개딸'이라는 극렬 지지층마저 생겨났다. 강준만 교수는 『쇼핑은 투표보다 중요하다』에서 '문빠는 그들 이외의 이질적 타자를 고려하거나 타자에 대한 감수성을 관용하지 않는다. 이러한 일방적 면모와 맹목성 때문에 문빠를 정치적 훌리건으로 보는 시각이 많다.'라고 일갈하기도 하였다.

48) 이것은 좌익 빨갱이를 합성한 용어임

49) 김병완, 『나는 도서관에서 기적을 만났다』, 싱긋.

50) 중앙정부기관, 지방자치단체, 공공기관 등에서는 정책수립을 할 때 국민의 다양한 의견을 수렴한다는 취지로 만든 각종 위원회에 시민단체와 노동단체를 참여시킨다. 이에 따라 상급단체 또는 전국 단위의 시민운동가나 노동운동가도 수많은 위원회에서 위원으로 활동하는데, 그 경력으로 더 높은 자리 또는 정치권으로 이동하는 경우도 많다.

51) 형 정약전은 흑산도로 유배되었음

52) 강신주, 『상처받지 않을 권리』, 프로네시스.

53) 강준만, 『쇼핑은 투표보다 중요하다』 중에 인용된 〈자음과 모음〉 2018년 가을호 박권일 칼럼 「정치 팬덤이라는 증상」의 내용 일부를 재인용한 것임

54) 할 수만 있다면 전망 좋은 곳에서 제3의 관전자로서 그 엄청난 광경을 직접 보고 싶은 욕망이 가득하다. 그러나 현실적으로는 절대 불가능한 희망사항에 불과하다는 것이 슬픈 일이긴 하다.

55) 나만이 진정한 진보주의자이고 싶어 했고, 남들과 다르게 보이고 싶어 했던 '자유로운 영혼'이었기 때문에 환경운동 내지 녹색 정당에 관심과 지지를 보낸 측면이 있긴 하다. 그러나 당시에는 정말 진지하게 지구를 지키기 위해서는 소비를 억제해야 하고, 비닐이나 플라스틱 제품의 사용을 규제하는 것이 필요하고, 지구온난화의 주범인 메탄가스의 배출을 줄이기 위해서는 소고기 소비를 줄여야 한다는 생각으로 실생활에서 실천하려고 노력하기도 하였다.

56) 최근 일본의 후쿠시마 원전 오염수 문제에 있어서도 우리나라의 원전 오염수 처리내역이나 중국 원전의 오염수(우리 서해바다 건너편에 수십 기의 원전이 있는 중국은 신뢰성 있는 발표조차 하지 않는 것으로 유명하고, 그들이 발표한 수치만으로도 후쿠시마 원전수 삼중수소보다 50배 이상 높다는 주장도 있는 상황이다) 처리내역에 대하여는 무관심한 단체들이 자칭 진보정권하에서는 정권에 대한 비판 대신 일본에 대한 비난만을 하다가, 보수 정권이 들어서면 일본과 보수 정권을 함께 비난하는 이중성을 보여준다. 우리의 먹거리와 관련하여 원전 오염수 처리 문제가 그토록 심각하다면 어느 정권에서나, 그리고 어느 나라에 대하여도 일관되게 비판하고 주장하여야 함에도 그들은 늘 이렇게 진영논리에 포위되어 있다. 그 일관성만 유지된다면 그들을 지지할 방탐자들도 많을 것으로 확신한다.

57) 스튜어트 월턴, 『인간다움의 조건』, 이희재 역, 사이언스북스.

58) 인터넷에서 사용되는 신조어로서 '넘을 수 없는 사차원의 벽'의 줄임말임

59) 프리드리히 니체, 『선악의 저편』, 김정현 역, 책세상.

60) 이중톈, 『이중톈, 사람을 말하다』, 심규호 역, 중앙북스.

61) 이중톈, 『이중톈, 사람을 말하다』, 심규호 역, 중앙북스.

62) 어느 정당도 지지하지 않는 사람들을 의미하기도 하고, 특정 정당에 과몰입을 하지 않고 상황에 따라지지 정당을 바꿀 수 있는 유권자를 의미하기도 한다.

63) 불교에서 가장 오래된 원시 경전

64) 리베카 솔닛, 『오웰의 장미』, 최애리 역, 반비.

65) 마르크스는 그의 저서 『자본론』에서 단테의 "제 갈 길을 가라. 남이야 뭐라든!"이라는 말을 인용한 것으로 알려져 있는데, 그 말을 '방황하고 탐험하는 자들'의 특성에 맞게 변형한 것임.

66) 프리드리히 니체, 『즐거운 학문』, 안성찬 · 홍사현 역, 책세상.

67) 유시민, 『어떻게 살 것인가』, 생각의길.

68) 프리드리히 니체, 『차라투스트라는 이렇게 말했다』, 정동호 역, 책세상.